Franz Jung Werke in Einzelausgaben

GEQUÄLTES VOLK
Ein oberschlesischer Industrieroman

**Aus dem Nachlaß herausgegeben
und mit einem Nachwort versehen
von Walter Fähnders**

Werke 10

—

Publiziert bei Edition Nautilus

FRANZ JUNG WERKE 10
Editor dieses Bandes: Lutz Schulenburg
Editorische Notiz: Der Edition liegt eine Xerokopie des Manuskriptes zugrunde, das sich im Märkischen Museum, Berlin/ DDR, befindet; es ist zur Zeit nicht zugänglich. Eine maschinenschriftliche Fassung, die Jung für die Verlage, denen er seinen Roman zum Druck angeboten hat, angefertigt haben dürfte, ist nicht auffindbar. Es ist aber anzunehmen, daß sich die geplante Veröffentlichung vom Manuskript kaum unterschieden hätte; dafür spricht Jungs Arbeitsweise – er hat einen einmal niedergeschriebenen Text selten verändert –, aber auch ein Vergleich mit den Teilabdrucken im „Bücherkreis" und in „Glück auf!", die von der Handschrift nicht merklich differieren (vgl. die Hinweise im Nachwort). Die Transkription folgt dem Original, komplizierte und auch brüchige Sätze und Formulierungen sind – bis auf ganz wenige minimale Eingriffe – nicht verändert worden. Allerdings wurden offensichtliche Schreibfehler, vor allem bei geographischen und bei Eigennamen, korrigiert, der Lautstand einiger Wörter wurde modernisiert und die Interpunktion behutsam gängigen Regeln angeglichen; gelegentliche Zusätze des Herausgebers finden sich in Doppelklammern. – Die Überschriften der vier Großkapitel wurden vereinheitlicht (im Original: „Einleitung", das wieder gestrichen wurde; „II. Teil"; „Drittes Buch"; „Vierter Teil").– Die Interpunktion der beiden exponierten Schlußzeilen entspricht der Handschrift; im „Bücherkreis"-Teilabdruck enden beide Sätze mit Ausrufezeichen, in „Glück auf!" endet der Auszug mit „Muttererde. Heimaterde."   W. F.

Originalausgabe
Edition Nautilus Verlag Lutz Schulenburg
Hassestr. 22 – D - 2050 Hamburg 80
Alle Rechte vorbehalten
(c) by Verlag Lutz Schulenburg, Hamburg
1. Auflage 1987
ISBN: 3-921523-87-7 (Pb)
ISBN: 3-921523-88-5 (Ln)
Printed in Germany

Wilhelm Arnholdt gewidmet

Hohenzollerngrube in Beuthen, Oberschlesien

ERSTER TEIL

I. Eisen, Zink und Kohle

Wir leben im Beginn eines neuen Zeitalters. Hinter uns liegt das verflossene, von den Großvätern noch die Neuzeit genannt, ein Zeitalter technischer Entwicklung, das wir nur zu leicht geneigt sind, gründlich zu verachten. Seine besondere Schwere, die Bedächtigkeit, sich Schritt für Schritt vorwärts zu tasten, dieser langsame Fortschritt, der eine Wahrheit zwang, in gesetzmäßig technisch-wissenschaftlicher oder seelischer Stufenentwicklung sich über Jahrzehnte und Jahrhunderte auszudehnen, ehe sie selbstverständliches Allgemeingut wurde. Mehrere Menschengeschlechter wurden dieser Zeit des Zauderns geopfert, um nichts zu hinterlassen als die Unsicherheit ihres Entstehens, den Pesthauch ihres Zusammenbruchs, nur zwischendurch eine schüchterne Sehnsucht nach Glück, das gegen die Zeit war –

Diese Zeit, das Zeitalter der Technik, die eiserne Zeit ist vorüber.

Nicht mehr die dröhnenden Ungetüme der Dampfhämmer, die da vorgeben, den neuen Menschen zu schmieden. Keine Erschütterungen mehr von Lärmexplosionen einer wilden Gewalt, die das Ventil sprengt. Keine verzweifelten Verrenkungen mehr, um den Flug der Gedanken an Schnelligkeit zu übertreffen. Alles ist beherrscht. Der Mensch steht wieder am Lenkrad. Die Technik kehrt zur Natur zurück. Die Blumen, die im Frühling blühen, tanzen nicht. Sie schreien nicht, und niemand ist gerufen, ihnen zu Hilfe zu eilen.

Wir leben schneller. Während wir ständig nach einem neuen, bunteren und beschwingteren Ausdruck des Lebens suchen, ordnet sich die menschliche Gemeinschaft nach dem Vorbild der mechanischen Verfeinerung. Wie sich die Elektrizität aus den großen Kraftzentren, in denen die Kondensatoren geräuschlos arbeiten, immer wieder umformt, um so umfassend und gleichmäßig den Strom dem Bezieher zuzuführen, arbeitet der menschliche Gedanke wie der Radiofunke verbindender. Er wird einmalig und entscheidend, ohne Widersprüche, und sogleich Tat, allen gemeinsam.

In das leichte Räderwerk der so entstehenden neuen Gesellschaft lastet der Ausscheidungsvorgang der alten Zeit noch hinüber. Dem Menschen allein ist es nicht gegeben, die Welt an einem Tage neu zu erschaffen. So muß auch der Mensch unserer, der kommenden Zeit sich noch wehren. Wieder kehren die Menschen sich noch gegeneinander und scheiden sich in Schwache und Starke, und der Schwache versucht, den Schwachen aus dem maschinellen Kreislauf des täglichen Daseins hinauszuschieben, während der Starke einen gut Teil seiner Kraft daran zusetzt, den Kampfplatz der Schwachen sorgsam gegen sich abzugrenzen. Aber dieser letzte Kampf benötigt keine Granaten und Giftgase. Er vollzieht sich laut- und bewegungslos auf der Plattform innerer Bereitschaft. Es ist mehr nur ein Tastgefühl, nicht weniger hart und unerbittlich wie Krieg und Mord unserer Vergangenheit. Wir dürfen davor nicht zurückschrecken, oder wir verlieren den Glauben an das Leben.

Die nachfolgende Erzählung fußt auf dem Grundgedanken, daß alle Vergangenheit irrig, jede Gegenwart zweifelhaft und nur die Zukunft wahr ist. Nur insoweit diese Wahrheit aufeinandergebaut und ausgerichtet werden soll, werden Tatsachen der Vergangenheit mit herangezogen werden. Indessen sind die Ereignisse, die hier geschildert sind, nicht etwa nur erdichtet. Es sind aber gewisse Schlußfolgerungen, die aus der Gegenwart gezogen worden sind. Daher liegt auch kein Grund vor, die Namen von Personen und Gesellschaften, ihre Verbindung zu heute bestehenden Schichtungen und Lebensansichten irgendwie zu ändern. Sie gehören zur Atmosphäre, die unverändert gelassen werden muß, wenn man auf die Zukunft schließen will. Noch weniger kann zugemutet werden, die Art der Geschehnisse auf den Mond zu verlegen. Es ist Oberschlesien, ein Land, das erst vor wenigen Jahren von der Tagesmeinung in breiterem Maße entdeckt worden ist.

Der Untergang des Eisen-Zeitalters ist von großen Erschütterungen auf den Rohstoffmärkten, von denen unsere Kultur ihre materielle Basis erhält, begleitet. Nirgends nimmt diese Verlagerung so scharfe und nachwirkende Formen an wie in Oberschlesien. (Nach dem Genfer Vertrag vom ((15.5.)) 1922 ist Oberschlesien verwaltungsmäßig in zwei Teile getrennt. Die Kreise Pleß, Rybnik, Tarnowitz, Kattowitz, Königshütte und Lublinitz gehören zum Gebiete der polnischen Republik, während Oppeln, Ratibor, Gleiwitz, Beuthen, Hindenburg und Guttentag im Bestande der deutschen Republik verblieben sind.)

10

Die Roheisenerzeugung der Welt verschiebt sich in dem prozentualen Anteil der Erzeugungsländer untereinander ständig zugunsten neu erschlossener Industriegebiete. Während noch vor hundert Jahren das schwedische und englische Eisen den Markt allein beherrschten, ist Schweden ganz zurückgedrängt, die englische Erzeugung zum großen Teil auf die Verarbeitung im eigenen Land angewiesen. Belgisches und deutsches Roheisen erschienen auf dem Markt und gestützt auf den Erzreichtum des Longwy-Brie-Beckens, um den der letzte Krieg ging, ist auch nach der Rückgabe ·Lothringens das französische Eisen in die Spitzengruppe aufgerückt. In immer größerem Umfange machen die Überseeländer sich von der Einfuhr europäischen Eisens unabhängig. Die Eisenindustrie der nordamerikanischen Oststaaten hat nicht nur eine Zollmauer für europäisches Eisen für die Union durchgesetzt, sie verdrängt auch ihre Wettbewerber auf den südamerikanischen Märkten, soweit diese wie Brasilien und Chile nicht selbst schon alle Kräfte daran setzen, eine eigene Eisenindustrie zu entwickeln. Inzwischen macht der Rückweg der Eisenerzeugung zur Erzfundstätte weitere Fortschritte. Indien ist eines der mächtigsten eisenerzeugenden Länder für die östliche Erdfläche geworden, China wird seine noch in den Anfängen steckende Eisenindustrie am Jangtse zu einem industriellen Zentrum von Weltgeltung entwickeln. In nicht ferner Zeit folgt Südafrika – überall wird die Industrialisierung Englands zum Vorbild genommen, in dem unerschütterlichen Glauben, daß der Mensch in seinem materiellen Aufbau, in seiner gedanklichen Entwicklung von Ewigkeit her und seit Jahrhunderten unverändert derselbe geblieben ist.

Für die Zeit dieser sprunghaft sich entwickelnden Überzeugung ist die Lage der oberschlesischen Eisenindustrie besonders ungünstig. Die Industrie ist ohne eigene Erzbasis. Sowohl die oberschlesischen wie die dem Vorkommen nach mächtigeren polnischen Eisenerze eignen sich nicht zur Verhüttung. Aus der Ukraine, aus Spanien und in der Hauptsache aus Schweden müssen die Erze erst herangeholt werden. Entsteht schon dadurch eine nicht unwesentliche Verteuerung des gewonnenen Roheisens, so kommt noch hinzu, daß das Industriegebiet von einem Landwirtschaftsgürtel umgeben ist, der nach Süden und Westen hin wenig erschlossen und dünn besiedelt ist, nach Osten und Norden aber in die reine Großkultur übergeht,

die sich auf den Anbau von Kartoffeln und Zuckerrüben beschränkt. Die darauf sich gründende Spiritus- und Zuckerindustrie gibt der Eisenindustrie keinen Verdienst, im Gegenteil, sie gedeihen erst, wenn das Heer der in der benachbarten Eisenindustrie beschäftigten Arbeiter in das Absatzgebiet ihres natürlichen Standortes fällt. Die Eisenindustrie muß daher einen Aufschlag an Frachten tragen, um aus diesem Gürtel herauszukommen. Sie trifft im Inneren Deutschlands auf die frachtlich günstiger gestellte rheinische und mitteldeutsche Eisenindustrie, an den nördlichen Küstengebieten dazu noch auf das englische Eisen, in den Balkanländern auf die gesamte internationale Konkurrenz, wobei für den Landweg die tschechische und österreichische Eisenindustrie ihr regional noch vorgelagert ist. Sie ist daher in immer größerem Maße darauf angewiesen, sich den eigenen Abnehmer zu schaffen, das ist die verarbeitende Industrie, die ständige Verfeinerung des Rohproduktes bis zu Spezialstählen, die wiederum nur in einem schon stark spezialisierten Produktionsprozeß des Maschinen- und Apparatebaus Verwendung finden können. Dieser Weg ist aber nicht der oberschlesischen Eisenindustrie allein offen. Wo immer die Eisenindustrie eines Landes die Grenzen ihres natürlichen Absatzgebietes überschritten hat, wird sie diesen Weg gehen müssen. So treffen denn auch Weiterverarbeitung und Verfeinerung auf die gleichen Wettbewerbsbedingungen wie schon das Roheisen. Der Kampf wird nur noch hartnäckiger. Der Staat greift ein mit Tarifhilfen, Exportprämien und direkten Subventionen. Der Staat aber, das sind die Steuerzahler, das sind letzten Endes die Arbeiter, die von der Hütte ihren Tageslohn erhalten. In der vielfältig zerstäubenden Form des täglichen Bedarfs, im Rahmen der so ungeheuer verzweigten Organisation unserer Gesellschaftsordnung setzen sie diesen Lohn dergestalt um, daß er zur Hütte wieder zurückfließt. Denn die Hütte raucht, gleichgültig ob sie einem einzelnen Privatmann gehört, einer Gesellschaft oder dem Staate selbst, nur auf Kosten dieses Staates. Sie schafft keinen neuen Wert mehr. Sie lebt von den Produktions-, den Absatz-, den Transportbedingungen, die die Allgemeinwirtschaft ihr ge währt und von den Preisen, die der Bedarf ihr dann zugesteht. Der Lohn ist die Hütte selbst. Das ist eine Voraussetzung.
Hätte Oberschlesien nur seine Eisenindustrie, kein Staat hätte sich besonders darum gerissen. Wertvoller sind seine Galmei-

erze und die darauf aufgebaute Zinkverhüttung. Zink steht der gegenwärtigen Maschinenkultur näher als Eisen. Zink beschleunigt den technischen Fortschritt. Es ist zugleich leichter und dauerhafter. Zink ist ein Übergang zwischen zwei Zeitaltern. Der Zinkverbrauch ist noch nicht viel älter als 100 Jahre, und Oberschlesien kann den Ruhm für sich in Anspruch nehmen, das Zinkschmelzverfahren entwickelt zu haben. Erst später folgten England und Belgien. In der Entwicklung des Zinkmarktes liegt ein Entscheidungskampf um das Welthandelsmonopol für Zink, der in seinen ersten Anfängen sich bereits andeutet. In diesem Kampf sind die oberschlesischen Erze zunächst nur das Zünglein an der Waage. Die vor dem Weltkriege übermächtigen deutschen Metallhandelskonzerne erscheinen jetzt zerschmettert – für die deutsche Steuerbehörde. Der Hauptnutznießer dieses Zusammenbruchs, die American Smelting Corporation, hat die deutschen Handelsbeteiligungen in Übersee geschluckt. Für beide Amerika wird die Aufnahme der Zinkverhüttung in Mexiko von Bedeutung sein, wie für Ozeanien und Teile des asiatischen Kontinents diejenige in Australien. Der Handel mit Erzen dringt nicht nur in die Verhüttung, er wird auch versuchen, die Zinkwalzwerke sich unterzuordnen. Davon wird noch die Rede sein.

Die Hauptbedeutung Oberschlesiens liegt indessen in seinen Kohlefeldern. Nur ein Bruchteil der Flöze wird abgebaut. Es fehlt an Geld. Der unterirdische Besitz, wenn, um ihn zu mobilisieren, vorerst Millionen-Anleihen aufgenommen werden müssen, lastet schwerer als die solide Sandgrube hinten im Garten. Geld geht nach Vorschuß, und niemand denkt daran, dort, wo die Millionen umgeschrieben werden, sich mit den reinen Zinsversprechungen zu begnügen. So entsteht zwischen den herangewachsenen Mammutgebilden unserer Wirtschaft ein Kampf um diesen Kohlenbesitz, weniger des reinen Besitzes wegen, nur um den Titel, der den Anspruch gibt, weitere Kapitalansammlungen heranzuzwingen. Ist dieser Zweck erreicht, wird die Kohle rasch abgestoßen. Der oberschlesischen Steinkohle ist in der mitteldeutschen Braunkohle ein unerwarteter Feind entstanden. Mußte Oberschlesien im Wettbewerb mit der Ruhrkohle und der englischen Kohle künstlich geschützt werden infolge seiner ungünstigen Frachtlager, so wird die jetzt einsetzende Umstellung unserer gesamten Kraftwirtschaft diese

Lage noch ungünstiger gestalten. Wie das Holz wird auch die Kohle in einiger Zeit aus den Öfen verschwunden sein. Da der Leerverbrauch der Wärmeenergien, die heute noch durch den Schornstein gehen, restlos beseitigt werden wird, da man weiter die Energiemengen, die in den Flözen tot gebunden sind, an Ort und Stelle entwickeln und dadurch für den Bedarf planmäßiger gewinnen und weiterleiten wird, so wird eine Umschichtung des Kohleverbrauchs, und zwar in der Hauptsache nur mehr für chemisch-technische Zwecke, erfolgen, die außerordentlich den Verbrauch an Kohle einschränken werden. Zudem entwickelt sich hierbei Wärme und Kraft als Nebenprodukt. Das Heer der Grubenarbeiter, der Bergmann, der Kumpel wird verschwinden, die jüngere, ölhaltige Braunkohle, die in geringer Tiefe in Feldern ansteht, ist diesem Produktionsprozeß näher als die schon Stein gewordene, zu Gebirgen geschichtete Zechenkohle. Die Wirtschaftsgeschichte der Welt kennt keinen Vorgang, der in ähnlich spannender Weise den Wettlauf zweier Kapitalgruppen zeigt wie den der Kohlenkapitalien, der gerade jetzt beginnt. Hat man jahrzehntelang jeden Pfennig gespart, so wirft man jetzt Hunderte von Millionen in neue Schächte, um die Abfindungsquote in die Höhe zu schrauben, denn bald steht der ganze Zauber doch mal still. Damit verschlechtert sich automatisch die Rentabilitätsberechnung des Gegners, auf dessen Rücken alle diese Neuanlagen als Vorbelastung sich auswirken. Nur künstlich hält sich unterdessen die Ordnung einer Gesellschaft, die in einer Umschichtung von nicht weniger tiefer Wirkung begriffen ist und deren alte, frühere Form, von der noch die Väter erzählen, eigentlich schon zusammengebrochen ist. Sie hält sich, greisenhaft und ohne Raum zum Atmen, wie die Knolle der Frühlingsblume, die schon grün und quellend im Moränenschnitt treibt, während darüber hin die Gletscherwinde sich zausen. Manchmal für eine, für zwei Generationen lang.

II. Von Kaufleuten und einem entlaufenen Prediger, Pferdejungen und anderem

Ich bitte den Leser noch um etwas Geduld. Die oberschlesische Industrie ist kein einheitliches Ganzes, sie ist auch nicht organisch aufgewachsen. Vieles entstand aus dem reinen Zufall, oft einer Laune, fast immer ohne innere Notwendigkeit, daher vorbestimmt in der weiteren Entwicklung seltsamster Machtverschiebungen. Vielleicht ist ähnliches in unserer Zeitordnung auch in der Mehrzahl der übrigen Industriegebiete der Fall. Sicherlich aber nirgends in so merkwürdig verzerrter Form wie in Oberschlesien. Es verlohnt sich, darüber noch einige Andeutungen zu machen.

Fast acht Jahrhunderte zurück liegt die Blüte des oberschlesischen Silberbergbaus. Abenteurer aus aller Herren Länder waren nach Stadt und Fürstentum Beuthen zusammengeströmt, um dort das damals sehr einbringliche Geschäft des Silberschmelzens zu betreiben. Die so ansässig gewordnen Beuthener Bürger verschrieben sich gegen hohen Lohn deutsche Bergleute aus Sachsen und Mitteldeutschland, die den Abbau der Silbererze in Schwung brachten. Nach der geschichtlichen Überlieferung gelangten die Beuthener Bürger zu hohem Wohlstand. Es wird erzählt, daß nur der Beuthener Bürger das Vorrecht hatte, für seine Neugeborenen silberne Wiegen zu halten. Mit der Kirche standen sie auf gespanntem Fuß. Als der Pfarrer Peter von Kosel den Zehnten eintreiben wollte, ergriffen sie ihn samt seinem Kaplan und ertränkten ihn im Margarethenteich. Die östliche Landbevölkerung, der Grund und Boden samt den Erzgerechtsamen gehörte, wurde bedrückt und gebrandschatzt, und wo es nicht gelang, sie völlig zu vertreiben, wurde sie in den Frondienst der Beuthener Herren gepreßt. Schon hundert Jahre später waren die Bauern im ganzen Gebiet ausgerottet. Das geht daraus hervor, daß um diese Zeit der Bergbaubetrieb stillgelegt werden mußte, weil das Futter für die Pferde, die die großen Pumpwerke betrieben, nicht mehr aufzutreiben war. Auch die großen weltlichen und geistlichen Fürsten hatten ihre Aufmerksamkeit dem Beuthener Lande geschenkt und verteilten es öfters als Belohnung guter Dienste, so daß häufige Raub- und Plünderungszüge die Folge waren. Das war dann nicht mehr die gute Zeit, in der ein Kaufmann bestehen kann.

Erst dreihundert Jahre später, zur Zeit der Reformation, sollte der Bergbau wieder eine neue Blütezeit erfahren. Der deutsche Kaiser pflegte damals wie ein Gutsbesitzer, der über seine Verhältnisse lebt, Teile seines Landes zu verpfänden und schließlich zu verkaufen. So verpfändete er den Herzögen von Oppeln auch das Beuthener Land, während er schon vorher einen Teil der gleichen Ländereien als Fürstentum Jägerndorf einem ungarischen Magnaten, dem Markgrafen Georg von Brandenburg, verkauft hatte. Dieser, ein Vetter der in Brandenburg als Kurfürsten regierenden Hohenzollern, war ein typischer Kriegsgewinnler. Anfangs nur Pächter und Verwalter großer Ländereien und Weinberge, entkleidete er die ungarischen Barone, die im Auftrage des Kaisers gegen die Türken zogen, allmählich ihres Besitzes, wobei er den Erlös aus gewissen Heereslieferungen dazu verwandte, Spiel- und Saufgelder an seine Barone vorzustrecken, die dadurch zu seinen Schuldnern wurden. Als ihm der Boden in Ungarn etwas zu heiß wurde, kaufte er vom Kaiser einige Fürstentümer, darunter das eigens für ihn auf der Karte schnell vermessene Jägerndorf. Er einigte sich schließlich mit dem Oppelner Herzog, der, wie schon gesagt, Teile dieses Gebiets schon einmal beliehen und jetzt in Pfand hatte, indem er ihm gegen Abtretung dieses Pfandes jede beliebige Anzahl von Fuder Ungarweins jährlich für den herzoglichen Weinkeller versprach. Es wurde darüber ein besonderes Abkommen aufgesetzt, und die ungarischen Barone waren froh, sich durch solche Lieferungen von ihrem Quälgeist loskaufen zu können. Seit der Zeit trinkt der oberschlesische Bürger mit Vorliebe Ungarwein.

Aber der gute Markgraf, der auch den Beinamen der Fromme erhielt, war nicht nur ein gerissener Kaufmann, er verstand auch wirklich was von seinem Geschäft. Um den Bergbau wieder aufleben zu lassen, mußten zunächst Arbeiter herangeschafft werden. Um diese anzulocken, erließ er eine Reihe besonderer Rechtsbestimmungen und Ansiedlungserleichterungen. Er gründete für seine Bergarbeiter gewissermaßen eine Gewerkschaft, der bestimmte Freiheiten und Rechte verliehen waren und der er den Grundstock zu einer gegenseitigen Unterstützungskasse stiftete. Sein Nachfolger setzte diese Bestrebungen fort und hatte den Erfolg, daß die so herbeigerufenen und angesiedelten Arbeiter sich für die Wirtschaftlichkeit der Bergbaubetriebe aus eigenem Antriebe zu interessieren begannen. Sie schafften den sehr kostspieligen Pumpbetrieb ab und versuchten erstmalig, Stollen anzulegen, die dann auch reiche Ausbeute zeitigten. Zu dieser Zeit wurden nicht weniger als

2000 neue Schächte angelegt und als Mittelpunkt dieser Industrie-siedlung die Stadt Tarnowitz gegründet. Dieser verlieh der Markgraf, gewissermaßen alle bisherigen Verordnungen zusammenfassend, die sogenannte Tarnowitzer Burgfreiheit vom Jahre 1599. Den Arbeitern waren darin Freiheiten und Vorrechte gewährt, die heute wieder verloren gegangen sind. Ihre ersten Sätze, die von grundlegender geschichtlicher Bedeutung für die Arbeiterbewegung sind, lauten:

Allen Gewerken, Bergleuten und Arbeitern, auch ihren Erben und Nachkommen wird bewilligt, in unserer Herrschaft Beuthen und auf dem Bergwerk Tarnowitz auf allerlei Metall und Erz zu schürfen und zu suchen, Schächte, Gruben, Stollen aufzuschlagen und dieselben recht zu bauen.

Es wird angeordnet, eine Bruderbüchse zu gründen; in welche die Gewerker je nach dem Abbau und der Zahl der Arbeiter Beiträge zahlen, zur Beförderung und Erhaltung der Kirchen und Schulen. Auch der Armen soll dabei nicht vergessen werden.

Der Dreißigjährige Krieg machte dieser Blütezeit ein Ende. Durch Erbschaft wurde der Brandenburgische Kurfürst Joachim Friedrich Besitzer, dessen Sohn auf seiten der Schweden und des Böhmenkönigs Friedrich von der Pfalz gegen die Kaiserlichen focht und nach der Schlacht am Weißen Berge mit diesem zusammen geächtet und seiner Güter für verlustig erklärt wurde. Den Besitz erhielt ein Günstling des Kaisers namens Henckel, der sich den Beinamen Lazarus der Erste gab. Henckel hatte beim kaiserlichen Hofe das Amt eines Hofnarren inne und wurde Henckel de Quinto Foro, das ist Henckel vom Donnerstag oder Donnerstagvergnügen oder -Markt, genannt. Nach einer Überlieferung war es eben die besondere Aufgabe dieses Henckel, sich jeweils am Donnerstag für die kaiserlichen Tafelfreunde und Kurfürsten zur Verfügung zu halten zu gewissen Zwecken, die heute inzwischen wieder oder noch unter die Paragraphen des Strafgesetzbuches fallen. Daher wohl auch der sinnige Name Lazarus. Dieser Lazarus war auch mit seiner neuen Herrschaft recht geplagt. Die sehr selbstbewußten Tarnowitzer Bergarbeiter prügelten ihn bei seinem ersten Besuch der Bergwerke zum Stadttor hinaus. Nicht viel besser erging es seinem Sohn, Henckel Lazarus dem Zweiten, der indessen vom Kaiser auf sein Gesuch um Kriegsleute gegen die Arbeiter statt Geld und Waffen zunächst den Grafentitel erhielt. Erst einige Jahrzehnte später wurden dann allerdings die protestantisch gebliebenen Bergleute ausgerottet. Im Laufe des nächsten Jahrhunderts verfiel der Bergbau wieder. Die Henckel nannten sich jetzt Henckel von Donnersmarck.

Nach der Einstellung des Silber- und Bleibergbaus führte noch die Eisengewinnung aus Erzlagern, die als Toneisenstein im Beuthener Bezirk gefunden wurden, ein kümmerliches Dasein. Die erschmolzenen Luppen mußten von sehr schlechter Beschaffenheit gewesen sein, so daß der Preußenkönig Friedrich II., der Oberschlesien als ein Teil der Provinz Schlesien dem Österreicher entriß, zunächst die Ausfuhr oberschlesischen Eisens in die übrigen preußischen Provinzen streng untersagte. Zu dieser Zeit nahm aber schon der Handel mit Galmeierzen, die man anfangs als ein Gewächs auf den Halden der verlassenen Tarnowitzer Schächte gefunden hatte, seinen Aufschwung. Breslauer Kaufleute, an der Spitze der Tuchhändler Georg Giesche, sicherten sich das Geschäft, das sehr gewinnbringend war und keinerlei Unkosten und Abgaben erforderte als den reinen Fuhrlohn in die Breslauer Niederlagen. Der große Friedrich war sehr zufrieden, die Breslauer Kaufmannschaft so unternehmungslustig zu finden und kargte ((nicht)) mit Privilegien und allerhand Monopolen. Allerdings lag ihm in der Haupsache an einer Verbesserung der Eisenindustrie; an Galmei, der in den europäischen Messingwerken, die ihn mit Kupfer zusammen verarbeiteten, einen steigenden Absatz hatte, dachte er dabei nicht. So behielt Giesche sein Galmeiverkaufsmonopol, das ihn zu einem der reichsten Leute Europas zu damaliger Zeit machte und die Erben einen Konzern gründen ließ, der mit der wirtschaftlich mächtigste der Vorkriegszeit wurde und durch seine finanzpolitische Konservierungspolitik die industrielle Erschließung Oberschlesiens um Jahrzehnte aufgehalten hat, wodurch er der mittelbar oder unmittelbar Hauptschuldige der späteren nationalen politischen Zweiteilung Oberschlesiens geworden ist. Auch das nationale Manchestertum des großen Friedrich richtet sich somit in seinen letzten Folgerungen gegen sich selbst.

Stattdessen also befahl der Preußenkönig den Breslauer Kaufleuten durch Kabinettsorder die Anlage von Eisenhütten, die nach kurzer Zeit von den Besitzern fluchtartig verlassen wurden.

Was aus dieser Zeit bis heute geblieben ist wie die Hütte in Malapane und die Gleiwitzer Hütte, sind auch nicht gerade Musterbeispiele gesunder Wirtschaftlichkeit geworden.

Indessen haben Friedrichs Nachfolger, beziehungsweise deren Minister Freiherr von Heinitz, einen jungen Mann in Oberschlesien selbständig wirtschaften lassen, der geradezu eine revolutionäre und revolutionierende Kraft für die Entwicklung der oberschlesischen Industrie eingesetzt hat. Es war dies der Berghauptmann Wilhelm Graf von Reden, der Neffe des Ministers, der im Harz und in England den Bergbau studiert und in seiner späteren Stellung die dort erlangten Kenntnisse gut anzubringen gewußt hat. Es ist sicherlich eine merkwürdige Ausnahme in der Industriegeschichte aller Länder, daß man einen eifrigen und begabten jungen Mann in hoher und entscheidender Stellung allein, ohne Cliquenwirtschaft, Intrigen und Kontrollen hat wirtschaften lassen, vermutlich nur deshalb, weil man höheren Orts das Land, aus dem damals weder Soldaten noch Steuern herauszuholen waren, mehr oder weniger vergessen hatte. Reden erfand sozusagen für Oberschlesien die Steinkohle, er modernisierte die Eisenindustrie, er führte die erste Dampfmaschine im Grubenbetrieb ein, unter seiner Förderung und Anregung wurde der Klodnitzkanal gebaut, der Eisen und Kohle an die Oder brachte, und schließlich verdankt seiner verwaltungstechnischen Hilfe die Zinkindustrie ihr Entstehen. Unter seiner Leitung wurde der erste Hochofen, der mit Koks feuerte, auf dem Kontinent erbaut. Es ist merkwürdig: das, was Reden bis zu dem Zusammenbruch Preußens 1806 entwickelt hat, ist seinem Grundzuge nach bis zum letzten großen Kriege unverändert geblieben. Die Erzeugung hat sich zwar nach einer gewissen automatischen Regelmäßigkeit gehoben, ein neuer wirtschaftlicher Gedanke von größerer Nachwirkung ist aber nicht mehr hinzugekommen. So blieb Oberschlesien, das vor hundert Jahren an der Spitze der technischen Entwickung gestanden hatte, allmählich hinter dem Westen und den neuen Industrieländern zurück, eben für heute gesehen genau hundert Jahre zurück.

Die Eisenhütten mußten damals geradezu gezwungen werden, zur Verhüttung sich der Kohle zu bedienen. Reden ließ den starrsinnigen Eigentümern die Kohle nicht nur schenken, sondern sogar kostenlos anfahren. Reden war ein Feind der

Privatwirtschaft. Ihm schwebten zur Ordnung der Preis- und Absatzverhältnisse straffe Kartelle und Absatzverbände vor, die ihre Spitze in der staatlichen Organisation fänden. Einer der Henckels, der gegen die Verwendung der Steinkohle Einspruch erhob, da sie den Verkauf des Holzes auf seinen Forsten schädige, erklärte, als dieser Einspruch unberücksichtigt blieb, er wolle seinen ganzen Kohlenbesitz der Berghauptmannschaft verschenken, wenn man das Holz weiter aus seinen Forsten beziehe. Das Geschenk wurde leider nicht angenommen. Eine Anzahl Familien von Adel, die nach der Neuordnung des allgemeinen Landrechts, meist erst unter Friedrich, Güter in Oberschlesien für einen Spottpreis erworben hatten, petitionierten beim preußischen König gegen die Verwendung der Steinkohle. Sie gehören mit ihrem Steinkohlenbesitz heute zu den Reichsten Europas, so die Fürsten Pleß, die Grafen Ballestrem und die Matuschkas.

Aber deren Zeit kam erst in den Gründerjahren nach dem deutsch-französischen Kriege von 1870.

Noch zu Redens Zeiten klommen einheimische und zugewanderte Arbeiter, die in geschickter Weise die Gunst der Zeit und der Konjunktur für ihre eigenen Zwecke sich nutzbar zu machen verstanden, die Stufenleiter des Erfolges empor, Borsig und Winckler, der, nachdem er sich zum Bergwerkleiter emporgearbeitet hatte, die Witwe seines verstorbenen Brotherren, eines Beuthener Kaufmanns, heiratete. Er verstand es, den gut zusammenspekulierten Besitz praktisch aufzuschließen und durch gerissene Tauschgeschäfte mit kleineren Anliegern so zu vergrößern, daß er zu einem der größten Grubenbesitzer des Gebietes wurde. Seine Tochter lief ihm mit einem Leutnant v((on)) Tiele davon, der mit nicht viel mehr als seinem bunten Rock als Schwiegersohn aufwarten konnte. Später wurde die Familie derer von Tiele-Winckler in den Grafenstand erhoben.

Recht bewegt aber ist auch die Entstehung eines anderen, nicht weniger mächtigen oberschlesischen Magnatengeschlechtes, der Grafen Schaffgotsch. Ihr Reichtum an Kohlen und Erzen geht auf einen Pferdejungen zurück, mit Namen Godulla, der beim Grafen Ballestrem in Diensten stand. Der Graf hatte den Jungen, dessen Eltern und Geschwister an der Cholera gestorben waren und der nach einer abenteuerlichen Reise nach Rußland von Sehnsucht getrieben sich nach seiner Heimat zurück durchgebettelt hatte, in einem Gasthause in Tost kennengelernt. Godulla wurde der gräflichen Dienerschaft einverleibt, in die Schule geschickt und später als Forstgehilfe in den gräflichen Wäldern beschäftigt. Er diente seinem Herrn mit solchem Eifer, daß er von den Wilddieben halb totgeschlagen wurde und davon sein Leben lang lahm blieb. Er wird in Anerkennung seiner Verdienste Verwalter eines gräflichen Gutes in Ruda. Hier lernt er die Eisenindustrie kennen, gerade zur Zeit der ersten Anfänge der Zinkindustrie. Beim eigentlichen Vater derselben, dem Lehramtskandidaten Ruberg, läßt er heimlich die Eisenschlacke auf ihren Zinkgehalt untersuchen und kauft unter der Hand die riesigen Schlackenberge für ein paar Pfennige. Allerdings nicht gerade mehr ausschließlich im Interesse seines Herrn. Damit macht er sich selbständig. Er ist einer der ersten, der in größerem Maßstabe den Zinkhüttenbetrieb einrichtet. Er wird Unternehmer großen Stils, schließt gegen Anteile und Gewinnprozente den Ballestremschen Grubenbesitz auf, kauft für sich selbst Anteile auf benachbarten Gruben, die er durch eine kluge Vorschußpolitik zu Grunde richtet, um sie billig aus der Masse zu erstehen. Die Überlieferung kennt ihn als einen ernsten strengen Mann, der nie ein Wort sprach, gegen jedermann abweisend und von allen gefürchtet war. Gegen Ende seines Lebens faßt er Zutrauen zu einem kleinen Mädchen, der Tochter einer bei ihm bediensteten Bergmannsfrau Johanna Gryczek. Die kleine Johanna soll die erste gewesen sein, die vor dem alten brummigen Herrn nicht ängstlich weggelaufen ist. In einer merkwürdigen Laune dieses grämlichen Lebens, dessen wahre Hintergründe eigentlich nicht aufgedeckt sind, überschreibt er im Testament der kleinen Johanna die Hälfte seines Vermögens, die andere Hälfte dem Forstgehilfen Gemander, der mit ihm zusammen beim Grafen Ballestrem gedient hatte und simpler Forstmann geblieben war. Gemander kaufte davon eine Kohlengrube, die heute den Grundstock des Borsigschen Vermögens bildet und von der die Wirtschaftlichkeit aller Borsigschen Unternehmungen abhängt. Johanna dagegen wurde von dem völlig verarmten Grafen Schaffgotsch, der in die Hände Breslauer Wucherer geraten war, für würdig befunden, eine Grafenkrone zu tragen. Die Ehe wurde von dem Fürstbischof von Breslau vermittelt, der für die Kirche ganz erhebliche Prozente herausschlug. Noch heute stehen die Schaffgotschen an der Spitze aller Spender für den päpstlichen und diözesanen Klingelbeutel, und die religiöse Ordnung ist so stark durchgehalten, daß bis zu diesen Tagen die Büroangestellten, Buchhalter, Stenotypistinnen, Laufjungen und Hausknechte der Gräflich Schaffgotschen Hauptverwaltung jeden Tag vor Beginn ihres Dienstes eine stille Messe besuchen müssen, die in der Hauskapelle vom Kaplan, der unter die Buchhalter rechnet, gelesen wird. Der alte Godulla starb an der Cholera, vor der er sich sein Leben lang gefürchtet hatte und der er noch vergeblich versucht hatte, vierspännig zu entfliehen. Dem Zinkkönig, wie er von seinen Leuten genannt wurde, gehörten bei seinem Tode große Zinkhütten, neunzehn Erz- und vierzig Steinkohlegruben, außer den vielfältigsten Beteiligungen.

Alle ihre Erfolge verdanken die Erwähnten jenem Johann Christian Ruberg, der als verkrachter Student der Theologie aus Sachsen nach Oberschlesien kam, um auf den Pleß'schen Hütten ein notdürftiges Unterkommen zu finden. Böse Zungen behaupteten damals, die Plesser Fürsten hätten den Ruberg herbeigerufen, von dem das Gerücht ging, daß er Gold machen könne. Das war noch gegen Ende des 18. Jahrhunderts. Etwas Wahres mag schon daran sein, denn Ruberg, der selbst der Sohn eines reichen Müllers war, hatte sein nicht unbeträchtliches Vermögen dieser Kunst schon vorher zugesetzt. Nur hatten die Plesser nicht mehr allzuviel neues Geld hineinzustecken, sie empfahlen daher Ruberg zunächst, ihre Glashütte in Wessola in Gang zu setzen. Von Wessola aus entfaltete Ruberg, der sich die ganze Zeit über vergeblich bemühte, eine Stellung als Lehrer zu bekommen, eine sehr reiche schöpferische Tätigkeit. Überaus zahlreich sind die von ihm für die Eisenverhüttung empfohlenen technischen Verbesserungen. Vielleicht fehlte ihm die wahre wissenschaftliche Grundlage, seine großen Kenntnisse in der Chemie praktisch nutzbar zu machen, vielleicht fehlte ihm nur die innere Sammlung, wahrscheinlich fehlte ihm aber die Anerkennung der damaligen wissenschaftlichen Welt, die ihn zu einem Phantasten und Dilettanten stempelte. Ruberg entdeckte das Verfahren, aus der zinkhaltigen Schlacke das reine Zink zu schmelzen und erbaute 1798 den ersten Zinkofen, um das Metall im Großen herzustellen. Von dieser Anlage nahm die Zinkindustrie der Welt ihren Ausgang. Obwohl alle die Industrieherren der Umgegend sich an der Rubergschen Erfindung maßlos bereicherten, nahmen sie den Kandidaten umso weniger ernst, je rascher die Zinkhütten im Gebiet emporwuchsen. Als Ruberg, der immer neue Versuche machen sollte, schließlich verärgert wurde und diese Laune an seinen Gönnern auszulassen begann, wurde ihm der Stuhl vor die Tür gesetzt. Von der Kanzel predigten die Pfarrer gegen den Gottesleugner und Goldmacher und hetzten so das Volk gegen Ruberg, der schließlich als Vagabund wie ein Bettler von einem Ort zum anderen zog. Seine letzte Ruhestätte fand er in der von Schleiermacher gegründeten lutheranischen Siedlung Anhalt bei Pleß. Er starb buchstäblich auf der Landstraße. Weder die Godulla, Winckler, Grundmann und Holtzhausen und wie sie alle heißen mögen, die durch ihn und auf seinen Kenntnissen groß geworden sind, noch die Hohenlohes, Ballestrems, Schaffgotschs und Henckel-Donnersmarcks, die ihre Millionenvermögen diesem Phantasten verdanken, haben ihn zu retten, einen Finger gerührt.

Merkwürdigerweise war die einzige Magnatenfamilie, die keinen so unmittelbaren Nutzen von ihm hatte, diejenige, die ihn ins Land gebracht hatte, die Herrschaft Pleß. Indessen die Plesser wußten sich anders zu entschädigen. Als gegen Ende des vergangenen Jahrhunderts die Nutzungsrechte der Herrschaft Pleß von dem Oberbergamt bestritten ((wurden)), beriefen sich die Fürsten auf ihre Sonderstellung als souveräne schlesische Landherren. Durch einen Saganer Rabbiner ließen sie Verträge in den alten Archiven aufstöbern, deren Echtheit heute bestritten und deren Rechtsverbindlichkeit zum mindesten in allen wissenschaftlichen Kreisen geleugnet wird. Damals entschied ein Machtspruch Wilhelms II. den Streit zugunsten des Fürsten. Die Hofangestellten erzählen davon, daß in jenen Tagen der Kaiser den Reizen der Fürstin, einer Schwester der wilden Herzogin von Westminster, erlegen sei. Der Fürst dagegen legt seitdem Wert auf die Feststellung, daß er selbst keinen Schritt zum Kaiser getan habe; er hätte es aber auch nicht hindern können, daß der Kaiser gerade ihn zum Wirt des großen Generalstabes im Weltkriege ausersehen hatte. Diese kluge Erklärung hat dem Fürsten bisher seine Güter im neuen Polen vor der Beschlagnahme gerettet.

III. Die Herren Generaldirektoren

Die Vergangenheit ist nicht vollständig, wenn sie nicht bis zur letzten Gegenwart geführt wird. Der Aufgabenbereich solcher Vermögensverwaltungen ist den Standesherren allmählich über den Kopf gewachsen. Der Einbruch der Banken, der öffentlich-rechtlichen Kapitalgesellschaften in das an und für sich sorgsam abgeschlossene Industriegebiet gab diesen Herren den Anstoß, sich vom Geschäft zurückzuziehen. In der guten alten Zeit des erwachenden Bürgertums war das Geld nur derjenige Teil des Besitzes, der keine andere Bestimmung hatte, als ihn in reines Vergnügen umzusetzen, also – das Geld war dazu da, es mit vollen Händen zum Fenster rauszuwerfen. Das war Reichtum. Die neue Zeit, in der der Proletarier seinen Aufstieg beginnt, ist gezwungen, schärfer zu rechnen. Besitz und Geld sind in feste Beziehungen zueinander getreten; aus dem Besitz wird das Geld gewissermaßen produktionstechnisch gewonnen und dieses Geld wird zwangsläufig in Besitz wieder umgesetzt oder es geht verloren, es zerstäubt sich. Dann wird der Besitz wie ein Stein, er lastet und drückt seinen Eigentümer zu Boden. Er muß produzieren können, wenn ((er)) weiterhin Geld umsetzen will. Er muß also zunächst Geld in seinen Besitz stecken, um ihn in Bewegung zu setzen. So will das diese Zeit. Dieses Geld aber muß der Besitzer sich erst borgen, von den Banken, aus dem freien Kapitalmarkt, von konkurrierenden Unternehmen, die diesen Umwandlungsprozeß schon hinter sich haben. Das bisher selbständige Verfügungsrecht wird eingeschränkt und hört bald ganz auf. Vertrauensleute der Gläubiger bestimmen mit und bestimmen zuletzt allein, im Ausgleich ihrer verschieden gearteten Interessen zueinander. Dann sitzt der ursprüngliche Eigentümer eigentlich nur noch auf einem Paket gewisser juristischer Vorrechte, die aber nur dann Geld wert sind, wenn und in welcher Höhe die Mitbeteiligten es wollen. Das bestimmt letzten Endes die Spitze der Besitzverwaltung, der General-direktor. Er ist vom Vertrauen seines ehemaligen Herrn ge-tragen und von den Geldleuten in die Stellung eingesetzt. Aus dem ersten Diener ist der Herr geworden. Dieser General-direktor hat dafür zu sorgen, daß der Schein einer Zusammen-arbeit gewahrt bleibt, während seine Auftraggeber dabei sind, den Besitz zu plündern. Ein juristischer Anspruch nach dem andern wandert in die Produktion, um dort in Geld umgesetzt zu werden, aus dem man dem Eigentümer dann eine den andern zusagende Rente zahlt. Der Industriekapitän, der Generaldirektor ist dazu da, daß sich alles dies reibungslos vollzieht. Sein Aufgabenkreis wächst, wenn an Stelle des technisch gesprochen schon depossedierten Standesherrn der individuelle Kapitalbesitzer, der Aktionär getreten ist. Die Methode, auch deren Besitz in Produktion umzuwandeln, bleibt dieselbe. Er hat nur dafür zu sorgen, daß das Schiff nicht auf Grund gerät. Immer trifft die Verantwortung dann ihn selbst, denn die Kräfte, die ihn treiben, sind für das individuelle Gesicht dieser Zeit nicht greifbar. Man darf also annehmen, daß er sich diesen Kräften gegenüber genügend sichern wird.

So ist denn die Macht der Herren Generaldirektoren entstanden, unter der unsere Zeit seufzt. Es ist eine Macht, die nur insoweit aufbaut, als sie die Vergangenheit zerstört, während sie die Gegenwart vergewaltigt und den Weg der Zukunft mit dem Felsblock eherner Profitgesetze versperrt. Das Licht und die Freude, das Leben wird dem einzelnen danach zugemessen.

Der letzte der Henckels, wieder zum Lazarus geworden, pflegt sein zerstörtes Rückenmark an der französischen Riviera. Für einen großen Coup am Baccarat-Tisch reicht seine Rente nicht. Sein ehemaliger Besitz arbeitet in einer großen Anzahl von Gesellschaften, deren größte die Kattowitzer Aktiengesellschaft für Bergbau und Hüttenbetrieb ist. 60% ihres Kapitals waren noch 1925 in den Händen eines Herrn Flick, derzeit Generaldirektor der Charlottenhütte. Die Besitzverhältnisse wurden damals bekannt, als Herr Flick durch Vermittlung der Seehandlung über einen Amerikakredit in Höhe von 40 Millionen Dollar verhandelte. Der Herr Generaldirektor schlug außer diesem Kattowitzer-Paket noch folgende Beteiligungen zur Verpfändung vor: 90% des Aktienkapitals der Charlottenhütte, 60% der Bismarckhütte, 25% der Rhein-Elbe-Union und 30% der Linke-Hoffmann-Lauchhammer. An dem Kohlenbesitz der Henckel Donnersmarck ist ein böhmischer Kohlenhändler interessiert, durch dessen Kredite die fürstliche Verwaltung in den Stand gesetzt worden ist, sich um die Aufschließung neuer Zinkerzfelder zu bemühen. Ihr Generaldirektor bot das Geschäft an der Londoner Börse aus und erreichte eine englische Dachgesellschaft, die künftig städtische Gasanstalten in

Polen finanzieren wird. Der Justitiar dieser Gesellschaft ist Herr Tomalla, der von den deutschen Beamten Oberschlesiens mit dem Beinamen „der böse Geist" bezeichnet wird. Indessen an der Berliner Börse ist dieser böse Geist sehr beliebt. Als mit der französischen Inflation der Korfanty-Konzern zusammenbrach, erschien Tomalla an der Börse, um ein Stützungskonsortium zusammenzubringen. Er brachte dafür von seinen französischen Freunden das Angebot einer ganz fabelhaften Bleischwärze. Damals speiste Herr Tomalla nach einigen vergeblichen Versuchen bei Berliner Großbanken mit Herrn Flick bei Horcher. Nur um die Ecke rum wartete der Generaldirektor der Fürst Hohenlohe-Verwaltung auf den Telefonruf der beiden Herren. Mit ihm zusammen im gleichen Raum wartete der böhmische Kohlenhändler, der, an rasche Geschäfte gewöhnt, traurig ungeduldig geworden war. Der Hohenlohe-Präsident, gleichfalls nervös, schlägt vor, die Wartezeit dazu zu benutzen, das mitteldeutsche Braunkohlensyndikat zu sprengen. Der Böhme telefoniert sich einen maßgeblichen Aktienbesitz der Mitteldeutschen Creditbank, das Syndikat fliegt auf, die Frankfurter Herren vom Farbentrust, die darin einen Angriff gegen ihre Vormachtstellung wittern, schreiten zu weitgehenden Kreditsicherungsmaßnahmen in Frankfurt und Amsterdam – endlich erreicht die beiden Herren die telefonische Einladung nach dem Hotel Continental, wohin Tomalla inzwischen seinen neuen Freund gesteuert hatte. An diesem Tage verloren die Berliner Großbanken an den internationalen Plätzen ihren letzten Ruf von Smartness. Sie wurden in der Folgezeit eine leichte Beute der Amerikaner, die sich an ihnen überfraßen. Die Börse aber ist seit dieser Zeit sehr zufrieden, es ist wieder Stimmung ins Geschäft gekommen.

Auch die Entwicklung dieses Herrn Tomalla ist merkwürdig. Er ist der Sohn eines Grubenarbeiters, der einer Laune des damaligen Präsidenten des Oberschlesischen Berg- und Hüttenmännischen Vereins den Besuch einer höheren Schule verdankt. Der Präsident hatte es sich in den Kopf gesetzt, einem seiner Stipendiaten später seine Tochter zu verheiraten, und zufällig war seine Wahl auf Tomalla gefallen, der sich darauf vorbereitete, katholischer Pfarrer zu werden. Er bestimmte ihn, sich dem juristischen Studium zuzuwenden, aus dem die tüchtigsten Generaldirektoren hervorgehen. Tomalla aber vergaß sich mit der Tochter seiner Hauswirtin und sollte Alimente zahlen. Der Vater des Mädchens, ein Breslauer Straßenbahnschaffner, hielt auf Ordnung und zwang unsern Tomalla in ein rasches und vorzeitiges Ehejoch. Die Karriere schien vernichtet. Aber der Präsident gab seinen Lieblingsgedanken so leicht nicht auf. Tomalla wurde evangelisch und ließ sich scheiden. Dann peitschte er das vorgeschriebene Studium durch und wurde schon zwischendurch als juristischer Hilfsarbeiter in der Henckelschen Verwaltung beschäftigt. Er wurde Justitiar in der Kattowitzer A.G., Justitiar beim Verein und machte sich bei den Generaldirektoren besonders beliebt, indem er ihnen während des Krieges Schlafwagenkarten für die D-Züge nach Berlin besorgte. Das war damals nicht leicht, wenn man bedenkt, daß längere Zeit das Hauptquartier des Generalstabs in Pleß stationiert war. Er verstand es auch, den einzelnen Verwaltungen allerhand andere Gefälligkeiten, die zunächst vertraulich behandelt werden müssen, zu erweisen. So wurde seine Stellung gesichert. Gegen Ende des Krieges heiratete er eine Warschauer Jüdin mit gutem Geld. Später wurde er wieder katholisch und eine der Stützen der polnischen Regierung in der Aufstandzeit. Eine Zeitlang war er in Oberschlesien allmächtig. Er vertrat in polnischem Auftrag die Belange der oberschlesischen Industrie vor der Entente und vor dem Völkerbund. In dieser Zeit säuberte er die Verwaltung von den Beamten, die ihm unbequem waren oder die er aus irgendeinem Grunde haßte. Die Generaldirektoren zitterten vor ihm. Später bezog er seine Direktiven von den Bossen in Paris, London und Amsterdam, schließlich auch wieder aus Berlin. Zu seinen besten Streichen gehört seine Reinigung des Industrie-Vereins. Seinen Wohltäter setzte er kurzerhand ab, den Syndikus, einen Dr. Geisenheimer, ehemaligen Heidelberger Korpsstudenten und stramm der deutschen Sache ergeben, gewann er für die polnischen Interessen. Herr Geisenheimer blieb und setzte hinter das s ein weiches polnisches z – um der Sache zu dienen. Das Rückgrat der deutschen Industriebeamten war damit gebrochen.

Es gibt noch mehrere Direktoren, die aus dem einfachen Stande hervorgegangen sind. Der eine hat lange Jahre die Oberschlesische Eisenbahnbedarfs-A.G. in Gleiwitz, in der die Interessen der Huldschinskys eingebracht waren, verwaltet. Ein anderer ist an der Spitze der Schaffgotschen Verwaltung. Sein

Werdegang ist geringer an Abenteuern, aber seine Macht ist heute größer als die Tomallas. Der Hohenlohe-Präsident ist dadurch bekannt, daß seine Klientel zunehmend verarmt, zudem ist er verwandt mit Herrn Stresemann. Über sie alle wird noch zu sprechen sein. Ihre Abenteuer und ihre Geschichten sind ohne Belang, zumindest im Rahmen dieser Erzählung. Manche sind aus dem Ingenieursberuf hervorgegangen, einige waren früher schon höhere Verwaltungsbeamte, wenige sind allerdings schon vorher geschult worden, Geld umzusetzen und dabei Geld zu verdienen. Es genügt, ihre Stellung in der Wirtschaft, ihren Machtbereich und in etwa auch ihre Atmosphäre zu umreißen. Sie haben keinen Wirt mehr über sich, für den sie schaffen. Sie sind selbst Herren geworden. Mit allen Fehlern und Schwächen der Menschen, die die Ellbogen zu gebrauchen verstanden haben, aber zu schwach geblieben sind, das Ganze zu sehen, das zwangsmäßige Ineinandergreifen aller Wirtschaftszusammenhänge, statt nur die eigene Stellung, die eigene Unfehlbarkeit, die damit zusammenhängt, und die eigene Tasche.

IV. O Täler weit, o Höhen ...

Die Entwicklungsgeschichte der Wirtschaft steht mit der Schichtung der Menschen, die ihren Persönlichkeitsstempel in diese Entwicklung geprägt haben, in engem Zusammenhang. Sie entwickeln zusammen jeweils die Gesellschaft und den Staat. Dieser Werdegang vollzieht sich im Rahmen der von der Natur gewährten Bedingungen. Sie gehen mit der vorerwähnten Entwicklung streng parallel. Der einfache Mensch umreißt sie mit einem alles kennzeichnenden Wort, das so vieldeutig und doch so nichtssagend ist, mit dem einen einzigen Wort: Heimat. Die oberschlesische Heimat ist noch heute das wahre Spiegelbild aller Kämpfe der Fürsten und Kaufleute, der Staatsmänner, Steuereinnehmer und Direktoren, der Kirche, der Juristen und der Abenteurer. Für sie alle ist diese Heimat der Knochen, um den sie sich streiten und für den sie in Vergangenheit und Gegenwart ihr Leben, das ist ihr Glück und ihre Zukunft, in die Schanze schlugen.
Oberschlesien ist ein Waldland. Auf den Karten, die vor und noch nach der Teilung von den Kattowitzer und Gleiwitzer

Buchhändlern an die Reisenden verkauft wurden, ist über die Hälfte des engeren Industriegebietes grün schraffiert, womit man im allgemeinen zusammenhängende größere Waldkomplexe andeutet. Der Fremde, der diese Gegenden jetzt mit Trambahn und Autobus durchfährt, wird sich vergeblich nach einem Baum umschauen. Der Wald ist bis auf kümmerliche Reste verschwunden. Nur in den Außenbezirken des Reviers ist er noch erhalten, nach Lublinitz zu, im Plessischen und nach der tschechischen Grenze zu, wo er zu den Beskiden ansteigt. Dort muß es wohl gewesen sein, wo der Jäger ins Hifthorn zu blasen pflegte, daß es weit über die Täler scholl. Und Reiter sprengten durch den dunklen Wald, abenteuernde Edelknaben und Grafenfräuleins und irgendwo im kühlen Grunde rauschte das Mühlrad, an dem die Romantik sich entzündete. Inmitten dieser Gotteswelt wanderte der Taugenichts in die Fremde. O Täler weit, o Höhen, o schöner, grüner Wald, du meiner Lust und Wahn andächtiger Aufenthalt! Da draußen, stets betrogen, saust die geschäftige Welt, schlag noch einmal die Bogen um mich, du grünes Zelt – die gute gefühlige Zeit des verstorbenen Eichendorff ist nicht mehr. Die Bergknappen und Hüttenleute, die Köhler und das Gesinde, unter dem man sich wohl die Bauern vorstellen darf, hatten allerdings schon damals in der Gefühlswelt des Dichters keinen Raum. Von diesem beschaulichen Gemüt ist nichts geblieben als die Ruine Tost als Ausflugsziel der oberschlesischen Lehrerschaft und dicht daneben die Ungarweinschenke des Herrn Komblum, in der man die Romantik auf Flaschen gezogen hat.

Die weiten Täler und Höhen haben sich unterdessen in Hüttenteiche und Halden verwandelt. Aus dem schmutzigen gelbgrünen Wasser steigen lange Schwaden eines giftigen Qualmes auf, der sich in die Lungen der Menschen einfrißt. Die Lunge der Stadt, der Wald, ist zerfressen. Der Mensch ist an den Ort seiner Arbeit, die ihm das Brot für die nackte Existenz bringen soll, gebunden. Dort zeugt er die Kinder, zieht die Kinder auf. Die Kinder wachsen heran, sie wissen nichts mehr vom grünen Zelt, dem schwarzen großen Wald. Sie singen die Lieder ihres Heimatdichters nach dem Takte des Lehrers und sterben früh Die Schwindsucht wütet, Unterernährung, Hungertyphus und Skrofulose. 1925 betrug die Säuglingssterblichkeit 28%. Zehn Personen in einem einzigen Raum ist nichts Ungewöhnliches.

O Täler weit, o Höhen – auf den Schlackenhalden graben Frauen und Kinder, verkrüppelte Greise, die das Bergwerk fürs Leben untauglich gemacht hat, nach einem Stück Kohle, nach Wärme. Denn der Mensch, der in Lumpen schläft, friert. Täglich finden Menschen dabei den Tod. Die noch glühende Schlacke gibt nach, öffnet einen wieder feuerspeienden Trichter, giftige Gase quellen hervor – täglich finden Menschen den Haldentod. Unnötig zu sagen, ((daß)) das Betreten der Halden nach einer Anschlagstafel der Betriebsverwaltung verboten ist. Würdest du dich darum kümmern? Dort, wo noch Nester grüner Bäume, Waldstücke geblieben sind, stirbt der Wald. Die Aufstände haben den Wald nicht geschont. Die ungeheure Anstrengung des deutsch verbliebenen Teiles Oberschlesiens, die Kohlenproduktion zu steigern, um dem polnischen Konkurrenten den Weg nach dem Balkan und ins Innere Deutschlands zu versperren, bevor er noch seine Kohlenfelder erschlossen hat, kennt keine Rücksichtnahmen. Der Wald ist verurteilt, er stirbt. Die Gesetze werden ihm nicht helfen. Schon ist der Wald von Rokittnitz unterwühlt, das Grün der Laubbäume ist fahl und rußbeschwert, die Zweige hängen müde nach unten – der Wald stirbt. In Kilometerbreite sind die Felder aufgerissen. Die Grube braucht Sand und Lehm, um das Loch im Gebirge auszufüllen, das durch das Heraussprengen der Kohle entstanden ist. In unaufhörlicher Kette rollen die Loren durch den Wald. Die Erde, in die der Baum sich verwurzelt hat, wird zu wertvolleren Zwecken gebraucht. Ein Baum ist auch nur wie ein Mensch, gegen die Technik kann er sich nicht wehren. Er ist dem technischen Zeitalter verfallen.

Auch Oberschlesien besaß ein Paradies. Der Volksmund nannte Gieschewald das oberschlesische Paradies. Mitten im Walde gelegen, war dort eine Arbeitersiedlung entstanden, die erstmals dem oberschlesischen Arbeiter eine etwas mehr menschenwürdige Wohnung vermittelte. Zwar bewohnten diese schmucken gelb-weiß getünchten Häuser mit ihren hellroten Ziegeldächern, die so freundlich wirkten, die Werksangestellten, die Steiger und Maschinenmeister und nur zum geringen Teil die einfachen Arbeiter, die nichts anderes aufzuweisen hatten als die Hände und ihren Rücken zum Verdienen im Schacht, aber es schien eben wie eine freundliche Mahnung, die Siedlung zu erweitern, neue und noch geräumigere allerorten anzufangen. Dann kam der Krieg, folgten die Aufstände. Gieschewald wurde das polnische Hauptquartier. Reguläre Truppen, Aufständische, zusammengelaufene Vagabunden aus den kongreßpolnischen und galizischen Dörfern, Arbeitslose aus Lodz und Warschau, Revolutionäre, entlaufene Soldaten aus Posen – alles fand sich in Gieschewald zusammen, bezog dort Quartier. Das Gelb wurde schmutzig, das freundliche Rot verblaßte, der Wald wurde niedergeschlagen. Baracken wuchsen dafür empor. Die Leute mußten zusammenrücken. Jedes Haus nahm mehrere Familien auf. Und so wurde Gieschewald in anderer Hinsicht, als es gedacht war, ein Vorbild. Statt neu zu bauen, dazu gaben die Verwaltungen kein Geld, wurden die Arbeiterhäuser überbesetzt. Überall entstanden die Holzbaracken, oft nur einfache Ställe, ohne Fußboden. Gleichmäßig steigt der Qualm der Hochöfen nach oben, quirlt und ballt sich, um dann niederzusinken über die Hütten und Baracken, die roten Kasernen, die Stadt, Tag für Tag und Tag und Nacht. Gleichmäßig drehen sich oben die Ventilatoren an den Grubenschächten. In der Hütte, an den Walzstraßen fallen die Dampfhämmer, der Kran knirscht, und dann lodert das offene Feuer auf. Der Lärm frißt sich ein. Der Lärm schweigt, es ist, als ob alles von nun an schweigen würde, bereit sich hinzulegen und zu sterben. Es ist alles so einerlei, und alles stumpft so entsetzlich ab. Denkt so das Volk?

In einem deutschen Mitteilungsblatt eines Arbeiterbildungsvereins im Polnischen standen 1926 die folgenden Verse eines ungenannt gebliebenen Dichters:

Ihr blutenden Augenhöhlen der Halden
Ihr Kummerwälder, siegreich der Hölle verbunden
Ihr tränendurchtropften Bergwerksstunden
Du gierige Rast zwischen Qual und Qual
Euer trunknes Gelächter zerreißt mir das Herz
Heimat, dein Sohn, von dir geboren
Von dir begnadet und dir verschworen
Küßt deine Marterstirn.

Der Fremdgewordene, der von Hindenburg die Straße an der Donnersmarckhütte vorbei ansteigt, zur Linken die wild zerklüfteten Schlackenhalden, zur Rechten das Beuthener Wasser, das strudelnd wie ein Bergbach dahinschießt – der glaubt sich für einen Augenblick zurückversetzt in jene Zeit des inneren Friedens, unaussprechlicher Glückshoffnung, die den Menschen die Brust weiten ließ. Aufatmend läßt der Wanderer den Blick in die Runde schweifen, von den Schlackengebirgen der Donnersmarckhütte hinüber zu den Schachtanlagen der Concordia-Grube und weiter noch am Horizont blinkt durch den nebligen Dämmer der Förderturm von Ludwigsglück. Scheints, in die unermeßliche Ebene plattet alles Land sich ab, verschwimmend. Zu den Füßen des Beschauers breitet sich Biskupitz, und es ist, als duckt es sich vor den forschenden Blicken, es kriecht in sich zusammen, mit seinen kleinen fast quadratischen Häusern, die sich in der schmucklosen schmutzig-grauen oder immer kalten ziegelroten Fassade ihrer Stadtähnlichkeit schämen, dazwischen noch stroh- und moosbedeckte Einzelhütten, Reihenhäuser, scheints quer durch den Ort gesetzt an das öde Einerlei des Londoner Ostens erinnernd – überall fängt sich der Blick in Winkeln, in einem Gewirr schmaler Pfade, erstickt in Schmutz und Staub, die von der Hauptstraße fortstreben, hinaus nach den hinter dem Ort im Blickfeld aufsteigenden Hüttenanlagen der Borsigwerke. Die dicken weißen Rauchsäulen der Hochöfen stehen als unverrückbares Wahrzeichen, sie schieben scheints vor dem Wanderer her. Hinter dem Ort steigt die Landstraße noch weiter an. Rückschauend umgreift der Blick jetzt neben der schwärzlichen Dunstwolke Hindenburgs die Reden-Hütte und weiter die Anlagen über Tage der Königin Luise-Gruben, dazwischen wie regellos ein Gewirr von Schuppen – die Brikettfabrik der Oberschlesischen Kokswerke. Aber weiter die Straße voran, von der Scheitelhöhe aus, zerfließt die Landschaft zum Beuthener Kessel. Rechts, hinter dem Beuthener Wasser, das die Grenzscheide geworden ist, ballen sich die Industrie-Anlagen, die Godullahütte wie zum Greifen nah, dahinter Lipine, dessen Zinkschmelzen mit ihrem dick-gelben Qualm die Sicht verdunkeln, die Bismarckhütte und wie ein großer schwärzlich-gelber Ballon am Horizont – Königshütte, so nah und doch so unerreichbar fern. Hinter den Schloten der Godullahütte versinkt alles in Nebel, den selbst der Sturm nur ein wenig hebt und wieder sinken läßt. Dafür trinkt der Blick die Weite nach Beuthen zu, Bobreck und Schomberg, abschließend den Horizont die Julian-Hütte, und alles Land, von den Industrie-

32

Verwaltungen zusammengerafft wie in einer Schürze, bereit und trächtig, zu empfangen und zu spucken, das Aufmarschgebiet der Schaffgotschen Unternehmungen, Neuanlagen von Schächten, die Elektrizitätswerke, Fabriken und, verdeckt in einer Mulde, das Kleinod Oberschlesiens, die Castellongo-Grube.

Der fremdgewordene Wandrer steht und lauscht. Ganz von weither kommt ein leises Surren, das immer wieder kurz abreißt, gelegentlich ein dumpfer Schlag, manchmal einige hintereinander, ganz fern und so unwirklich. Sonst kein Laut. Es ist gespenstisch still. Der gelbe Nebel kreist am Horizont. Die Lerchen sind nicht mehr wiedergekehrt. Krähen sind selten geworden. Um die Hütten schwingt noch der Schwarm Spatzen und fällt in die Hauptstraße ein. Aber sein Lärm ist gedämpft, er dringt nicht aus dem Ort heraus. Trambahnen fahren vorbei, Autobusse, Lastwagen und die flinken Wagen der Betriebsleiter, aber die Hupen sind so gedämpft, als ob die Luft hier draußen den Schall frißt. Unwirklich und gespenstisch.

Der Wanderer steht und lauscht. Er sehnt sich zu dem Land hin und erschaudert, verwirrt, erschüttert und erschreckt von seiner Schönheit. Dieses Land tut weh, wie etwas, das man sehr lieb hat. Es ist zerrissen, unterwühlt, gesprengt. Es dehnt sich, zittert und liegt gekrümmt vor Schmerzen. Die Menschen haben sich darauf gestürzt, und sie fühlen es nur dumpf, daß man sie getrieben hat. Sie sind ja blind in ihrer Lebensgier, die allen Lebewesen eigentümlich ist, und auch noch der letzte, den man prügelt, schreit nach Brot. So haben sie sich auf dieses Land gestürzt. Aber die Erde ist ihnen Mutter, sie nimmt sie auf, sie saugt die Menschen an sich.

Und die Menschen sind still geworden, still wie die Mutter Erde, die unter dem elektrischen Bohrer bebt. In den wenigen Städten drängen sich die Reisenden mit den Musterkoffern. Sie füllen lärmend die Straßen und die Vorhallen der Hotels, und sie verkünden das Gesetz, das sie von ihrer Firma mitbekommen haben, daß für den Kopf der Bevölkerung der Warenumsatz in gewissem Sinne in einer bestimmten Menge vorgeschrieben oder vorherbestimmt ist. Deshalb lärmen sie so, um dieses Gesetz ihren Kunden einzupauken. Aber schon dort, im Kaufmannsladen, beim Handwerker, in der Wirtsstube verliert sich das Geschwätz. Man nickt und wiegt den Kopf. Die Leute kaufen nicht. Sie sind zu still. Sie sind so gewalttätig und doch so still. Man sieht sie nicht. Sie scheinen verkrochen in ihren Behausungen, die Dorfwege sind leer, und zugleich erfüllt von dieser unheimlichen Stille.

Vereinzelt gehen die Arbeiter von der Schicht nach Haus. Sie sprechen kaum miteinander. Der Alltag macht sie gegeneinander scheu. Das Leder in der Seitentasche und die meisten die Lampe in der Hand. Sie schreiten nicht fest dahin, sie trippeln. Der Fuß ist unsicher und wie geschwollen. Sie arbeiten da unten in hockender Stellung, oft sind die Gesteine so niedrig, daß sie nur am Bauch liegend arbeiten können. Sie achten nicht auf den, der des Weges kommt. Und ist es ein Fremder, so blinzeln sie ein wenig, aber sie fragen dich nicht. Dann verschlingt sie der Hausgang.

ZWEITER TEIL

I. Das Auge Hindenburgs

Wo vom Bahnhof Hindenburg aus der Strom der Fahrgäste auf die Kronprinzenstraße trifft, erhebt sich der achtstöckige Prunkbau des Admirals-Palastes, erbaut in den Jahren der Not 1924 und 1925. Das ist kein Scherz, es ist eingemeißelt über dem hohen Portal, auf das die Hindenburger Stadtväter nicht wenig stolz sind. Ein findiger Unternehmer aus Sachsen, der schon mit ähnlichen Palästen mehreremal pleite gemacht hat, war für die radikalen Bürgerschaftsmitglieder zweifellos der geeignete Mann, Wohnungsnot und Arbeitslosigkeit zu ((be-)) kämpfen. So hat man ihm in den Jahren der Not einige Million((en)) Baugelder als Darlehen bewilligt, die das Gebäude bis in den achten Stock hochwachsen ließen. Noch bevor der Innenausbau vollendet war, machte der Unternehmer wieder pleite. Das ganze Unternehmen, das in den oberen Stockwerken als Hotel und Bürohaus eingerichtet ist, zieht die notwendigen Zinsen für die städtische Hypothek aus den großen Restaurationsräumen parterre und 1. Stock, die für sich verpachtet sind. Die Geschäftsleute nennen es das Auge Hindenburgs. Sie wollen wohl damit andeuten, daß der Palast gleich einem Förderturm sich über die Stadt erhebt und ins Land hinausschaut, auf die Haldengebirge und Arbeitersiedlungen, denen oft das Geld für den Bretterbelag zum Fußboden fehlt.

Die unteren Räume sind als altdeutsche Trinkstuben eingerichtet, mit Spitzbogen, dunklen Nischen und einer geräumigen Halle in der Mitte, mit langen Tischen und Bänken, an denen das einfache Volk, mittelalterlich gesprochen, Platz nimmt. Es gibt besondere Tage, die für Verkehr und Leben im Revier bezeichnend sind. Die Polizei trifft dann besondere Vorkehrungen. An diesen Tagen wird Lohn gezahlt. Schon Tage vorher wird Termin und Stunde in allen Zeitungen bekanntgemacht, durch Maueranschläge und durch die großen Tafeln, die am Zechenhause ausgehängt sind. In der Hauptsache für die Gläubiger, die Kolonialwarenhändler und die Gastwirte, die Inhaber und Agenten der Abzahlungsgeschäfte, Fahrradhändler und Konfektion – und alle Welt rüstet, die Arbeitsgroschen in Empfang zu nehmen. Es ist für die Leute ein Fest, und der Arbeiter tut schließlich noch am besten, mit den Hunden zu heulen und selbst mit zu feiern.

An einem solchen Tage ist in der unteren Halle im Palast
großer Betrieb. Die Straßen sind voller Menschen, es ist Lärm
auf den Wegen, Lärm über der Stadt. Breitbeinig und selbst-
gefällig gehen manche daher, andre zu einem Haufen geballt,
wie vorwärtsgetrieben, aber streng in sich von den Einzelgängern
abgeschlossen. An der Kochmann-Ecke bricht sich der Strom.
Sie ist der Herzschlag Hindenburgs. Der Kochmann-Schnaps
ist berühmt im Revier. Er brennt wie Feuer die Kehle hinunter
und strömt den etwas blumigen bitteren Duft ((aus)), der über die
Nasenschleimhäute ins Hirn steigt. Es ist der Schnaps, der einen
nicht so leicht von der Bank aufstehen läßt. Es ist wahr, er
schmeckt nicht, aber er ist so voller Stimmungen, er peitscht
auf und drückt nieder, und alles, was im Gemüt geballt und
verkrampft ist, walzt der Schnaps aus, zieht es lang und breit,
das Lachen und das Weinen und die Erinnerung.
Aber weg von Kochmann. Dort sammelt sich der Mut, unter die
Leute zu gehen. Schräg darüber winkt der Palast, die Fenster sind
offen, der Lärm lockt, die Musik schwillt, die Pauke – und
dann sitzen sie an den langen Tischen, den Steinkrug Bier vor
sich. Das Bier ist teuer, zum Teufel, das Bier ist teuer, aber
dafür ist es auch an einem solchen Tage alles gleich, das muß
dann später wieder alles eingeholt werden. Da ist schmetternde
Musik, Schlagzeug und große Pauken – der Rauch zieht in
Schwaden. Die Musiker müssen arbeiten, daß sie sich krümmen.
Der Kellner donnert die neue Lage auf den Tisch. Es ist keine
Pause, wenn einer in die Tasche greifen muß, um zu bezahlen.
An vielen Tischen sitzen sie in Pärchen, immer Mann und Frau.
An manchen aber sitzen Weiber zu Haufen, und wieder an
anderen sind die Männer ganz unter sich.
Die Stimmung des Wirts und der Musiker ist nicht die Stimmung
der Gäste. Der Wirt hat Girlanden gezogen und den Kellnern
Papiermützen aufgesetzt. Trinksprüche hat er an die Wände
malen lassen. Und dann treibt er die Musiker an, keine Pause!
Die Musiker, die aus allen Gegenden Deutschlands zu einer Ka-
pelle zusammengewürfelt sind, wechseln ständig, je nach ihrer
Verpflichtung. Die Gäste sind ihnen fremd, sie haben nichts
Gemeinsames zueinander. Sie sind mit verpflichtet, Stimmung
zu machen. Sie singen die Schlagertexte, die irgendwoher aus
der Zeit gekommen sind und aus so vielerlei Ursachen ge-
sungen werden, in Amerika oder in Europa und weitergetragen

werden ins Rheinland und nach Pommern und bis nach Oberschlesien, hier in die Schwemme des Admiralspalastes in Hindenburg. Sie tun das jeden Tag, und dafür werden sie bezahlt. Aber ihre Gäste sind noch gutmütig. Sie kümmern sich nicht darum, nur, wenn einer die Wahrheit gestehen wollte, so müßte er sagen, er hört gar nicht hin. Er vergnügt sich mit seinesgleichen aus einer ganz andern Quelle. Es ist dieser Gegensatz, bei Musik sitzen, um zu saufen und sich wohlsein zu lassen, während gestern noch jede Möglichkeit, aus dem Loch dieses elenden Daseins herauszukommen, verschüttet war und morgen wieder verschüttet sein wird. Mag es immerhin sein – zwischen solchen Gegensätzen fließt eben das Leben dahin.

Noch ist alles zufrieden. Noch rollt sich der Betrieb programmgemäß ab. Da beginnt an einem Tisch, vielleicht in einer Ecke eine Auseinandersetzung in Rede und Widerrede, die sich schärfer heraushebt, im Ton ansteigt. Ein wenig Erregung spreut sich über die Menge, dumpfig versackend, schmerzhaft und stechend. Dann flackern die Meinungsverschiedenheiten hier und da auf. Als ob der ganze Stimmungslärm mit einer Handbewegung beiseite geschoben würde...

Da streiten sich schon zweie laut. „Da brauchst du deine Nase gar nicht reinzustecken, du!". „Dich werd' ich da weiter nicht fragen, alter Laps". „Schweinepriester!". Gelächter ringsum – aufhorchend ... „Für deine Stänkereien haue ich dir vielleicht noch in die Fresse". „Mit deinem Maul ja, das klappt aber auch nicht immer". Ein Stuhl fällt, jemand ist aufgesprungen. „Aas dreckiges". „Du denkst, weil du jetzt Stadtrat bist –". „Na los doch, du Dreckschnauze". „Unsereins, dem anständigen Arbeiter, der ist auch nicht mehr wie du, dem stiehlst du jetzt mit das Brot, du Teufelsbrut". Aufhetzendes Gelächter. Es ist ein geballter Haufen entstanden, der Tisch knarrt mit schneidendem Laut aus der Reihe. Viele sind aufgesprungen, Hände fuchteln in die Höh, Rücken schieben sich enger zueinander. „Laß mich los, du –" schreit der erste. „Laß mich los" – keuchend – „das sage ich dir". Zischend der andere: „Warte du –". Einige drängen sich dazwischen. Es ist wie ein Signal. In einer anderen Ecke haut einer das Bierglas auf den Tisch, daß es knallt „So 'ne Leute, das Geld ziehen sie einem bloß aus der Tasche, und dann kannst du sehen, wo du bleibst". Eine neue Erregung bildet sich um diesen Punkt. Und dann springt die Erregung

immer weiter auf neue Stellen über. „Das ist der von Mi-kultschitz", sagt einer, „der geht schon lange nicht mehr in die Arbeit". Ein anderer schreit hinüber: „Wo hast du dich denn verkrochen, als wir damals beim letzten Streik alle vors Zechen-haus raustreten sollten". Noch einer: „Wozu bist du denn erst hergekommen, he?". Und dann zu andern gewandt, ruhiger: „Aus Westfalen ist er rübergekommen. Hat ja hier nichts mehr zu suchen, bloß hier auf Posten zu sitzen ..." Aber der Mikul-tschitzer verteidigt sich jetzt. „Leute", sagt er, „darf man denn nicht mehr in seine Heimat zurück? Mir ist es ja gleich, ihr habt mich doch dort in die Gemeinde gewählt – was ich mir schon daraus mache". Die Musik und die Kellner schwimmen wie unwirkliche Wesen im Hintergrund. Ein Weib kreischt auf. Vielleicht bekommt einer Schläge. Die Leute sitzen da, die Au-gen quellen vor, die Arme zitternd auf dem Tisch, gestrafft. Aus der ersten Ecke preßt sich eine gellende Weiberstimme durch den immer mehr ansteigenden Lärm. „Wenn erst einer Stadt-rat ist, dann schmeißt er die Leute raus aus dem Werk". „Halts Maul". „Oder du vielleicht". „Wenn ihr was nicht versteht, so redet doch nicht." Mehrere Weiberstimmen fallen ein. „Wir ver-stehen schon. Verstehen schon viel zu gut. Alle bis auf einen konnten gehen". Der Angegriffene, der erst noch wieder ruhiger geworden war, schreit erregt: „Macht ihr's doch besser. Wenn eben keine Arbeit mehr ist –. Und wozu bist du denn da Stadtrat", mischt sich ein bisher Unbeteiligter ein. In der darauf folgenden Pause wird die politische Phrase in den Köpfen lebendig. Es stimmt, dieser Mann ist vor einiger Zeit aus der kommunistischen Mieterpartei heraus zum Stadtrat gewählt worden. Die Regierung hat ihn nicht bestätigt, und dann hat der Mann eine Stelle als Portier im städtischen Gaswerk angenommen. Das Gaswerk ist modernisiert worden. Es ist eins der besten Gaswerke in Deutschland. Acht Öfen bedient ein Kran mit Verschieber, und an diesem Verschieber steht ein Mann, wo früher ein Dutzend gearbeitet haben. Und so ist es am Koks und in der Reinigung – die Arbeiter wurden entlassen. Es war unklug, daß der neue Stadtrat der Mieter-partei sich ausgerechnet die Pförtnerstelle in diesem Werk neu geschaffen hatte.
Und damit begann es. Jetzt wurden die politischen Leiden-schaften wach und das, was die erhitzten Gemüter darunter

verstanden. Und der eine wußte was vom andern, und sie warfen sich vor, was jeder vom andren schon lange an Bösem und Verächtlichem gedacht hatte; denn dem politischen Instinkt des Menschen erscheinen alle Meinungen unendlich verschieden und in jedem Falle hassenswert. Es dauerte auch nicht lange, da hatte der eine einen andern vorn am Rock gepackt und zerrte ihn hin und her. Ein Kellner, der den Streit zu schlichten dazwischengesprungen war, wurde an den Nachbartisch geschleudert, daß die Gläser kippten. Ein gänzlich Unbeteiligter hätte jetzt die Beobachtung machen können, daß alle diese Leute, die stundenlang so fremd zueinander gesessen und sich vergnügt hatten, sich gründlich kannten, als ob sie nur auf die Gelegenheit gewartet hätten, aufeinander loszugehen und Abrechnung zu halten. Die allgemeine Erregung war schon bis zu dem Punkte gelangt, daß der Wirt auf dem Plan erschien und seine Kellner in Kolonnen zu drei und vier leitete. Eine solche Kolonne stürzte sich auf einen der lautesten Schreier, ((sie)) hoben ihn hoch, schoben sich mit dem Bündel Mensch vor bis zur Tür und stießen ihn auf die Straße. Man hörte drinnen noch das Poltern der Stiefel die drei Stufen hinab. Die Leute drinnen schenkten diesem Vorgang zunächst wenig Beachtung. Wieder wurden zwei handgemein, wieder wurde der eine hinausgefeuert. Und dann standen ganze Tische gegeneinander auf. Die Weiber schrien und heulten weiter. Ein Bierkrug flog krachend in Scherben. Und dann schlugen viele aufeinander ein. Die Bufettfräulein und die Musiker begannen zu flüchten. Die Kellner, die wie bissige Hunde vorstürzten, wurden zurückgedrängt. Die Gäste nahmen wenig Rücksicht. Sie schlugen dem Kellner die Faust ins Gesicht, wehrten ihn ab mit Fußtritten und waren darauf aus, irgendeinem Laps von Nachbar an die Gurgel zu fahren. Die Kellner konnten einem leid tun. Es ging auch um ihr Geld, das da zerprügelt wurde. Sie waren machtlos. Stühle gingen in Trümmer, die Kleiderhaken wurden von den Wänden gerissen.

Dann drang eine Polizeistreife in die Räume ein. Ein wüster Knäuel wälzte sich noch durcheinander. Die Mannschaften drängten sich als Keil nach dem Innern vor. In dem Lärm wäre noch Befehl und Kommando verlorengegangen. Und es dauerte noch einige Sekunden, bis eine gewisse Bewegungsfreiheit errungen war. Dann schlugen sie mit Gummiknüppeln auf die

Leute, ganz maschinenmäßig, man merkte, wie gut sie darauf ausgebildet waren. Das Chaos stockte, es ordnete sich. Und wurde ein einziger Schrei. Es zerschneidet das Herz, wenn die Wut in heulende Ohnmacht und dann in schmerzerstickstes Winseln übergleitet. So begann die Flucht.

Die Leute flohen über die Bänke zum hinteren Ausgang am Büffet. Aber der war bald verstopft. Sie stiegen auf die Tische an den Seiten und versuchten, die Fenster zu erreichen. Viele gewannen durch die Fenster die freie Straße. Die Scheiben splitterten, ganze Flügel glitten krachend zu Boden. Leute wälzten sich zwischen den Scherben, unter den Bänken wimmernd am Boden, und doch war das alles im Verlauf einer kurzen Minute ein einziger klagender Schrei.

Draußen stießen die Flüchtenden auf Züge von Neugierigen, die von allen Seiten zusammenströmten. In bestimmten zusammengeballten Gruppen rückten die Leute, in der Hauptsache jüngere Burschen, gegen den Palast vor. Steine wurden aufgehoben, das Straßenpflaster aufgerissen, vom Marktplatz her kamen Leute mit dem dort aufgeschichteten Schotter. Ein Hagel von Steinen zertrümmerte die beiden großen Flügeltüren am Eingang, das große Glasschild über dem Erdgeschoß, das die Tanzdiele in den oberen Räumen ankündigte. Das Blatt hatte sich gewendet, die Polizei war in bedrohliche Lage geraten. Eine nach vielen Hunderten zählende Menge bewegte sich gegen den Stolz der Stadt Hindenburg. In den oberen Stockwerken wurden die Lichter verlöscht. Schon flogen auch nach oben die Steine. Da prägte sich in das dampfende Hirn der Masse der eilige Taktschritt einer militärisch disziplinierten Truppe. Ein großer Trupp Polizeimannschaften kam im Laufschritt die Bahnhofstraße herunter. Das Geschrei war wie mit einem Schlage verstummt. Ein vielstimmiger Ruf, Pfeifen – die Menge begann nach allen Seiten auseinanderzulaufen. Da schossen die von drinnen ihre Dienstpistolen auf die Straße hinaus ab. Eine ältere Frau, die vom gegenüberliegenden Bürgersteig den Ereignissen zugeschaut hatte, wurde getroffen und ein kaum der Schule entwachsener Bengel, der sich irgendwie vorgedrängt hatte.

Vor Kochmann wurde ein den besseren Ständen angehöriger Herr, vermutlich ein Fremder, von einer Rotte Flüchtender niedergeschlagen. Niemand hatte das weiter bemerkt. Man fand ihn erst später, bewußtlos und aus einer tiefen Kopfwunde blutend, Rock und Weste waren gestohlen, die Stiefel halb aufgerissen.

II. Ein Stein im Rollen

Der Bewußtlose konnte am nächsten Morgen im Städtischen Krankenhaus, wohin die Polizei ihn hatte schaffen lassen, vernommen werden, der protokollierende Beamte setzte den Angaben des Verletzten das größte Mißtrauen entgegen. Nach seinen eigenen Angaben wäre der Mann am selben Abend aus Polen herübergekommen, belgischer Ingenieur und in englischen Diensten. Papiere waren nicht vorhanden, solche Angaben vertrauenswürdiger zu machen. Allerdings besaß der Mann kein Gepäck, Aktenmappe, Rock und Weste waren gestohlen. Auf dem Wege zum Hotel sei er in die fliehende Menge hineingeraten, niedergeschlagen und ausgeraubt worden. Die Polizei versprach, sich mit den Kattowitzer Behörden und dem Hotel Monopol, wo er angeblich bisher Quartier genommen hatte, in Verbindung zu setzen. Der Zustand des Verletzten war an sich nicht unbedenklich. Er blieb zunächst als Polizeigefangener auf der Station.

Im Polizeipräsidium selbst war die Stimmung alles andere als freundlich. Aus Oppeln und Breslau lag schon ein ganzer Berg dienstlicher Anfragen vor, gerade meldete sich Berlin. Dort wollte man bereits nähere Einzelheiten eines Polen-Massakers wissen, das vergangene Nacht stattgefunden hätte, die Zahl der Toten und Sistierten. Aus den Ortschaften meldeten die Reviervorstände eine wachsende Erregung unter den Belegschaften. Der Kattowitzer Polizeipräfekt hing an der Strippe. Das Unglück wollte, daß der Präsident sich obendrein in Gleiwitz aufgehalten hatte, nämlich am Stammtisch des Onkel Schneider, zu dem er endlich zum ersten Mal nach langem Hin und Her eingeladen worden war. Dafür wurden die beiden Hindenburger Reviervorstände gehörig angeschnauzt und dem Leutnant, der die Ersatzmannschaften zusammengesucht und im Laufschritt herbeigebracht hatte, wurde auf alle Fälle eine Untersuchung angehängt. Dazu kam für die Polizei in diesem bitteren beschämenden Gefühl die ohnmächtige Wut darüber, daß die

Presse sich auf die Sache gestürzt hatte. Es war zum Verzweifeln. Bis auf den letzten Mann war die Kriminalpolizei auf den Beinen, Vigilanten wurden ausgesetzt. Wie immer gab es in der Regierung in Oppeln Leute, die von Kommissionen und schärfster Untersuchung fabelten. Für die pflegte es dann Hauptschuldige, Rädelsführer, Vorbereitungen von langer Hand und Verschwörungen zu geben. Hol doch das alles der Teufel, dachte der Präsident.

Die Parteibüros waren aber anderer Ansicht. Obwohl sie von niemandem dazu berufen worden waren, und obwohl aus ihrer Wählerschaft sich überhaupt noch niemand zu den Vorgängen gemeldet hatte, tagten Vorstand und Sekretäre in Konventikeln, Personalfragen wurden aufgeworfen, Kompromisse gesucht, gewisse Lösungen verworfen und gewisse Bindungen besprochen. Das alles spielte sich in den weiter vorgerückten Morgenstunden ab, die in den gewohnten Frühschoppen ausgingen. Aber dieser Frühschoppen bekam schon diesmal dadurch einen besonderen Inhalt. Es war zweifelhaft, ob die sozialdemokratische Fraktion ihren Polizeipräsidenten würde halten können. Die Kommunisten, die Mieterpartei und vor allem die Splitterparteien, die auf Arbeiterwähler rechnen, werden interpellieren. Wahrscheinlich wird das Zentrum, von dessen Gnaden die Sozialisten diesen Posten besetzt halten, sich völlig passiv verhalten. Dagegen werden die bürgerlichen Rechten zweifellos den Vorstoß mit unterstützen. Die Parteien haben alle noch alte Verpflichtungen gegen ihre Mitglieder, die nach der letzten Wahl nicht eingelöst werden konnten. Vielleicht bietet sich jetzt Gelegenheit – der Frühschoppen zieht sich länger hin.

Die bürgerliche Mitte kann allerdings warten, bis man ihr Angebote macht. Noch ist alles in der Schwebe. Die Schaffgotsche Verwaltung bringt auf Schomberger Grund einen neuen Schacht tief. Man rechnet damit, daß die Anlagen über Tage dorthin verlegt werden. Die Frage steht nur, ob die ganze Anlage, man würde auch einige Arbeitersiedlungen in die Umgegend legen, in den Eingemeindungskreis der Stadt fällt. Die Verwaltung denkt nicht daran, die Anlage dem Steuerbereich der Stadt zuzuschanzen. Die Stadt braucht immer Geld, sie muß für die Wohnungslosen bauen, muß die Arbeitslosen unterstützen, zahlt für Schulen, Sportplätze, Bäder, Theater und alles mögliche. Eine kleine Gemeinde für sich ist billiger. Darüber verhandelten nun die Schaffgotscher schon seit Jahren. Das Zentrum war bisher ein wenig schwerhörig in der Sache – jetzt fährt so ein Parteimann mit hochrotem Kopf nach der Gleiwitzer Hauptverwaltung. Das Geschäft läßt sich vielleicht machen –.

Und während die zunächst Betroffenen gewisse Gegenrechnungen auf((machen)), die Übernahme der Kleinbahnen in städtische Regie, die Vereinheitlichung der Kraftversorgung, die Bewilligung der Überfindung in den Abfindungen, einen katholischen Rektor für die weltliche Schule, einen freien Bauplatz für das Erholungsheim oberschlesischer Pfarrer und noch freie Zufuhr für Kies und Holz – so sitzen sie in den Ecken und feilschen und sind geschäftig. Vorläufig ist alles noch Gewehr bei Fuß, im letzten Augenblick wird noch etwas Verneblung in der Lokalpresse aufgesetzt; die Presse tastet sowieso zunächst sehr vorsichtig. Inzwischen hüllen sich die städtischen Verwaltungsbeamten in Schweigen. Der Wirt ist beim Bürgermeister erschienen und hat Schadenersatz verlangt. Möglicherweise, heißt es, wird man ihm Schwierigkeiten machen. Da sind die städtischen Hypotheken, die jederzeit ungeklärte Konzessionsfrage, auch die Untersuchung muß man abwarten – wie die Würfel eben fallen werden. Weiter zieht die Kommunalpolitik ihre Kreise ...

Der Pförtner aus der Gasanstalt lag allerdings mit einem Brummschädel noch zu Hause. Die beiden älteren Kinder, zwei Mädchen, hatte die Frau früh noch fertig gemacht, ein bißchen helfen mit anziehen, dann die Butterbrote mit auf den Weg, man muß immer etwas nachhelfen, wenn man die Kinder aus dem Hause heraus auf den Weg zur Schule bringen will. Die Schmikallas hielten es im allgemeinen so, daß der Mann dieses Geschäft übernommen hatte, denn gerade in diese Zeit fielen Anfang und Ende seiner Schicht, je nachdem. Die Frau, die ja schon eine Stunde vorher zur Vorbereitung des Frühstücks auf den Beinen war, pflegte sich dann wieder hinzulegen, bis das Jüngste, ein Junge, der jetzt das Laufen gelernt hatte, sich meldete. Der Junge schlief bei der Mutter. Er hatte sich ((an))gewöhnt, des Morgens ganz unter die Decke zu kriechen. Dort lag er zusammengekrümmt und die beiden Fäuste vorm Gesicht, das inzwischen rot aufgedunsen war. Er keuchte und schwitzte, bis er, schon halb erstickt, erwachte. Er machte das mit einer so sorgfältigen Regelmäßigkeit, daß sie im Scherz davon sprachen, jetzt hat er seine Arbeit hinter sich. Denn dann kroch er aus dem Bett und war durch nichts mehr zurückzuhalten, kroch auf den Boden und zog einen Holzklotz, ein paar leere Spulen und einen Stecken hervor, mit denen er spielte. Vielleicht aber war es auch nur der noch nicht ins Bewußtsein gelangte Versuch, sich in den Tod zu stürzen, aus dieser Welt zu verschwinden, die ihm so wenig Raum bot, das Kind der Armen merkt das sehr früh.

Der kleine Josef saß schon am Boden zwischen Herd und Tür und hielt seinen Holzklotz umklammert, um ihn gegen den zu erwartenden Angriff eines noch Unbekannten zu verteidigen, als der Vater sich brummend von der Lagerstatt erhob, das Gestell knarrte. Der helle Tag stierte schon in den Raum. Der Mann fuhr sich schwer Atem holend über die Stirn. Da begann von der hinteren Ecke des Zimmers die Frau, die dort an der Nähmaschine gesessen hatte, aber beide Arme aufgestützt und das Gesicht in den Händen, den starren Blick auf die Tür und durch die Tür hindurch in das schwefelige Grau draußen, über die Schüttenschornsteine hinweg, vorbei am Zecheneingang bis zum Pförtnerhäuschen der städtischen Gasanstalt – da begann die Frau zu schelten. Laut und monoton stieß sie die Worte heraus, erniedrigte den Mann, um ihn zu reizen; vielleicht war noch nicht alles verloren. Aber der Vater schwieg, dumpf ordneten sich erst die Vorgänge des vergangenen Tages in der Erinnerung. Eine Frau kann aber darauf nicht warten. Sie fühlte sich in dem Strudel versinken, den sie jeden Tag so gefürchtet hatte. Der Mann wird aus der Arbeit kommen, der Mann vielleicht wieder in den Händen der Polizei und der Gerichte – sie war aufgesprungen und hatte sich drohend vor ihm aufgestellt. Und da er noch immer völlig benommen schwieg, die Augen verquollen, griff sie ihn an den Haaren und zerrte und schrie dabei und spuckte. Der Zorn wurde wach, er schlug jäh hoch. Ein ganzer verlorener Tag und die Demütigung vor dem Hofverwalter – er muß hingehen und irgendetwas vorbringen, das ihm niemand glaubt und da stehen und warten, bis es dem gefällt, ihn abtreten zu lassen, und er faßte die Frau am Handgelenk, daß sie laut aufschrie, heulend dann aufs Bett sank. Jetzt hätte er sie schlagen mögen, totschlagen, und den Kleinen, der da zu plärren angefangen hatte, gleich mit. Das ist das Los des Arbeiters, er kann seinen Gefühlen keinen Ausdruck geben. So Verschiedenartiges stürmt auf ihn ein. Er kann sich nicht hinstellen und alles erklären, alles so hintereinander und hübsch ordentlich auseinandergebreitet, wie in den Romanen, mit denen die meisten sich ihre Zeit totschlagen. Das wird alles gleich so dick und so ganz eindeutig und klobig. Verflucht, denkt der Schmikalla, jetzt habe ich die ganzen Jahre mich zurückgehalten und von den andern hier alles einstecken müssen und hab mich um das alles nicht geschert, und daß ich bei der Stange blieb, bloß um endlich Ruhe zu haben hier im Hause; damit die Kinder richtig was werden und daß was zu Fressen da ist und dann auch, daß es uns selbst etwas besser geht und damit auch die Alte ein wenig Ruhe hat – und jetzt stellt sie sich an, wie ein Lump komme ich mir vor – der Zorn hat sich schon verflüchtigt. Er ist noch sehr beleidigt, und er sieht deutlich, daß man ihn bemitleiden müßte, ihm irgendetwas Gutes tun – er schluckt das, was er gerade rauspoltern wollte, hinunter, als er die Frau ansieht. Sie weint, fassungslos, anklagend. Sie ist dumm, denkt er, furchtbar dumm. Aber er läßt sie sitzen. Früher hätten sie sich vielleicht geprügelt und dann wieder versöhnt, das war schön. Es wird ihm ordentlich warm, wenn er daran denkt. Aber jetzt – sie hat den Jungen an sich genommen, sie zittert, wie sie ihm die Tränen von der Wange wischt.

Inzwischen ist der Mann zum Waschtrog gegangen. Er ist sehr schnell fertig. Das Frühstück läßt er stehen. Er würgt noch etwas, um was zu sagen. Dann stürmt er hinaus, schlägt die Tür hinter sich zu. Die Frau ist aufgestanden und richtet wieder den Tisch. Sie versteht ihn ganz gut, den Alten, denkt sie. Sie kommt allmählich in ihre tägliche Arbeit. Er hats schwer, denkt sie dann, schwer, sehr schwer wie wir alle.

Es wird sich alles wieder einrenken. Ein paar Stunden Arbeit im Schacht oder am offenen Feuer, und die Ereignisse sind schon halb vergessen. Über das Frühstück hält sich selten die Erinnerung lebendig.

Die verletzte Frau ist noch in der Nacht ihren Verletzungen erlegen. Der Mann ist ein Invalide, der von einer kleinen Rente lebt, die Kinder waren schon früher gestorben.

Der Junge liegt mit einer Kugel in der Wade zu Hause. Der Vater ist noch auf Schicht und hat noch nichts davon gehört.

Die Mutter sitzt niedergedrückt am Bett, der Junge sollte zu einem Schmied in die Lehre bei Verwandten. Sie wartet auf den Arzt, den die Nachbarin holen wollte. Aber sie weiß ja selbst, die Ärzte sind erst nachmittags frei, wenn die Arbeit in den Lazaretten beendet ist.

III. Die Bojowka

Die Unruhe in den Belegschaften hatte noch einen anderen Grund. In den letzten Wochen waren die Verhandlungen über einen neuen Tarifvertrag der Hüttenarbeiter völlig zum Stillstand gekommen. Es hieß allgemein, in den Vorschlägen der polnischen und deutschen Unternehmerverbände seien einige weitgreifende Unterschiede, die erst beseitigt werden müßten. Zudem war bekannt geworden, daß die Bismarckhütte aus dem polnischen Syndikat ausgetreten sei und sich für Stahl und Röhren, ihre beiden wichtigsten Produktionsgruppen, aus den bestehenden internationalen Kartellverpflichtungen zurückgezogen hätte. Zwar ist die Bedeutung dieses Frontwechsels eines bedeutenden Industriekonzerns für den einzelnen Arbeiter in ihrer unmittelbaren Wirkung kaum erkennbar, immerhin hatte sich die Meinung behauptet, daß in der Hüttenindustrie schwerwiegende Veränderungen bevorstünden, zunächst Auseinandersetzungen zwischen den Unternehmungen selbst und im Anschluß daran Kämpfe zwischen den Unternehmern und den Arbeitern. Versteht auch der Arbeiter nicht immer die gegenseitigen Schachzüge der sich bekämpfenden Großkonzerne, so hat er doch dabei die peinliche Gewißheit, daß die mit ihm noch abzuschließenden Verträge oft ein nicht unwesentlicher Teil des Kampfeinsatzes sind. Mit der Zeit haben die Gewerkschaften gelernt, dem Verlauf solcher Auseinandersetzungen nicht tatenlos zuzusehen und zu warten, bis der endgültige Sieger dann über die ziemlich wehrlose und geschwächte Arbeiterschaft herfällt, denn die Belegschaften der Unterlegenen liegen schon auf der Straße oder Kündigung und Lohnkürzung stehen unmittelbar bevor – sie warten nicht mehr, sondern versuchen, soweit eine Einschätzung der Gegner und ihrer Stellung innerhalb der allgemeinen und ihrer besonderen Konjunktur möglich ist, daraus für die Interessen der Arbeiter Nutzen zu ziehen.

Dieses Interesse lag diesmal darin, die Unternehmer zu einem raschen Abschluß der neuen Tarifverträge zu zwingen, und zwar waren die Aussichten eines gewissen Druckes auf die Gegenseite günstiger auf polnischem Gebiet, wie in einer gemeinsamen Aussprache der deutschen und polnischen Gewerkschaftsverbände aus beiden Teilen Oberschlesiens festgestellt worden war. Der Druck auf den polnischen Hüttenverband schwächte allerdings dessen Stellung in den Verhandlungen mit den deutschen Hütten, wenigstens hätte der den eigentlichen Wirtschaftsvorgängen abseits stehende Zeitungsleser diesen Schluß ziehen müssen. Denn die vom Syndikat unterhaltenen Wirtschaftsberichterstatter wiesen mit lobenswertem Eifer und der bestellten Empörung darauf hin, daß in der glatten Abwicklung der von der Industrie hereingenommenen Auslandsaufträge, namentlich aus dem Balkangebiet und den baltischen Staaten, in denen es erstmalig gelungen war, die dort beherrschend auftretende deutsche Konkurrenz aus dem Felde zu schlagen, die Voraussetzungen für etwaige Übereinkommen über die Aufteilung der Absatzmärkte mit der deutschen und später der übrigen internationalen Hüttenindustrie begründet sei. Man sprach auch schon davon, daß die beginnenden Arbeiterschwierigkeiten im polnischen Gebiet Oberschlesiens auf den Einfluß der deutschen Agenten der Gleiwitzer Vereinigten Hütten zurückzuführen sei und daß dieser Vorstoß nur als ein erster Fühler für weitere, dann nur mehr rein politische Vorstöße gegen das Herz Polens aufgefaßt werden könnte. Schon wurde nach den zuständigen Behörden, nach dem Staatsanwalt, nach Polizei und Ordnung gerufen.

Die Arbeiter lasen solche Auslassungen nicht. Sofern sie überhaupt ihre eigene Presse lasen, würden sie über diese Fragen kein Wort, keine Zurückweisung und keine gegenteilige Beweisführung finden. Die Arbeiterredaktion steht meist noch auf dem Standpunkt, daß es sich nicht verlohnt über Dinge zu schreiben, die jeder aus seiner eigenen Erfahrung weiß. Und so wurde auch die Anzapfung über deutsche Agenten und ähnliches schweigend hingenommen. Es schien viel zu lächerlich, als daß es jemand hätte ernst nehmen sollen. Bisher hatten die beiderseitigen Verwaltungen die jeweilige Konjunktur gegeneinander ausspielen können. Verkürzten die Vereinigten Hütten die Löhne, so beriefen sie sich auf die niedrigeren Produktionskosten auf polnischer Seite, die höheren Frachtrabatte der polnischen Bahnen, die umfangreichen Staatsaufträge und alles in allem auf die nationale Notwendigkeit, unter erschwerten Bedingungen die Wirtschaft eines durch außenpolitische Bedingungen niedergedrückten Volkes aufrechtzuerhalten. Damit setzte die Hetze ein, von der der Arbeiter schon mehr verstand als von den den Gewerkschaftsführern unterbreiteten Argumenten. Es begannen Entlassungen in zunehmendem Umfange, Feierschichten, ein Teil der Belegschaft muß über der Grenze nach Arbeit anfragen. Drüben aber ist Überangebot an Arbeitskräften, die Gewerkschaften wissen kein Mittel gegen die ansteigende Flut, die ihre Stellung unterspült, der Gedanke nationaler Abwehr, schon von den Unternehmern drüben in die Verhandlung geworfen, soll hier von den Arbeitnehmern aufgenommen werden. Die Gewerkschaften werden gegeneinander in Stellung gerückt und schließlich im Verlauf der Auseinandersetzung so geschwächt, daß es dem polnischen Verband ein Leichtes ist, seinen Arbeitern neue Arbeitsbedingungen aufzuzwingen. Gestört wird diese ziemlich automatisch verlaufende Entwicklung durch die Gegensätze der Unternehmerverbände und der Großkonzerne zum Staat und dessen Regierung, die aus den Voraussetzungen der außenpolitischen Geschäfte, die sie ihrerseits vertreten und abzuwickeln haben, die ((die)) zunächst nur nach innen wirkende Konzernpolitik als lästigen Konkurrenten und oft genug geradezu als Gegenspieler empfinden. Den Gewerkschaften ist es der besonderen Eigenart ihrer Zusammensetzung nach noch nicht möglich gewesen, erfolgreich für ihre eigenen Interessen in diesen Kampf einzutreten. Sie stehen zu weit abseits, als unbeteiligte Dritte, über die dann beide Gegner auf einmal herfallen. So war es bisher, und deswegen waren die Gewerkschaften schon mehr unter dem Zwang der gegebenen Entwicklung übereingekommen, in den neuen Tarifverhandlungen gemeinsam aufzutreten, gemeinsam den beiderseitigen Tarif mit den beiden Unternehmergruppen aufzustellen und derart beweglich sich anzugleichen, daß es künftig unmöglich sein wird, die Arbeitsverhältnisse im Rahmen der allgemeinen und eben vielleicht aus gewissen nationalen Erfordernissen heraus verschiedenen Produktionsbedingungen gegeneinander auszuspielen. Diese Gemeinsamkeit war ihre einzige Sicherung. Daher auch der gemeinsame Plan zur Aufrollung des Kampfes, dessen erster Stoß von den polnischen Gewerkschaften geführt werden sollte.

Aber selbst eine entschlossene und einheitliche Führung der Gewerkschaften vermag nicht zu verhindern, daß Stimmungen in die von ihr geführte Arbeiterschaft eindringen, das ist von außen herangetragen werden, nur zu dem alleinigen Zweck, die gemeinsame Linie zu erschüttern. Der einzelne ist ja nicht allein beherrscht von der Notwendigkeit gemeinsamer Vertretung seiner wirtschaftlichen Interessen, zu der ihn die Gewerkschaften erziehen, sondern doch abhängig in seinem persönlichen Leben, seinen Familienbeziehungen, von so vielen vorläufig nur für ihn gültigen Hoffnungen, Verzweiflungen und von Mißtrauen, wohin ihn seine Erfahrung der Umwelt gebracht hat, so daß er für fremde Einflüsterungen ein leichtes Opfer wird. Und nicht nur das, auch aus der Verwirrung seiner eigenen Empfindungen heraus neigt er ja leicht zum Widerspruch, der, einmal gereizt, weiter frißt, sich entwickelt und um sich greift und mit Gründen besserer Einsicht allein nicht mehr auszurotten ist. Für die Masse herrscht noch die Leidenschaft. Aus der Leidenschaft heraus flammt noch die Revolution, erwachsen die Führer, die Märtyrer, die Verräter und die unglücklichen Opfer.

Der Funke des Mißtrauens hatte gezündet und schwelte. Die Hüttenarbeiter waren befriedigend beschäftigt, man sprach von weiteren Staatsaufträgen. Drüben, im deutschen Teil, war die Krise ausgebrochen. Wieder einmal lagen Tausende von Stammarbeitern auf der Straße. Die Kohlengesellschaften hatten Kredite aufgenommen, neue Schächte niederzubringen. Gegen 1913 war die Förderung schon mehr als verdoppelt. Dagegen nahmen die polnischen Gruben Entlassungen vor. Die Förderziffer fiel schon ständig, seit Jahren. Und gerade die Kohlenfelder des Plesser und Rybniker Kreises waren es, auf die Polen während der Abstimmung und Teilung sein politisches Interesse konzentriert hatte. So verläuft die äußere Linie dieses Wirtschaftsbildes.

Die polnischen Grubenarbeiter lagen auf der Straße. Sie standen vor den Schachtanlagen, die durch Gendarme gesichert waren, lungerten vor den Schlafhäusern der Zeche herum und waren nicht zu bewegen, nach Hause zu gehen. Denn morgen, vielleicht schon in der nächsten Stunde mußte doch die Bestimmung herauskommen, daß wieder die normalen Schichten gefahren werden. Dann sitzen sie weitab im Dorf, und der Schichtmeister kümmert sich nicht drum, wen der Hauer mit zur Schicht hinunter nimmt. In diesen Zeiten – denkt jeder – in immer größer werdenden Gruppen stehen die Grubenarbeiter beisammen. Das ist die richtige Zeit für den Ordnungsschutz der Unternehmerverbände. Sorgfältig werden die Mitglieder solcher Organisationen ausgewählt, in jahrelangem Dienst in der Verwaltung bewährte Leute, Schichtmeister, Obersteiger, Rendanten, Schreiber und Verwalter, alles Leute, die im ständigen täglichen Verkehr mit dem Arbeiter stehen, von deren Wohlwollen, guter Laune oft der Arbeiter abhängig ist, deren kleine Vergünstigungen in Fällen, die niemals jemand in einem Vertrag vorsehen wird, dem Geplagten eine Wohltat sind, die schwerer wiegt als politische und wirtschaftliche Zugeständnisse, die alle für alle erkämpft haben und erkämpfen müssen – ach, solche Leute – zu ihrem Beruf gehört es und in ihrem Kontrakt steht es oft nur zwischen den geschriebenen Zeilen, daß sie der Politik ihrer vorgesetzten Behörde, deren Ansichten, Launen und Widersprüchen, dienstbar sind. Ob sie gleich mit dem Arbeiter fühlen und zumindest aus dem Arbeiterstande hervorgegangen sind, gerade darum wissen sie es nicht anders, als daß ihre Arbeit darin besteht, die Weisungen der Geheimabteilung ihrer Betriebsverwaltung getreulich zu erfüllen.

Auch an diesen, den früher geschilderten Vorgängen in Hindenburg folgenden Tagen trat der polnische Ordnungsschutz in Tätigkeit. Die Vertrauensleute der Friedens-Hütte und Falva-Hütte waren nach Siemianowitz und Rosdzin unterwegs, von dort waren besonders bedrohliche Ansammlungen von Bergarbeitern unterwegs. Der Verband der Aufständischen, der Kopf einer Organisation, zu der zwar so viele der unzufriedenen und streiklustigen Arbeiter gehörten, der aber eine durchaus von den Arbeiterinteressen unberührte, von oben bestimmte Politik führte, wurde in Kenntnis gesetzt und seinen Traditionen gemäß um Unterstützung zur Wiederherstellung von Ordnung aufgerufen. Und so begann es.

Bald hatten die Bergarbeiter Zeitungen in der Hand, in denen von deutschen Machenschaften in dem angedeuteten Sinne die Rede war. Ein Streik der Hüttenarbeiter mußte zudem die Kohlekrise verschärfen, neue Entlassungen stünden bevor, wurde erzählt. Und das alles, weil in Gieschewald, wo die Gewerkschaftsführer sich eingenistet hatten, eine Zusammenkunft der maßgeblichen Gewerkschaftsverbände beider Oberschlesien stattfinden sollte und vielleicht schon tagte, die die polnischen Hüttenarbeiter in den Streik treiben wollten. Wo die nationale Seite der Hetze nicht mehr zog, wo auch die Betonung der wirtschaftlichen Gegensätze in der Vertretung der Interessen der Hüttenleute und Grubenarbeiter auf recht unfruchtbaren Boden fiel, denn viele solcher Phrasen waren schon abgenutzt und die Arbeiter wußten aus der Erfahrung doch so viel, daß man diese Saiten nur aufzog, wenn man etwas Bestimmtes von ihnen wollte, das nie in ihrem eigenen Interesse gelegen war – dort hetzten die Ordnungsleute auf die Gieschewalder im besonderen, die in ihren schnieken gelben und roten Siedlungshäusern saßen und noch stolz darauf waren, so bevorzugt zu sein, während die übrigen noch immer auf die Versprechungen der polnischen Regierung warteten, die jedem oberschlesischen Arbeiter in der Abstimmungszeit ein eigenes Haus, eine Kuh und Kleinvieh, Gartenland und Weide versprochen hatte. Dazu kam, daß im Kohlenbergbau ortsfremde Leute beschäftigt wurden, weggelaufene Bauern aus Galizien, Weißrussen und eine Menge Leute aus Warschau und Lodz, die den Aufenthalt in Oberschlesien mit der ortsfremden Polizei und Stadtverwaltung, die ihren Bezirk nicht kannten und auch kaum Absicht hatten, ihn näher kennen zu lernen, einer Gefängniszelle vorzogen.

Solche Menschen sind immer bereit, einem Führer zu folgen, der sie zu Gewalttätigkeiten, zu Demonstrationen, überhaupt zu irgendetwas, das außerhalb des täglichen Einerlei liegt, aufruft. So zogen denn von verschiedenen Seiten Gruppen aufgeregter Arbeitsloser auf Gieschewald. Abzeichen des Aufständischen-Verbandes waren unter die Leute verteilt worden. Sie zogen in geschlossenen Marschkolonnen, sangen das Kampflied, und an der Spitze der Siemianowitzer marschierte ein berüchtigter Bandit aus den Wäldern um Czenstochau, der, unweit Kandrzin geboren, von Geburt Deutscher war, sich in den polnischen Aufständen hervorgetan hatte, und dem die Regierung wegen seiner mannigfachen Beziehungen nach Deutschland hinüber manches durch die Finger sah.

Im Hüttengasthaus saßen die Vertreter der Gewerkschaften und berieten, was zunächst zu tun sei. Denn in den Grundzügen war man ja schon länger einig. Die Frage stand nur, daß der polnische Unternehmerverband auf die Forderungen der Arbeiter übehaupt noch nicht geantwortet hatte. Einen Streik vom Zaun zu brechen, ist nicht so einfach, um so weniger, als die Stimmung in den Belegschaften für einen Streik in jedem Fall wenig geneigt war. Jede Führung, die vor einem Kampfe steht, sieht die Dinge etwas weiter als die vom Kampfe dann betroffenen einzelnen, und es ist schwer, neue Gefolgschaft dann hinter sich zu bekommen, wenn der einzelne selbst sich noch keiner unmittelbaren Gefahr bewußt ist. Es bleibt immer für ihn ein gewisses Risiko, ein wenig vom Abenteuer, das er sich eigentlich in seinen Lebensverhältnissen nicht mehr erlauben darf. Das gilt vom erfahrenen Arbeiter, in der Reife der Jahre mit Familie und Häuslichkeit, die er mit jedem Schritt in die Unsicherheit gefährdet. Aber zu stark war die Erkenntnis von der Notwendigkeit gemeinsamen Vorgehens in der Tariffrage schon eingedrungen, und zu deutlich ergab sich die Forderung, nicht abzuwarten und von selbst den Kampf zu beginnen, zu eingehend schon hatten die Hüttenarbeiter mit dieser Frage sich befaßt. Dazu wußten sie auch, daß die Gewerkschaften im deutschen Oberschlesien nicht zögern würden, von sich aus den ersten Schritt zu tun, wenn die Aussichten für ein Gelingen drüben günstiger lägen. In ihrem engeren Beruf waren sie über die Verhältnisse gut unterrichtet. Es gab nicht viele, die nicht schon in den Betrieben jenseits der Grenze gearbeitet hatten, und es gab sogar Leute in Gieschewald selbst, die noch drüben sogar jetzt in Arbeit standen. Für diesen Teil der Arbeiterschaft zogen die nationalen Phrasen nicht mehr. Auch in Gieschewald wohnten Leute vom Industrieschutz und nicht zu wenige, und was den Aufständischen-Verband anging, so hatte dieser jahrelang die Kolonie als eine Art historische Stätte verehrt, denn am Marktplatz in Gieschewald war im dritten Aufstand das Hauptquartier und der Stab der Aufständischen-Abteilungen gewesen. Aber die Gieschewalder Ordnungsleute und Aufstands-Veteranen hätten nicht gewagt, die Hüttenleute und ihre Gewerk-schaften deutscher Machenschaften und irgendeiner Ver-räterei zu verdächtigen. Und von den Bergleuten der Emma-Schächte, die ja in nächster Umgegend der Kolonie ihre Ein-fahrt hatten, war auch ein gut Teil zum Feiern gezwungen. Nie wäre es diesen indessen eingefallen, jemandem Glauben zu machen, daß die Wirtschaft des polnischen Oberschlesien durch eine Tariffinanzierung der polnischen Hüttenarbeiter, die zudem von der deutsch-polnischen Industrie angestiftet sei, unterwühlt würde. Und doch schrieben alle Zeitungen so. Meist glauben es auch die Redakteure nicht und die Verfasser der entsprechenden Artikel, von den Setzern und Buchdruckern aber ist es bekannt, daß sie niemals das glauben, was sie an der Maschine runterklappern.

Auf dem Marktplatz waren inzwischen einzelne Gruppen von Unzufriedenen und Demonstranten eingetroffen. Einer hatte eine große Fahne entrollt, und in der Menge waren Leute zu bemerken, die mit Knütteln und Eisenstäben, ja einzelne sogar mit Gewehren bewaffnet waren. Das mußten Leute sein, die erst unterwegs und auf besondere Bestellung zu den Demonstranten gestoßen waren. Aus dem Durcheinander der lauten Drohungen, der Flüche und Verwünschungen wurden die Gieschewalder zunächst nicht klug. Erst der Lehrer, der auf den Lärm hin herbeigeeilt war, brachte heraus, daß im Ort eine Art Verschwörung im Gange sei und daß die Verschwörer im Hüttengasthause sich versammelt hätten. In Begleitung der zwei Ortsgendarmen, die sich ((in)) respektvoller Entfernung hielten, zog dann die Menge vors Gasthaus. Der Lehrer erbot sich als Sprecher und wollte die Wünsche der Versammelten denen im Gasthause unterbreiten. Denn noch hatte die Ansammlung kein bestimmtes Ziel.

Dem Eingreifen des Lehrers war es zu danken, daß die recht verschwommen gehaltenen Andeutungen für die Ordnungsleute in eine bestimmtere Form ausgeprägt wurden. Es galt also, deutsche Agenten und Spione zu entdecken, Leute, Einheimische und Arbeiter-Agitatoren, die, von deutschem Geld gekauft, von den Unternehmern bestochen, die schon genug verelendeten Arbeiter aus der Arbeit zu treiben hatten, Unfrieden stiften und die Kinder und Frauen in tiefstes Elend zu stürzen suchten, Gewissenlose, Zuchtlose und Leute ohne Glauben und Religion. Dem Lehrer schwoll die Brust vor Stolz.

Es gibt so viele Lehrer, die in ihrer persönlichen Wirkung auf eine einheitliche Umwelt das fremde Element bedeuten. Solchen Menschen gilt es als Beruf, sich in Wirkung zu setzen, um die Umwelt, die Mitwelt zu bilden, zu erziehen – sie hätten sonst ihren Beruf verfehlt, und dieser Beruf ist zugleich ihre Existenz. Sie wissen es daher auch schon vorher, was die andern meinen und aussprechen wollen, und sie nehmen daher alles auch schon vorweg. Sie vermögen damit auch etwas ihre Sonderstellung auszugleichen, sie machen das Fremde damit weniger fremd. Aber es ist nicht schön, und wären die Demonstranten nicht aus zu vielerlei Elementen zusammengesetzt gewesen, so daß die Radaulust überwog, so hätten sie wohl den Lehrer, der sich ihnen aufdrängte, sich bald allein überlassen.

Ehe die Gewerkschaftsdelegierten noch eine Ahnung von den Vorgängen hatten, war ihr Haus von einer dichten Menschenmasse umlagert. Der Lehrer erschien in der Tür des Zimmers. Einige der Versammlungsteilnehmer, die zu herrschen gewohnt waren, traten ans Fenster, um zu den Arbeitern zu sprechen. Aber eine solche Flut von Schimpfworten empfing sie, daß sie erschreckt zurückwichen. Das war die Bojowka, Gott weiß, wer sie in Bewegung gesetzt hatte und zu welchem Zweck. Das ist, wenn die Menschen zu Tieren werden. Dann nützt es nichts mehr, mit ihnen sprechen zu wollen, das Hirn fiebert, in den Augen quillt die Wut über, und alles atmet Haß und Zerstörung. Dann ist die Zeit gekommen, an Flucht zu denken, in ihrer Lage wäre es aber aussichtslos gewesen zu fliehen. Seid ihr nicht auch Arbeiter, schrie einer der Führer, Leute, die der Gutsbesitzer jetzt auf die Straße schmeißt, was wollt ihr und wer hat euch geschickt – ein vielstimmiges Wutgeschrei antwortete ihm. Die Leute begannen, an der Tür zu drücken, eine Fensterscheibe ging in Trümmer. Es war denen drinnen noch gar nicht klar geworden, was die Leute von ihnen wollten. Ein Hagel von Steinen ging jetzt gegen das Haus nieder, die Menschen duckten sich, um nicht getroffen zu werden. Einige wenige zogen den Browning. Der Wirt und Verwalter stand händeringend im Flur, er konnte ihnen nicht helfen. Dann wurde die inzwischen geschlossen gehaltene Haustür eingetreten. Man schoß vereinzelt. Einige der Versammlungsteilnehmer flohen in das obere Stockwerk, Verfolger hinter ihnen her. Der Hauptteil der Versammelten blieb im Zimmer, zu einem Haufen zusammengedrängt. Gegen die Eindringenden warf sich schützend der Lehrer, er schrie nach beiden Seiten, er verlangte Zeit zum Verhandeln, Ruhe – sprach von Ordnung und Gesetz, schrie und tobte. Es wurde Ruhe, jemand von den Gewerkschaftlern sprach ein paar Worte, er konnte sich verständlich machen, er schrie zuletzt auf die noch Draußenstehenden ein. Der Lehrer hatte der

Bewegung draußen irgendwie das Kreuz gebrochen. Gruppen begannen sich schon abzusondern und zogen schreiend und fluchend auf eigene Faust weiter. Man warf noch anderwärts ein paar Fensterscheiben ein. Der Haupttrupp setzte sich langsam in Bewegung und rückte ab, still, murrend und löste sich an der Wegkreuzung nach Chorzow ganz auf. Unzufrieden mit sich stapften die letzten Nachzügler weiter. Auf dem Dachboden hatte man einen der Flüchtenden eingefangen und erschlagen. Nur ein einziger Toter, und die anderen hatten das Heft wieder in die Hand bekommen. Die Versammlung war schon aufgelöst, auseinandergegangen, ohne irgendwelche Beschlüsse geplant zu haben, als ein Zug berittener Gendarmerie in die Kolonie einrückte.

Der Lehrer stand noch am Fenster und starrte auf die Landstraße. Auch er war unzufrieden, er fühlte sich unglücklich. Wem sollte er dienen – man unterrichtete ihn nicht. Niemand hielt es für nötig, ihn in gewisse Vorgänge und Absichten einzuweihen, daß er Vorbereitungen hätte treffen können, seinerseits dem Staate und irgendeiner Politik ((zu)) dienen. Er hing völlig in der Luft, und niemand kümmerte sich um ihn. Die Polizei sucht nach den Demonstranten, so scheint es. Er hatte eine gewisse Zeitlang geradezu an ihrer Spitze gestanden, er kannte sie gar nicht, es sah nur so aus, als vertreten sie irgendeine Forderung, die von der Regierung kommt oder die sie zumindestens duldet und unterstützt. Es war seine Pflicht, sich an die Spitze zu stellen, ihre Forderungen zu vertreten. Man wird ihn zur Ordnung rufen, ihn in ein Verhör hineinziehen, vielleicht größere Auseinandersetzungen. Es bereitet sich etwas vor, er fühlt es seit Wochen, und man unterrichtet ihn nicht. Eine Polizeistreife führt zwei Gefangene vorbei. Es sind Leute, die weiter draußen im Dorf geplündert haben. Der Bauer hat sie gefaßt – der Lehrer seufzt schwer. Er ist nicht auf Lebenszeit angestellt, man beobachtet ihn mit Mißtrauen, selbst in ruhigen Zeiten ist es für ihn schwer, für die nationale Sache zu wirken. Man stößt ihn überall ein wenig zurück. Ziemlich neu auch ist er aus dem Posenschen nach hier versetzt worden. Er haßt die Deutschen, obwohl sein Vater ein Deutscher ist. Nur die Mutter hat ihn der polnischen Sache damals dienstbar gemacht. Jetzt sind schon eine Reihe Jahre darüber vergangen. Man hat seine besonderen Verhältnisse benutzt, ihn an die Minderheitsschule geschickt, immer hat er der polnischen Idee gedient, aber niemand hat ihn geachtet. Fast im Gegenteil; als er nach Gieschewald versetzt wurde, sah es beinahe aus wie eine Strafe. Und auch die Eltern seiner Kinder mögen ihn nicht, noch weniger die Kollegen. Er wird sich, denkt er, schon vorher bei der Kattowitzer Polizeipräfektur melden und den Vorfall erklären. Vielleicht seine Dienste zur weiteren Aufklärung anmelden – er seufzt schwer und schaut bedrückt. Draußen spielen jetzt Kinder auf der Straße. Sie spielen mit den Glasscherben, die von den Fenstern des Hüttengasthauses weit hinaus auf die Straße gesplittert sind. Auch diese Kinder sind ihm fremd.

Eine schmetternde Autosirene läßt ihn zusammenfahren, zerschneidend schrill. Er hat den Wagen nicht gehört, er muß sechshundert Meter offene gerade Strecke durchfahren, und er hat nichts von seinem Herannahen gehört. Die Kinder hocken noch im Straßenstaub, stoßen sich und balgen sich um einen Scherben. Der Wagen ist über ihnen, mitten zwischendurch, der Lehrer schließt die Augen, zitternd, in einem namenlosen Entsetzen. Vielleicht ist ihm jeder Gedanke im Gefühl eines einzigen großen Grauens entschwunden. Dann ist der Wagen wie ein unheilvoller Schatten entschwunden, vorüber. Der Woiwode – schießt es dem Einsamen, der noch wie gelähmt die Augen aufschlägt, durch den Kopf.

IV. Bismarckhütte baut ab

Der Woiwode war mit einem Ingenieur aus Warschau, der einen gewissen Einfluß im Ministerium der öffentlichen Arbeiten aufzuweisen hatte, auf dem Wege zur Bismarckhütte. Es schienen ganz bedeutende Unstimmigkeiten in der Verwaltung vorhanden zu sein; der Generaldirektor, den das Warschauer Ministerium erst vor Jahresfrist unter Aufwendung erheblicher Mittel und mit großen Mühen durchgedrückt hatte, wird seinen Posten wieder aufgeben, hieß es; auch unter den Gruppen der Großaktionäre haben wieder Verschiebungen stattgefunden, das französische Konsortium, das unter vielen Versprechungen von besonderen Konzessionen an die Gesellschaft die letzte Aktienausgabe übernommen hatte, soll die weitere Durchführung an die gleiche deutsche Bankengruppe übertragen haben, die gerade erst aus der Verwaltung glücklich herausmanövriert worden war. Die Bismarckhütte war ein besondres Sorgenkind des Woiwoden und seiner übergeordneten Zentralbehörde, bald wird sie gehätschelt und mit Staatsaufträgen überhäuft, der Minister selbst sitzt im Kasino und läßt sich Vortrag halten, während ihm unten auf dem Hofe die Werkskapelle im Sonntagsstaat ein Ständchen bringt – bald aber bekommt der Woiwode wieder den Befehl, die strengsten Mittel anzuwenden, um die letzten Überreste deutschen Einflusses auszurotten, Arbeiter, Werkmeister und Ingenieure sollen entlassen werden, Beamte und selbst Stenotypistinnen, mit Polizeibeamten zur besonderen Verfügung aus Warschau müssen Haussuchungen abgehalten werden, die Steuerakten werden beschlagnahmt und gehen durch Spezialkuriere nach Warschau, ganze Transportzüge werden angehalten, die Waggons beschlagnahmt und ähnliches mehr – und darauf folgt wieder eine völlig andere Zeit, der Woiwode, die Woiwodschaftsbehörden, heißt es dann, haben sich Übergriffe zu Schulden kommen lassen, man sieht dort unten Gespenster, überreizte Nerven, abgearbeitet und erholungsbedürftig, manchmal aber auch einen Ton schärfer, das ist: übereifrige, sogenannte Patrioten, die im Glauben, dem Vaterlande zu dienen, seine Wirtschaft ruinieren, mithelfen, das Land auszuschalten aus der internationalen Konkurrenz und so die fürsorgliche und weitsichtige Politik einer Regierung durchkreuzen, die schließlich auch nur auf die Sicherheit und Gewißheit angewiesen ((ist)), daß ihre Beamten den Weisungen und Absichten von oben streng Folge leisten – dann muß der Woiwode gehen, der Polizeipräsident wird in die weißrussischen Sümpfe versetzt, die verschiedensten Provinzialbehörden, bis hinunter zur Schule, alle neu aufgebaut. Der letzte Woiwode übergab seinem neugebackenen Nachfolger ein dickleibiges Aktenstück Bismarckhütte als geheim mit einem wehleidigen Lächeln. Ich übergebe Ihnen dies persönlich, sagte er, und ich wünsche Ihnen, daß Sie sich gut hineinarbeiten werden. Der neue Mann dankte verbindlichst, nahm das Paket und schloß es fürsorglich beiseite, denn er wird es ebenso halten wie sein Vorgänger und niemals einen Blick auf derartig gefährliche Blätter werfen, solange es Gott und dem Minister gefällt, ihn damit in Ruhe zu lassen. Ein Beamter mit hoher Verantwortung muß Geduld haben können.

Im Grunde lag die Sonderstellung der Bismarckhütte ziemlich offen zutage. Das Werk gehörte schon vor dem Weltkriege zu einem der modernsten Stahlwerke Europas, der Weltkrieg gab dem Unternehmen Gelegenheit, sich auf gewisse Stahlsorten und sogenannte Spezialstähle zu spezialisieren, die ihm schon in der deutschen und später noch in weit höherem Grade in der polnischen Schwerindustrie eine Art Monopol sicherten. Obwohl dem Aufbau nach rein deutsch und inmitten einer deutsch stimmenden Bevölkerung gelegen, war es nach der Abstimmung zu Polen geschlagen worden, weil der Aufbau einer polnischen Metallindustrie in Oberschlesien, einer weiterverarbeitenden Industrie auf Maschinen, Automobile und Werkzeuge, auf die als Inlandsabsatz die Hüttenindustrie angewiesen ist, ohne die Bismarckhütte nicht gut denkbar schien. Dazu kam, daß die Bismarckhütte als Hauptverbraucher ihrer eigenen Produktion sich moderne und ausbaufähige Röhrenwalzwerke zugelegt hatte, so daß ihre Produktion an Röhren erfolgreich mit den Witkowitzer Werken und Mannesmann in Wettbewerb zu treten begann. Die Sosnowitzer Röhrenwerke, auf die außer einem unbedeutenden Nebenbetriebe der Ver((einigten)) Königs- und Laurahütte Polen bisher angewiesen war, schienen demgegenüber veraltet und des Einschrottens wert. Das französisch-belgische Kapital, das in den Sosnowitzer Werken investiert war, fühlte sich nicht wenig beunruhigt, um so mehr, als die kulturelle Erschließung Polens und der Balkanstaaten in erster Reihe Röhren verbrauchte. Das Großkapital hat keine Veranlassung, auf offener Wahlstatt zu kämpfen. Es kämpft überhaupt nicht gern, denn in dem Augenblick der Einschätzung des Stärkeren oder Schwächeren liegt automatisch schon Sieg und Gefressenwerden begründet. So wanderte auch nach einigen aufklärenden Vorstößen, die die Festigkeit der Stellung der Gesellschaft erkunden sollten, das französisch-belgische Kapital in die Bismarckhütte ab. Es ist nur natürlich, daß dieser Frontwechsel auch außen- und innenpolitisch zum Durchbruch kam. Als dann später die Engländer bei Polen anklopften, im Gefolge der Amerikaner, die zunächst in Zink und Stickstoff Boden gefaßt hatten, als der polnische Finanzminister nach Amsterdam reisen durfte, um eine erste amerikanische Millionenanleihe unter Dach zu bringen, wurde wieder einmal im Auftrage der neuen Freunde die Bismarckhütte angefaßt. Man einigte sich darüber in Paris und schob dann als Treuhänder wieder Berlin vor, so daß die deutschen Banken, die solange draußen gehalten worden waren, wieder als Sieger in die Verwaltung einziehen konnten. Selbstverständlich hatten die Deutschen, mochten sie auch nur herausgestellte Treuhänder sein, auch ihrerseits etwas zu bieten gehabt. Einem ernsten Kapitaldruck kann keine Regierung widerstehen, ein neues Regierungsprogramm ist immerhin billiger als ein Staatsbankrott. Und so war denn der Woiwode auf dem Wege, die neuen deutschen Aufsichtsratsmitglieder in der Verwaltungsspitze der Bismarckhütte zu begrüßen. Er brachte die Einladung zu einem Frühstück der Regierung für den nächsten Tag nach Kattowitz mit.

Der Generaldirektor, sein Name hat auf den Gang dieser Erzählung keinen Einfluß, empfing die beiden Herren aufs herzlichste, sichtlich von ihrem Erscheinen überrascht, obwohl es ein Punkt derselben Vereinbarung war, die vor einigen Tagen in Warschau von dem polnischen Handelsminister und einem Beauftragten des preußischen Finanzministeriums unterzeichnet worden war. Dr. Kwiartowski, der junge Mann des Bautenministers, der den versammelten Herren vom Woiwoden in einer mehr scherzhaften Ansprache vorgestellt worden war, ging sofort auf den Mittelpunkt der Verhandlung los und hob seine Stimme etwas, als sei er der Bote eines wohlwollenden Herrn, der die Geschenke überreicht. Die Herren erhoben sich von ihren Klubsesseln, um ihm besser zuzuhören, aber die genaue Aufstellung der Röhrenlieferungen an das polnische Wegebauamt und die staatliche Einkaufsabteilung der Stadt- und Dorfverwaltungen war bereits in ihrer Tasche. Sie war kurz vorher den Aufsichtsratsmitgliedern in die Hand gedrückt worden, um ihnen Gelegenheit zu geben, die Beteiligungsquote an den Gewinnen einer englisch-amerikanischen Dachgesellschaft auszurechnen, die das polnische Land mit einem Netz von Gas- und Wasserwerken zu überziehen sich vorgenommen hatte gegen eine Garantieübernahme des Staates, der seinerseits von der anderen Hand des Konsortiums dafür eine Anleihe erhielt. Eine Tantieme in angemessener Höhe würden Aufsichtsrat und Vorstand diesmal von dieser Gesellschaft beziehen. Gerade hatte nämlich der Finanzdirektor der Bismarckhütte in wohlgerundeter Rede auseinandergesetzt, daß es aus taktischen Gründen erwünscht wäre, das jetzt zu Ende gehende Geschäftsjahr mit einem nicht unerheblichen Verlust abzuschließen. Damit war also alles in Ordnung.

Dr. Kwiartowski wurde mit lauten Zurufen der Zufriedenheit bedacht. Einer der Herren aus Berlin, dessen Gesicht wenn nicht von Wein, so durch im Augenblick schlecht gelagerte Hämorrhoiden gerötet war, erhob sich gesondert und sprach den Wunsch aus, daß die frische, so von Begeisterung getragene Kraft des jungen Ingenieurs dem Unternehmen gewonnen werden sollte. Der Wunsch wurde sogleich protokolliert und ein einstimmiger Beschluß hinzugefügt, der den Vorstand beauftragte, den Dr. Kwiartowski zunächst als sachverständigen Mitarbeiter für die Aufstellung der ersten Unterlagen in der Durchführung des Regierungsprogramms heranzuziehen. Der Direktorposten stand in Aussicht, der Woiwode strahlte in väterlichem Stolz.

Dann wurde mitgeteilt, daß nebenan ein kleines Frühstück angerichtet worden sei. Das war das Signal für die Sekretäre und Stenotypisten, den Oberbuchhalter des Finanzdirektors, der diesem während seiner Rede die Zettel mit den Zahlen in der bestimmten Ordnung hinüberzureichen hatte, den Chef der Nachrichtenabteilung, den Reklamedirektor und was sonst mit einem besonderen Auftrag für diese Konferenz versehen war, sich zurückzuziehen. Darin duldet die Tradition weitreichender Finanzgeschäfte keine Ausnahmen. Ein König kann es sich vielleicht leisten, mit seinem Kammerdiener in vertrautem Umgang zu sein, dem Finanzmagnat ist das nicht gestattet. Er hat wirklich Geheimnisse und darf diese Geheimnisse nicht preisgeben, wenn er nicht zum Gespött seiner Konkurrenten werden will. Daher gibt es für ihn nicht den Typ jenes Menschen, den Dienstboten, den Kellner, den Briefträger und Liftboy, der sich so zufällig in seiner Nähe aufhält. Alle sind für ihn Spione, beauftragte Rechercheure, beauftragt, Laute und Stichworte, Gesten aufzufangen, aus denen sein Gegner kombiniert, um ihm mit irgendetwas zuvorzukommen.

Die Herren blieben in Gruppen am Kamin, um die Anwesenheitsliste am Platz des Vorsitzenden, blieben um einen von irgendeiner Krankheit Genesenen stehen, den man herzlich beglückwünschte, und tauschten Freundlichkeiten mit dem Woiwoden, der sich ehrlich mühte, gemeinsame Erinnerungen, gemeinsame Studien, gemeinsame Liebhabereien und schließlich sogar gemeinsame Ansichten aufzufinden. Dann ließ man sich wieder in bestimmten Gruppen nieder, wie rein zufällig, und es schien, als sprächen ganz zwanglos alle mit allen. Dabei wurden im einzelnen die Beteiligungen der Bismarckhütte an den verschiedenen Konkurrenzunternehmungen, die Beteiligung an den polnischen und deutschen Eisenhütten beider Oberschlesien durchgegangen. Eine Analyse der nächsten Zukunft der oberschlesischen Stahl- und Eisenindustrie, die auf Enquêten beider Regierungen fußte, wurde insbesondere nach dem Gesichtspunkte erörtert, welche Maßnahmen die beteiligten Regierungen in der nächsten Zeit unternehmen würden, in Tarifen, Subventionen, Zöllen und Ausfuhrerleichterungen, die politischen Parteien wurden in den allgemeinen Betrachtungskreis gezogen, ihre Bindungen untereinander, die Aussichten einer Regierungskoalition, außenpolitische Probleme, Spannungen und die Chancen, in der jeder Spannung folgenden Auflösung im Gefolge des liquidierenden Finanzkonsortiums zu sein. Der Krieg ist nämlich nur noch für die Zeitungsleser, er wird von den Nachrichtenchefs eigens erfunden und ausgeschmückt, für die Hochfinanz ist er als Mittel, um Zinsen rauszuholen, längst zu plump, zu schwerfällig und veraltet.

Dabei ließ der Generaldirektor so nebenbei die Bemerkung fallen, daß die Bismarckhütte nunmehr dem Beispiele so vieler Konzerne folgend gezwungen sei, einen Hauptteil ihrer Beteiligungen abzustoßen, um das Unternehmen für seine eigentlichen Aufgaben flüssiger zu machen. Der Woiwode nickte. Es ist möglich, daß er gemerkt hatte, daß diese Unterhaltung in besonderem Maße für ihn bestimmt war. Es ist aber auch möglich, daß er, ein harmloses Gemüt, nur geschmeichelt war, von den Kapitänen der Industrie und der Finanz ins Vertrauen gezogen zu werden. Nicht alle wußten alles. Aber das wußten sie, daß, was immer von der Verwaltungsspitze als Anregung weitergegeben wurde, bereits beschlossen und meistens auch schon durchgeführt war. Keiner wußte ja auch vom andern, wie nahe ((er)) in seinem Konsortium zur entscheidenden Spitze stand, ob er noch gewonnen werden sollte oder ob er nur noch aus Höflichkeit mitgeschleppt war. Es war ihnen nur aus der alten Spielregel der Finanz die Möglichkeit geboten, zuzuhören und Schlüsse zu ziehen, gleichgültig, ob auch einige dabei waren, die ihren Auftrag an die Börsen bereits untergebracht hatten.

Mit leiser Betonung und mit einem ermunternden Unterton pflegt diese Chance bei Persönlichkeiten wiederholt zu werden, die zu der jeweiligen Regierung in einem beamteten Verhältnis stehen. Dabei gehört es zur Erziehung, darüber hinwegzuhören. In Betracht kommt es ja sowieso nur ((für)) Beamte, die reich geheiratet haben, und diese Chance ist recht gering.

In einer Gruppe saß der joviale apoplektische Berliner Geheimrat, den man die letzte Zeit in allen oberschlesischen Gesellschaften vertreten sehen konnte. Er vertrat im Konsortium die Berliner Handelsgesellschaft, wurde aber als Agent des Auswärtigen Amtes bezahlt. Sein Rat in außenpolitischen Dingen wurde sehr geschätzt, wenn auch nur, um für die Einschätzung gewisser Situationen, für die eigene Entschlüsse notwendig waren, sich freie Hand und freien Kopf zu behalten. Er pflegte die Auskunft, gestützt auf eigene Nachfragen, durchaus neutral zu legen. Dafür wurde er von der Industrie bezahlt, und in gewissen Fällen in Prozenten besonders interessiert. Dann schwieg er, sowohl nach oben wie auch sonst.

Also, der Generaldirektor deutete an, daß die Bismarckhütte ihre Beteiligungen an den polnischen Eisenhütten der Reihe nach abstoßen würde. Darauf deutete auch ihr Austritt aus den internationalen Kartellen hin. Eine Beunruhigung des Effektenmarktes sei kaum vorauszusehen, der Woiwode horchte auf. Der Berliner Geheimrat zog ihn ins Gespräch. Es sei in solchen Fällen vorteilhaft, gewissermaßen ohne an die Öffentlichkeit direkt zu kommen, die Pakete einem Großinteressenten en bloc zu übereignen, der Finanzdirektor nickte. Ein anderer Herr, der eine böhmische Interessentengruppe vertrat und den alle für einen Spion der Wittkowitzer Stahlwerke ansahen, mischte sich jetzt in die Unterhaltung. Man müsse nur darauf achten, daß man der Konkurrenz damit nicht gewisse Vorteile biete, er dachte an Mannesmann, der bei Bismarckhütte vielleicht Fuß gefaßt hat, um Wittkowitz aus dem Felde zu schlagen. Der Generaldirektor beruhigte ihn sogleich, indem er das Gespräch auf die Arbeiterfrage lenkte, die deutsch-polnische Angleichung der sozialpolitischen Bestimmungen, die Möglichkeit späterer Angleichung auch des beiderseitigen Tarif- und Prämiensystems. Der Woiwode bestätigte das sogleich; umfangreiche Vorbereitungen seien schon im Gange. Es ergab sich sozusagen von selbst, daß bei der recht schwachen Finanzlage der polnischen Gesellschaften eine Annäherung nur nach der deutschen Seite hin dann in Frage käme, vorausgesetzt, daß es dem deutschen Hüttenkonzern gelingen würde, die zur Übernahme der verschiedenen Beteiligungen nötige Anleihe irgendwo aufzubringen. Der Finanzdirektor lächelte sanft, der Berliner Geheimrat strahlte – es wurde sicher, daß die Berliner Gruppe die erste Etappe eines noch nicht ganz sichtbaren Planes erfolgreich überwunden hatte. Die Vereinigten Oberschlesischen Hütten in Gleiwitz hatten erhebliche Aktienanteile der Hohenlohewerke, der Kattowitzer Bergbau, der Ver((einigten)) Königs- und Laurahütte, der Schlesag und vielleicht noch einiger kleinerer Spezialbetriebe, wie der Silesia u.a. käuflich erworben. Der Woiwode war für einen Augenblick in Gedanken versunken.

Während einige Zahlen und Summen nach vielen Millionen genannt wurden, die zum Ausbau der Röhrenabteilungen, zum Erwerb neuer Patente und Beteiligungen an Lizenzen angelegt werden sollten, sowie insbesondere zu Rückstellungen für spätere Interessenkämpfe, schien es, daß diese Kämpfe schon unmittelbar bevorstünden und überdies die Gesellschaft in einer Verfassung antreffen würden, die das Schlimmste befürchten ließ. Daher wurde die Gründung einer Finanzgesellschaft angeregt, der nicht nur gewisse Verträge verpfändet werden sollten, sondern die auch die neuen flüssigen Mittel in Depot nehmen sollte, um gewissermaßen die wahre Stärke der Gesellschaft für den bevorstehenden Kampf zu verschleiern. Damit war auch der schlechte Jahresabschluß erklärt und gewissen Steuerschnüffeleien ein Riegel vorgeschoben. Es mußte wohl so sein, dachte die Mehrzahl. Aber dann hörte der Woiwode den ersten Betriebsdirektor auch von gewissen Entlassungen reden. Das ging ihn ja direkt an, und er schob sich näher, um einiges zu hören von den Ausführungen, die eigens für ihn bestimmt waren. Es ist wahr, einer der Gesichtspunkte für die staatlichen Bestellungen war auch von dem Grundsatze beherrscht, Arbeit zu schaffen für das Heer der Arbeitslosen, und auch vielleicht davon, den in Arbeit Stehenden diese Arbeit zu einer gewissen Dauer zu erhalten. Der Staatsapparat, die Regierungskoalition benötigt manchmal Ruhe, dann entsinnt sie sich gewisser kultureller Forderungen, Fortschritte auf kulturellem Gebiet, Erziehung und so weiter. Man kann die Propaganda nicht starten, wenn erhebliche Teile des arbeitenden Volkes auf dem Pflaster liegen. Diese Propaganda ist nur möglich, wenn eine gewisse Dauer in der Arbeit die Möglichkeit schafft, das Gewissen der Arbeiterschaft, das nach Befreiung ruft, einzulullen, damit man über das äußere Ansehen gewisser Reformen sich streitet, wo das soziale Problem als Ganzes bereits zur Machtfrage geworden ist. In dieser Hinsicht sind die Interessen der Industrie denen des Staates entgegen. Von der Dauer einer Arbeitsleistung verspricht sich der Industrielle kaum einen Gewinn, sie engt ihn ein in seinen Spekulationen, sie zwingt ihn in Tarifverträge, und sie läßt Schlichtungsausschüsse, Betriebsräte ihrem eigenen Einfluß entgleiten und selbständig werden. Auch die Durchführung eines Auftrages, die im wesentlichen in der taktisch vorteilhaftesten Ausnutzung der Arbeitskräfte liegt, erfordert Kampf und einen weiten Blick, der in die Zukunft sieht und kommende Ereignisse vorwegzunehmen in der Lage ist. Die Regierung versteht das nicht.

Daher trug einer der Direktoren vor, warum gerade jetzt die Bismarckhütte genötigt sei, ihren Arbeiterstamm energisch abzubauen. Seitdem die Gewerkschaften mit taktischen Mitteln arbeiten, ist eine neue und besondere Elastizität notwendig, ihnen zuvorzukommen. Seitdem die Gewerkschaften durch direkte Beziehungen zu dem staatlichen Auftraggeber über Umfang und Praxis der neuen Bestellungen unterrichtet sind, muß die Großfinanz nach einem Mittel suchen, Art, Wert und Ziel der Produktion wieder zu verschleiern, soll das so gepriesene individualistische Prinzip der Wirtschaftsführung nicht verlorengehen. Und so ist eben die Antwort der Verwaltung auf den Eingang der Aufträge zunächst Entlassung und Abbau, Entlassungen in großem Ausmaße. Die Entlassungen werden in der vorgelegten Bilanz begründet sein, der Vertreter einer französischen Gruppe dachte einen Augenblick daran, ein Angebot an seinen Konzern zu funken, mit der Bismarckhütte die Röhrenbestellungen zu teilen. Einen Augenblick beobachteten der Prager Bankier, jener Herr und der Geheimrat einander scharf prüfend. Aber der Woiwode wie der Generaldirektor verzogen keine Miene. Die Sache schien in Ordnung und der polnische Staat nicht gewillt, mit dem Recht seiner Auftragserteilung noch Nebengeschäfte zu machen. Vielleicht hätte dies das englisch-amerikanische Finanzkonsortium etwas gestört. Nun, vielleicht lag in dieser Maßnahme nur ein Schachzug, die Unruhe in der Hüttenindustrie zu steigern und einer gewissen Entladung zuzuführen, unter deren Schutz der deutsche Konzern die ihm jetzt zugeworfene Beute ruhig in Sicherheit bringen will. Vielleicht aber war es auch eine Provokation des Streiks in der Hüttenindustrie, die bei der Sonderstellung der Gesellschaft dieser billige Arbeiter und gute Qualitätsarbeiter in die Arme treiben muß. Vielleicht aber war es auch nur eine Hilfsstellung für den deutschen Konzern, die im Kaufvertrag schon mit vorgesehen war, insofern durch die überraschenden Entlassungen die Konjunktureinschätzung auf Gewerkschaftsseite mit einem Schlage über den Haufen geworfen wurde, so daß die Tarifverhandlungen auf unbestimmte Zeit hinausgeschoben worden wären. Jeder konnte nach seinem Belieben wählen, und der Woiwode war zufrieden, überhaupt die so vielfältige Ansicht so hervorragender Finanzmänner darüber gehört zu haben.

Damit schien das Programm endgültig erschöpft. Es wurde wieder zum Imbiß gerufen. Diesmal ging der Generaldirektor voran, und die andern folgten ohne Aufenthalt.

V. Also – Streik!

Die Woge der Unzufriedenheit verbreitete sich überaus schnell. Die Tagespresse aller Parteirichtungen, die radikalen Elemente verfügen nicht über eine Tageszeitung, war aus dem Häuschen geraten, in der Hauptsache führten allerdings noch die Lokalredakteure das große Wort, und diese behandelten die Vorfälle der letzten Zeit nach dem gleichen Schema, mit dem die gleichen Vorgänge in früheren Zeiten behandelt worden waren. Das ließ sich bequem nachschlagen. Da waren rote Agitatoren und Streikhetzer an der Arbeit, deutsche und polnische Agenten, Geld floß aus Warschau und Berlin und Moskau, die unerhörte Nachlässigkeit der Behörden, eine verbrecherische Teilnahmslosigkeit, tatenlos solchen Geschehnissen zuzuschauen, eine perfide Haltung der Ordnungsorgane, durch ihr aufreizendes Vorgehen die Entwicklung auf die Spitze zu treiben. Von allen wurde unter allen möglichen Gesichtspunkten nach Ordnung gerufen, die Schuldigen an den Pranger gestellt und mit entscheidenden Maßnahmen gedroht. Es ist schon seit vielen Jahren so, daß bei uns solche Dinge im lokalen Teil behandelt und erledigt werden. Es ist ein unsäglich erbärmliches und mitleiderregendes Zeichen von Unsicherheit und Angst. In dieser Staatsform und Wirtschaftsordnung haben einer vor dem andern und alle vor allen Angst.

In die Stimmung hinein wirkte die Entlassung der ersten Gruppen von 1800 Mann auf der Bismarckhütte zunächst wie ein schlechter Scherz. Es schien im ersten Augenblick, als sei an ein geschlossenes Vorgehen der deutschen und polnischen Verbände nicht mehr zu denken. Berichte aus Warschau und Berlin ließen vermuten, es habe sich die Lage im Tarifstreit damit von Grund aus verändert, um so mehr, als von seiten der beiden zunächst beteiligten Unternehmerverbände keinerlei Äußerungen vorlagen, ja geradezu ein etwas geheimnisvoll anmutendes Stillschweigen beobachtet wurde. Die Frist für die Erklärung des polnischen Hüttensyndikats verlief unbeantwortet. Die beiden Unternehmerverbände waren eben, zumindest einer von ihnen ganz unvorbereitet, durch den Schachzug der Bismarckhütte matt gesetzt.

Es ist ein Irrtum anzunehmen, daß die Arbeiter sich in den großen politischen und wirtschaftlichen Machtkämpfen der Konzerne der Möglichkeit freier Entschließungen gegenübersehen, um unter richtiger taktischer Einschätzung der Lage für ihre gegenwärtige und zukünftige Stellung Nutzen zu ziehen. Der Arbeiter befindet sich immer in einer Zwangslage. Er muß kämpfen um seine nackte Existenz, für sich und seine Familie, er kämpft immer nur um das eine, um Arbeit. Dabei ist durchaus nicht feststehend, daß der kämpfende Großunternehmer diese Zwangslage mit einrechnet, er kümmert sich meist nicht darum, und er hat es auch gar nicht nötig. So entstand dieser Streik in der oberschlesischen Hüttenindustrie.

Es bedurfte dazu keiner besonderen Aufrufe, keiner zwingenden Einwirkung oberster Instanzen. Die 1800 Kollegen von der Bismarckhütte würden am kommenden Wochenende ((in)) die letzte Schicht gehen, jedem der 40.000 Arbeiter in den übrigen polnischen Hüttenbetrieben stand das gleiche Schicksal bevor. Die Konjunktureinschätzung, mochte sie nun richtig oder falsch gewesen sein, war vergessen. Der Streik loderte empor, ehe er noch ordnungsgemäß beschlossen und verkündet war. In der Falvahütte gingen die Erzbereiter aus der Schicht, die

Blechwalzwerke der Silesia standen am nächsten Tage still, in aller Eile wurden die Gewerkschaftsvertreter nach Kattowitz zusammengerufen. Die Syndikatsmitglieder hatten, so stand es in den Lokalblättern zu lesen, eine Kommission nach Warschau gesandt; es erübrigten sich daher besondere Verhandlungen vor den örtlichen Schlichtungsausschüssen, soweit solche nicht nur noch einen rein formalen Charakter trugen. Die nachträglichen ultimativen Forderungen der Arbeiterverbände konnten erst überreicht werden, als schon die Entlassung einer weiteren Gruppe von 1000 Mann von der Bismarckhütte angekündigt war. Damit legten zugleich weitere 3000 Arbeiter auf demselben Werk die Arbeit nieder. Als der allgemeine Streikbeschluß im polnischen Teile Oberschlesiens endlich herauskam, war die Arbeitsruhe bereits allgemein. Gendarmerieabteilungen ritten durch die Dörfer, Truppen waren von Krakau nach dem Industrierevier unterwegs, um die Notstandsarbeiten an den Hochöfen und insbesondere die Gruben zu schützen. Noch waren keine Zusammenrottungen, noch war kein Schuß gefallen, in Kattowitz selbst war alles ruhig, eine merkwürdige melancholische Ruhe.

Mit den Verladern und Bereitern und dem größten Teil der Belegschaften der mechanischen Werkstätten waren schon 5000 Arbeiter im Ausstand, als die breitere Öffentlichkeit ihr Interesse den Vorgängen zuwandte. Für die deutschen und polnischen Arbeiterverbände in Deutsch-Oberschlesien war daher keine Zeit mehr zu verlieren. Die Führung dieser Verbände befand sich insofern in einer besseren Lage, als sie zunächst in einem gewissen Abstand die Entwicklung der Bewegung verfolgen konnte, von der sie der schmeichelhaften Meinung war, sie mit entfacht zu haben. Ihre Forderungen an den Unternehmerverband, die sich in der vereinbarten Weise mit denen der streikenden Organisationen deckten, gipfelten in einer Solidaritätserklärung mit den Streikenden, verboten die Einstellung von Arbeitern, die jenseits der Grenze entlassen, ausgesperrt waren oder gezwungen feierten, ferner Übernahme von Streikarbeit, Unterstützung der bestreikten Betriebe, die ihrerseits mit den Vereinigten Hütten in gewissen produktionstechnischen Bindungen standen und ähnliches mehr, so daß diese Forderungen einem Ultimatum gleichkamen. Der Unternehmerverband versuchte, dieses Ultimatum auf Verhandlungen abzubiegen, die schon mobilisierten Regierungsinstanzen der Provinzialverwaltung griffen ein, die öffentliche Meinung der großen Tagespresse griff jetzt das Schlagwort von der polnischen Hetze in allen Schattierungen auf – kurz, es verlangte von der Führung alle Energie, diesen Bestrebungen die Spitze abzubrechen und unter der Arbeiterschaft den Charakter einer freien Entschließung zum Streik aufrecht zu erhalten. Im Verlauf der Verhandlungen wurde denn auch der Streik gegen eine nicht unerhebliche Minderheit durchgedrückt, aber die Niederlegung der Arbeit verlief zögernd, oft unter Widerspruch und murrend, immer unter dem stärksten Druck der Verbandsleitung. Für den einzelnen Arbeiter war das Ziel des Kampfes so verschwommen, der Erfolg so ungewiß, seit Jahren hatte der einzelne aus eigenen Erfahrungen gelernt, daß seine Chancen im umgekehrten Verhältnis zu denen seiner Kollegen jenseits der Grenze gestanden waren. Es war nötig, die Arbeiter in Versammlungen zusammenzuhalten, Redner in die Belegschaften zu schicken, Flugblätter zu verteilen – eine intensive Agitation war die Vorbedingung, den Streik durchzubringen. Im Borsigwerk kam es zu Zusammenstößen mit Arbeitswilligen, in Biskupitz wurden von der Polizei Haussuchungen nach Waffen unternommen, die Gewerkschaftsleitung in Gleiwitz wurde ausgehoben, Verhaftungen vorgenommen. Das Gerücht ging, eine Reihe polnischer Spione sei festgenommen worden. Die Ladenbesitzer und die breite Masse derer, die gleicherweise von der Arbeiterschaft wie dem Unternehmer leben, wurden in Aufregung gesetzt. Zwar ließ man schon am gleichen Abend den größten Teil der Verhafteten wieder frei, aber ein Polizeibefehl rief zum schärfsten Vorgehen gegen verantwortungslose Hetzer auf. Während drüben in Polen noch alles ruhig war, gab es in Potemba schon Tote und Verletzte. Eine Polizeipatrouille, die vor der Redenhütte Ansammlungen von Streikenden zerstreut hatte, verfolgte die Flüchtenden, darunter zahlreiche Frauen und Kinder, in die Siedlungen längs der Straße, und dicht unter der polnischen Grenze, vom Zollhaus in Potemba aus, waren die Gendarmen mit Steinen beworfen worden. Der Polizeileutnant, der seine Truppen bedrängt sah, hatte Feuer befohlen. Gerade lief ein Straßenbahnwagen von Hindenburg, der dort die Grenze auf der Straße nach Königshütte überschreitet, ein.

Es hätte nur dieses Anlasses bedurft, um nach beiden Seiten

hin die Sachlage zu erhellen. Für das Gros der Zeitungsleser war damit der Streik endgültig nach der polnischen Seite abgedrängt. Die Regierungsbeamten depeschierten gegenseitig Erkundigungen und Rückfragen, Feststellungen und Noten, die Arbeiter kümmerten sich nicht darum. Für die Arbeiter ging es darum, den Unternehmerverband an den Verhandlungstisch zu zwingen, der es seinerseits vorgezogen hatte, den Mob der kleinen Geschäftemacher und Beamten auf die Arbeiterschaft loszulassen. Die Gegensätze der beiderseitigen Stellungen waren damit klar umrissen. Der Streikbeschluß erhielt einen festen Boden. Jetzt erst wurden die inzwischen so gut wie abgebrochenen Beziehungen zu den polnischen Verbänden wieder aufgenommen, gemeinsame Streikleitungen bestellt und ein Führerkopf gebildet, der abwechselnd auf polnischem und deutschem Gebiet seinen Sitz haben sollte. Eine gemeinsame Erklärung wurde veröffentlicht, von der zwar die breitere Öffentlichkeit kaum Notiz nahm, den Regierungsleuten aber die Möglichkeit nahm, die politischen Spannungen in den Mittelpunkt zu rücken. Der erste Schlag war abgewehrt, nicht zuletzt aber dadurch, daß weder die Warschauer noch Berliner Zentralregierung Lust zeigte, die Vorfälle über das rein lokale Interesse zu erhöhen. Auch die Regierungen waren inzwischen davon unterrichtet worden, daß die Unternehmerverbände bereits zu Verhandlungen untereinander zusammengekommen wären, der Kontakt war also hergestellt. Mochte der Streik seinen Gang gehen.

Es ist möglich, daß die Gewerkschaften davon nicht unterrichtet waren. Sie entfalteten jetzt eine fieberhafte Tätigkeit, ähnlich dem Generalstab eines im Vormarsch befindlichen Heeres, den Besitz des gewonnenen Terrains zu sichern. Endlich wurde auch der Ausstand der Hüttenarbeiter Deutsch-Oberschlesiens allgemein. Die zahlreichen Versammlungen verliefen ohne Störung, immer seltener wurden nach den ersten Tagen die Zusammenrottungen, und wo noch von Arbeitswilligen gearbeitet wurde, konnte das, nach Ansicht der Streikleitung, die Durchführung des Gesamtziels kaum ernstlich gefährden. Es wurden ununterbrochen Beratungen gepflogen, den Streik auch auf andere Arbeiterkategorien auszudehnen, in Betracht kamen die Bergarbeiter und die Transportarbeiter, nachdem es erst gelungen war, auch die eisenverarbeitende Industrie, die

Metallindustrie und die Belegschaften der Eisenbahnwerkstätten und sonstiger Reparaturbetriebe, die fast unmittelbar von der Hüttenindustrie abhängig waren, in den Streik hineinzuziehen. An eine weitergreifende Unterstützung der Hüttenarbeiter in den übrigen Revieren Deutschlands und Polens war erst an letzter Stelle zu denken, da die aufgestellten Forderungen fast zu stark betont die Sonderstellung der oberschlesischen Reviere an die Spitze gestellt hatten. Darüber wurde beraten, und diese Beratungen waren nicht ganz einfach. Der Arbeiter sieht sich einem übermächtigen Apparat gegenüber, einer solchen Fülle von besonderen Schichtungen, althergebrachter Eifersüchteleien, und vor allem so tief eingewurzeltem Mißtrauen der Arbeiterschichten untereinander, daß es für jeden Gegner ein Leichtes ist, Knüppel in den Weg zu rollen und Verwirrung zu stiften. Die Bergarbeiter waren noch im Tarif, der noch vor nicht zu langer Zeit erst abgeschlossen war; zudem mußte der Streik wirtschaftlich bei längerer Dauer auch in erster Reihe die Gruben in Mitleidenschaft ziehen, die an und für sich schon über erhebliche Haldenbestände verfügten. Unklar stand vor allem für die Gewerkschaftsleitungen die Frage, in welcher Weise im Augenblick die Beziehungen der Gruben zu den Hütten verankert waren. Früher waren es die Grubenbarone, die Einfluß auf die Hüttenbetriebe genommen hatten und sie bis zu dieser überreifen Exportindustrie entwickelten. Später hatten allerdings im Verfolg der Konzernbildung die Hütten sich selbständig gemacht, ihrerseits den Grubenbesitz erworben und aufgeteilt, wobei die Kohlenbarone mit Aktienbesitz abgefunden wurden, der sie in der meist noch vorrechtslosen Masse der Aktionäre allmählich verschwinden ließ, als dann die internationale Finanzierungspraxis mit Mehrstimmrecht- und sonstigen Schutzaktien einsetzte. Aber auch diese Zeit ging wieder vorüber. Einigen Gutsbesitzern, die inzwischen selbst Konzerne geworden waren und die vor allem noch unerschlossene Reservefelder sich, sei es aus Zufall oder weiser Voraussicht, zurückbehalten hatten, war es gelungen, Bündnisse mit dem Kohlenhandel einzugehen, der das Kapital für die Neuerschließung vorschoß und gewissermaßen mit den ziemlich ausgeplünderten Besitzern Kippe machte, um sich von neuem einen Platz an der Sonne der aufgehenden Kohlenkonjunktur zu sichern. Solche Bündnisse zogen unterdessen wieder die

Fäden der Konzernpolitik der Hüttenindustrie, und man könnte getrost behaupten, daß die Hütten wieder überwiegend in ihre alte Abhängigkeit zurückgezwungen waren. Ob allerdings die Gewerkschaften von dieser Entwicklung der Dinge für den einzelnen Fall eine bestimmte Vorstellung hatten, ist sehr zu bezweifeln, obwohl ihnen nach dem Gesetz die Möglichkeit gegeben war, im Aufsichtsrat der Gesellschaften als Mitglied wirtschaftlicher Untersuchungskommissionen den inneren Aufbau einer Gesellschaft, gewisse finanztechnische Zusammenhänge, zu durchleuchten und insbesondere über bestimmte Fragen bestimmte Auskünfte zu verlangen. Die Arbeiter verstehen nur manchmal nicht, von Zugeständnissen, die sie dem Unternehmer unter besonderen Verhältnissen abzwingen, später auch dauernd Nutzen für sich zu ziehen.

Der Vorstoß auf die Bergarbeiter mußte sehr vorsorglich behandelt werden, denn oft steht die Solidarität der Arbeiterschichten untereinander nur auf eines Messers Schneide. Solange die individualistische Erziehung auf den Menschen drückt, ist das Eintreten des einen für den andern mit Opfern verbunden, die innerlich durchgekämpft werden sollen und erst in Generationen erstritten worden sind. Bei den Transportarbeitern war die Sache schon einfacher, bei dem völligen Stillstand der Produktion waren sie eher eine Waffe der Arbeiter im Kampf, solange der Unternehmer sie vertraglich noch zu beschäftigen gezwungen war. Sie bildeten eine Reserve, die über kurz oder lang doch zu den Streikenden stieß und damit vielleicht die übrigen und zögernden Schichten mit sich riß.

VI. Mit Kreuz und Stola

Noch waren die Beratungen über die nächsten Schritte zu keinem einheitlichen Ergebnis gelangt, als den Streikenden etwas zu Hilfe kam, das sie unter andern Verhältnissen vielleicht am wenigsten als Bundesgenossen angesprochen haben würden, ihre Not. Der Streik ging schon über die zweite Woche. Das öffentliche Interesse draußen im Lande war schon, wie auf einen Wink von oben, etwas abgeflaut. Die Polizeitruppen begannen sich bereits heimisch zu fühlen, die Mienen entspannten sich, es gab auch nichts, was besonders zu schützen und zu bewachen gewesen wäre. Auf den Sportplätzen, die vor Jahren die Verwaltungen mit Beihilfen der Gemeinden angelegt hatten, tummelten sich wie früher die Kinder. Der Gedanke, nach angelsächsischem Muster die Arbeiter zum Sport zu erziehen, hatte in Oberschlesien nur schwer Wurzel gefaßt. Die Gemeinden waren auch meist nicht in der Lage, für die Erhaltung der Anlagen die nötigen Zuschüsse aufzubringen. Zwar gab es kaufmännische Angestellte genug, Polizeimannschaften, städtische Beamte, die, in Clubs zusammengeschlossen, Wettspiele untereinander austrugen und sich in Leichtathletik betätigten. Ihnen standen auch Regierungsmittel zur Verfügung. Merkwürdigerweise versprachen sich beide Regierungen davon eine Stärkung des nationalen Gedankens. Die Gemeindespielplätze aber blieben verlassen und verkamen allmählich. Regen und Schnee hatten große Löcher in den Boden gefressen, den Invaliden und Gemeindearmen war schießlich gestattet worden, ein paar Pfähle in den Boden zu schlagen und dazwischen ein paar Leinen zu spannen, um daran für sich und andere Leute die Wäsche zu trocknen. Das war schon vor Jahrzehnten so, und alle waren zufrieden damit, daß es nach einem kurzen Anstoß in von oben dazu aufgewirbelten Provinzialämtern wieder so wurde. Wenn es der Gemeinde mal besser gehen wird, sagte man, wird dieser Platz zugebaut werden, oder man wird einen Park daraus machen und irgendein Denkmal hineinsetzen. Denn seit den Aufstandstagen waren die Denkmäler verschwunden, die Kriegervereinssäulen sowohl wie die Büsten der Herrscher und Minister, der Direktoren und Grubenherren. Der Schnee und Schmutz, die politische Leidenschaft und die Wut hatten das alles zerstört. Die oberschlesischen Arbeiter hatten kein rechtes Verhältnis dafür aufgebracht, ihre Knochen beweglich zu halten. Vielleicht, mögen sie wohl gedacht haben, sollen sie wieder exerziert werden, und müde sind sie schon genug.

Aber die Not lockte die Leute auf diese freien Plätze heraus. Dort standen sie oder hockten am Boden, und ein groß Teil Frauen war unter ihnen. Die Frauen hatten zunächst mehr teilnahmslos der Entwicklung zugesehen. Einige Tage später war ja auch die Einwirkung des Streiks bei ihnen eingetreten. Soweit sie nicht mit in Arbeit standen, überließen sie die Sorge für die nächste Zukunft dem Mann, der ja nicht nur mit ein paar Freunden und den nächsten Nachbarn, sondern mit der ganzen Kolonie und dem ganzen Bezirk in einer und derselben Sache beteiligt war. Zulange war das Gerede über den neuen Tarif und seine Bedeutung von Küche zu Küche getragen worden und von Tür zu Tür, als daß es ihnen nicht völlig als etwas ganz Selbstverständliches eingegangen wäre, daß darüber erst noch mal gehörig gestritten werden müßte. Dann wurden aber die Zechenläden gestrichen, der freie Konsum sah sich genötigt, die Kredite einzuschränken und Zettel an die Fenster zu kleben, wonach erst die Einleitung einer schon vorbereiteten Unterstützungsaktion abgewartet werden müßte, um mit der allgemeinen Austeilung von Lebensmitteln zu beginnen. Zwar halfen sie sich noch ein wenig gegenseitig, und manche Arbeiter hatten einen gewissen Rückhalt bei Eltern und Verwandten drinnen im Lande, die als Stellenbesitzer und kleine Bauern ihr Leben fristeten. Die Enge dieses Lebens hatte allerdings die Jugend in die Industriearbeit getrieben, aber es war doch noch genug vorhanden, so seltsam es scheinen mag, wenn erst richtig Not am Mann ist, einen Sack Kartoffeln und ein paar Pfund Mehl entbehren zu können.

Und die Frauen begannen über die Grenzen zu wandern und die künstlich aufgebauten Scheidungsstriche zu zerstören, die Menschen gleichen Schlages und gleichen Volkes und noch mehr gleichen Schicksals voneinander trennen sollten. Die Zollbehörden waren dagegen machtlos, und sie hätten auch, selbst wenn sie die strengsten Befehle erhalten hätten, diesen Grenzverkehr einzuschränken, wenig dagegen ausrichten können. Zu sehr hatte die willkürliche Neugestaltung der Grenze, die in der Hauptsache von den Börsenagenten der Industriegesellschaften diktiert war, engste Bande und Zusammengehörigkeit der Familie und Sippe zerrissen. Wenn es richtig ist, daß immer das Volk die Grundlage von Wirtschaft und Staat ist und in zweiter Reihe die wirtschaftlichen Faktoren, der Boden und seine Schätze, die Industrie und insgesamt die Arbeit, dann war diese Teilung Oberschlesiens nicht zu verstehen. Es müßte denn sein, daß es in der geschichtlichen Entwicklung begründet liegt, die Methoden der Ausbeutung ständig schärfer anzuspannen und zu verfeinern.

Die Frauen hatten kein allzu großes Zutrauen zu der allgemeinen Unterstützungsaktion, von der die Gewerkschaften so viel

Wesens machten. Das waren Versprechungen, und die Leute, die das versprachen, meinten es gut, sie glaubten daran. Aber wo waren denn die Leute, die da helfen sollten – die Grubenarbeiter in den Schlafhäusern der Zechen, mit denen die Frauen sprechen konnten, waren weit draußen in den Dörfern zuhause. Sie hatten selber nichts, und es waren ja auch dieselben Leute, auf die diejenigen schon angewiesen waren, die in diesen Dörfern eine Art letzter Zuflucht finden würden. Ein wenig nur war von den übrigen Grubenarbeitern zu erwarten, die selbst unter ihnen wohnten und soweit sie nicht in für sich abgeschlossenen Zechensiedlungen zusammengepfercht waren. Aber auch dort konnten sich schließlich die Frauen untereinander verständigen und die Kinder, die der größte Geizhals und Schreier für die eigene Tasche nicht wagen wird, von seiner Tür zu jagen, wenn sie um eine Schnitte Brot bitten. Und so setzten sich die Frauen durch, als die Kredite im Konsum ins Stocken gerieten. Sie gewannen sogar überraschend Boden, so daß die Männer nachfolgen konnten und über Lage und Aussichten sprachen und schließlich auch anfingen, auf die Bergleute ein wenig einzuwirken, deren Stellung schon erschüttert war. Schon waren auch die ersten Entlassungen herausgekommen. Die fremden Elemente, die zur Bojowka so leicht geneigt sind, waren schon verschwunden, auch die Armbinde der Aufständischen pflegt zu verschwinden, wenn die wirkliche Not vor der Tür steht. Alles das vollzog sich ohne Leitung und Plan. Dem Hunger gegenüber verstummten alle Erwägungen und alles Besserwissenwollen, die Front eingebildeter Gegner aus den gleichen Reihen schmilzt dahin. Zuerst waren es die Frauen, dann die Kinder und jetzt auch die Männer, die sich untereinander verstanden und die Bewegung in Fluß hielten, um sie zu neuer Kraft zu sammeln, einen entscheidenden Schlag zu führen.
Auf der Gegenseite blieb alles still. Im Wirtschaftsverkehr des Reviers machten sich ernstliche Störungen bemerkbar. Man rechnete mit einer längeren Dauer, schrieben die hauptstädtischen Blätter. Lieferungsverträge wurden ausgetauscht und gekündigt, zu billigeren Preisen neue Fristen gesetzt, der deutsche Westen trat auf den Plan mit einer Reihe Angebote, die Verhandlungen begannen hinter verschlossenen Türen, so daß selbst die von den Konzernen ausgehaltene Presse eine voreilige Meldung, die irgendein Schafskopf von Generaldirektor ausge-

plaudert hatte, energisch dementieren mußte. In Breslau tagten die am Streik beteiligten Unternehmensverbände, um unter dem gelinden Druck des Bismarckhütten-Konsortiums zu einer Annäherung zu kommen – aber um den Streik, seine Ausdehnung und was damit zusammenhing, kümmerten sich diese Konferenzen nicht. Dafür saß ein untergeordneter Syndikus in Gleiwitz, der sich die Sporen verdienen sollte, und verfaßte tägliche Bulletins. Zu seinen Aufgaben gehörte es, täglich mit der Polizei, dem Militärkommandanten und der Regierung in Oppeln zu telefonieren. Das Gleiche tat ein Kollege in gleicher Stellung unter den entsprechenden Bedingungen drüben in Kattowitz. Sie trafen sich von Zeit zu Zeit und tauschten ihre Erfahrungen aus. Dieser Gleiwitzer Doktor, ein angehender Feldherr, ging täglich auf seinem Wege zum Mittagessen an dem Gebäude der Kohlenkonvention vorbei, und weiter dann an der Schaffgotschen Hauptverwaltung. Aber beide lagen im tiefsten Frieden, nichts regte sich darin, bis auf den verschlafenen Portier, dem alle Herren von der Industrie von Berufs wegen bekannt waren und der devot die betreßte Mütze lüftete. Inzwischen nahmen die Arbeitseinstellungen im Kohlenbergbau zu. Niemand vermochte eigentlich anzugeben, waren es Aussperrungen, aufgezwungene Feierschichten oder eine dort einsetzende Ausstandsbewegung. Vom Grubenarbeiterverband waren bisher Schriftsätze irgendeiner Art nicht eingegangen. Alles dies ging gelegentlich dem jungen Doktor durch den Kopf, aber er vergaß oder hielt es für nicht wichtig genug, seinem Vorstand irgendwelche Mitteilungen darüber zu machen. Es gehörte auch nicht zu seiner Aufgabe, und das oberste Gesetz, in der Industrieverwaltung vorwärtszukommen, heißt nicht vordrängen.

Für die städtischen Steuerzahler war es keine geringe Überraschung, als sich mit einem Schlage die Kirche an die Spitze der Unterstützungsaktion für die Streikenden stellte. Von allen Kanzeln des Industriereviers und bis weit hinaus ins schlesische und polnische Hinterland wurde von den Pfarrern zur Unterstützung der notleidenden oberschlesischen Bevölkerung aufgerufen. Bisher waren die Christlichen in der Zusammenarbeit der Gewerkschaftsverbände im Schlepptau der freien Gewerkschaften bzw. der polnischen sozialistischen Verbände gewesen, mit Unterstützung des Klerus rückten sie plötzlich zur Spitze auf. Ein Aufatmen ging durch das niedergedrückte Volk. Die kleinen Kaufleute, die Mittelständler aller Schattierungen, die Industriebeamten und Angestellten wechselten die Front. Bedächtig zwar und noch recht zaghaft, aber es war doch zu merken, ein zielbewußter und recht mächtiger Einfluß war am Werk.

Die Bewegung ging vom deutschen Oberschlesien aus, aber mit noch größerem Eifer, fast rivalisierend wurde sie in Polen aufgenommen und weitergetragen. Die grauen Schwestern, die so bescheiden auftretenden Bauerntöchter des oberschlesischen Landes, deren Krankenfürsorge sich fast unsichtbar in aller Stille vollzieht, wurden auf die Landstraßen geschickt. In Trupps von zwei zu zwei gingen sie von Haus zu Haus und schrieben die Kinder und Kranken auf, die von nun an täglich mit warmem Essen versorgt werden sollten. Sie schienen über unerschöpfliche Mengen an Lebensmittelvorräten zu verfügen, am ersten Tage wurden schon in beiden Oberschlesien insgesamt an 30.000 Menschen verpflegt. Überall tauchten freiwillige Helferinnen auf. Still und wie vor langer Zeit einexerziert ging das Hilfswerk vor sich. An den Straßenkreuzungen waren die Fahrküchen aufgestellt, die von einem Tag zum andern näher an die Siedlungen und Kolonien vorrückten und, wie um die Arbeiter zu ermutigen, schließlich auch vor den Schachteingängen, vor den Betrieben und Werkstätten Fuß gefaßt hatten.

Für die Streikleitungen war das Eingreifen der katholischen Geistlichkeit nicht weniger überraschend gekommen. Ehe noch die angemeldeten Kommissionen der gewerkschaftlichen Zentralen aus Warschau und Berlin richtig auf den Weg gebracht waren, ehe noch eine Verfügung über die ersten eingetroffenen Gelder zu einem Unterstützungsfonds getroffen werden konnten, war das Anerbieten dieser tatkräftigen Hilfe erfolgt, das abzulehnen die Stellung der Streikleitung im Augenblick unmöglich gemacht hätte. Ein freudiges Aufatmen ging durch das Volk.

Schon war der Keim dieser so schnell wachsenden Erbitterung in die Massen gelangt, dieser Erbitterung, die zum Wesenszug des heutigen Arbeiters zu gehören scheint. Die jungen Burschen hatten begonnen, sich zusammenzurotten, in Gruppen zu Hunderten zogen sie durch die Kolonien und vor die Maschinenhäuser, in denen die Notstandsarbeiten im Gange waren, um die elektrischen Pumpen zu betreiben. Die Frauen standen schon erregt und trotzig vor den Konsumläden, bereit,

78

die Anlagen zu stürmen und sich mit Gewalt zu nehmen, was der Vereinsbeamte ihnen vorenthielt. Die Schwestern führten sie wieder ins Haus zurück. Etwas beschämt standen die Männer abseits. Die Invaliden und Krüppel krochen vor die Tür und hielten zornige Ansprachen. Die Zeit blieb sich gleich. Schon zu ihrer Zeit, ehe sie sich die Knochen verstümmelten am offenen Feuer, unter dem Erzkarren oder drunten auf der Sole, schon damals waren sie nichts als die elenden rechtlosen schuftigen Knechte, ohne Seele und vergessen von all den Herren in der Welt. So sprachen die und spuckten verächtlich aus und warteten, daß die feiernden Männer nun auch ihrerseits das Wort dazu ergriffen. Aber die schwiegen noch. Die Bewegung schreitet fort, heißt es, abwarten, abwarten.

An dem Tage, da von der Kanzel der Pfarrer dann aufforderte, in Geduld auszuharren und nur Ruhe und immer erst Ruhe zu bewahren, träufelte sich etwas wie Befriedigung in das erregte Gemüt. Es steht gut mit uns, dachten sie in der ersten Aufwallung, die Sache ist gerecht, und die Forderungen sind gut, wenn selbst der Pfarrer uns hilft. Und diese Aufwallung ging über alle die Tausende, die in ihrem zermürbenden täglichen Dasein längst mit der Kirche zerfallen waren. Mochten auch noch viele sein, die darüber lachten und spotteten – die Kirche bot sich an als Vermittler. Gewiß, vielleicht waren die Pfarrer noch von den Unternehmern bezahlt, für so viele der gewerkschaftlich Organisierten stand das zum mindesten vorher zweifelsfrei fest – man konnte ja zusehen, was sich entwickeln wird, die Streikleitung hatte ja ihre Forderungen und das letzte Wort in der Hand. So dachten sie.

Dann gingen die Pfarrer auf die Straße, die Kaplane, Helfer aus der Stadt, Freunde von irgendwoher. Leute waren darunter, die früher wegen irgendwelcher Vorkommnisse von den Verwaltungen aus dem Revier abgeschoben und versetzt worden waren. Kaplane, die im Eifer, mit dem Volk zu gehen, die Aufmerksamkeit ihrer Oberen erregt und strafverschickt worden waren. Nun waren solche Menschen auf einmal wieder da, sie bewegten sich unter dem Volk, sie sprachen mit dem und jenem, gingen in die Häuser und versicherten jedem, der es nur hören wollte, daß jetzt die Zeit gekommen sei, die Lage der Industriebevölkerung entscheidend zu verbessern.

Um diese Zeit waren auch die Bergarbeiterverbände endlich zusammengetreten. Sie beschlossen einstimmig den Sympathiestreik.

VII. Politik bricht Eisen

Jetzt kamen auch die Verhandlungen in Fluß.

Während eine Prozession unter Bittliedern an die heilige Barbara, die Schutzpatronin der Bergleute, auf der Straße von Orzegow nach Beuthen zu unterwegs war, viele Weiber, aber auch Familienväter und junge Leute, selbstbewußte Arbeiter, die den Kopf hoch trugen, tagte in Beuthen selbst eine gemischt deutschpolnische Regierungskommission, um neue Bedingungen für den gegenseitigen Grenzübertritt und ((die)) Arbeitsverhältnisse der ansässigen Bevölkerung auszuarbeiten. Von deutscher Seite wurde dabei zum erstenmal offen der Wunsch ausgesprochen, die ständig wachsenden Kontakte und den Grenzübertritt zu erschweren und einzuschränken, ein Gedankengang, der die ganzen Jahre ausschließlich von den Polen vertreten worden war. Die Frage war nun angeschnitten und machte langwierige Erhebungen und umfangreiche Vorbereitungen zu neuen Verhandlungen notwendig. Damit trennten sich die Herren in schönem Einvernehmen.

Der Sympathiestreik der polnischen Bergarbeiter löste eine Reihe Schwierigkeiten aus, insofern der polnische Bergarbeiterverband seine Hauptstoßkraft nur im alten kongreßpolnischen Gebiet einsetzen konnte, während in den oberschlesischen Gruben seine Anhängerschaft geringer war. Das hatte zur Folge, daß die Geistlichkeit den Ausstand im polnischen Teil völlig in der Hand hatte. Im Sosnowitzer Bezirk kam es schon in den ersten Tagen zu Zusammenstößen. Die Warschauer Regierung hat auf dieses Revier stets ein besonderes Augenmerk gerichtet. Ein paar Leute der Grubenpolizei wurden verprügelt, man schoß auf beiden Seiten, der Ausnahmezustand wurde verhängt. Der Kattowitzer Polizeipräsident ließ fast unsichtbar zwischen der Strecke Myslowitz – Lublinitz – Rosenberg einen Kordon von Gendarmen ziehen, die das Hineinfluten aufrührerischer polnischer Elemente nach Oberschlesien verhindern sollten. Zwar bestand keine besondere gesetzliche Handhabe, indessen wurde den Leuten bedeutet, daß Arbeit im Revier nicht vorhanden sei und gewisse Ausnahmebestimmungen erlassen würden, jeden Zuzug fernzuhalten, um die Streikenden nicht zu reizen. Die Streikenden wußten davon nichts. Sie waren von der Außenwelt völlig abgeschnitten, nachdem das Katholische Hilfswerk seine Tätigkeit begonnen hatte. In Sosnowitz entwickelten sich ernste Kämpfe. Es gab Tote. Hunderte von Verhaftungen wurden gemacht, Aufstandspläne, Terrorakte. Der ganze Bezirk war von Militär zerniert.

Unterdessen schritt die Prozession ihren Weg dahin. Überall waren Prozessionen unterwegs, manche zu Ehren der heiligen Anna, der Mutter der Gottesmutter Maria, die in Oberschlesien besonders verehrt wird. Der Streik ging in die dritte Woche, jeder Verkehr geriet ins Stocken. Die oberschlesischen Arbeiter, in einer schon vor der Teilung engen Verbindung zum polnischen Klerus, der in den Krakauer Klöstern sein Hauptquartier aufgeschlagen hatte, haben sich in der Folgezeit nur schwer und langsam von dem kirchlichen Einfluß gelöst. Die Lösung erfolgte eigentlich erst, als anläßlich der Sprachen- und Schulkonflikte der polnische Klerus gegen seine deutschen beziehungsweise deutschsprachigen Amtsbrüder zu kämpfen begann. Bisher hatte der Oberschlesier, darin überwiegend slawischer Abstammung, Pfarrer und Kirche ertragen, soweit sie ihn in Ruhe ließen, und nur, wenn er jemanden brauchte, um an dem seinen Zorn auszulassen, war er denn auch manchmal gegen die Kirche losgezogen, dann wurden dem Pfarrer die Fenster eingeworfen und an der Kirche selbst allerlei gotteslästerlicher Schabernack verübt. Aber der Pfarrer kannte seine Leute, ein sanftes Marienlied, das buntgeschmückte Gotteshaus und der erhebende Rundgang draußen im Dorf mit dem blankgeputzten Heiligenbild auf der Stange vorneweg – das hatte die Gemüter noch immer wieder beruhigt und eingefangen. Es ist für den Arbeiter, der nur eine geringe Schulung besitzt, sich in den Geschehnissen und Meinungen der Welt auszukennen und der kaum eine Vorstellung besitzt von den wirtschaftlichen Dingen, mit denen seine Arbeit und seine Existenz zusammenhängt, es ist für diesen Arbeiter nicht leicht, den Lockungen der christlichen Kirche zu widerstehen. Es ist wahr, die Leute streiten sich zu Hause, und nicht immer ist es der Mann, der von der Kirche nichts wissen will. In zunehmendem Maße waren es gerade die Frauen, die unzufrieden und verbittert die Kinder etwas lernen lassen wollten, heraus aus der Enge dieses Lebens und dem schnürenden Druck der Kirche, die sich in alles und jedes ihres bescheidenen Tagesdaseins zu drängen pflegt. Dann gibt oft der Mann, der zu Hause Ruhe will und die zu finden glaubt, wenn alles so geht, wie es schon zu Vaters und Vorvaterszeiten gegangen ist, nur brummend und durchaus nicht überzeugt nach. Aber er vergißt auch den Streit, in der Grube hat er an anderes zu denken.

Als aber die Kirche in polnischer und deutscher Schattierung sich um das Fell des Volkes zu streiten begann, und als durch die nicht aufzuhaltende Verbindung mit den Kollegen draußen im Land die Oberschlesier sich immer mehr zurückgesetzt und verspottet fühlten, so daß sie sich immer mehr vor der Außenwelt verkrochen und die Arbeit zu Bedingungen annahmen, die die Arbeiter in anderen Bezirken längst abgeschüttelt hatten, einfach nur, um nicht zu denken, nur Arbeit, Arbeit und Brot – ja, und alles ringsum mit immer steigendem Mißtrauen betrachteten, denn in einer Schule, die bald ganz deutsch und dann wieder ganz polnisch und dann beides zusammen war, je nachdem wie die oberste Schulbehörde gerade tendierte, kann ja kein Mensch etwas Vernünftiges lernen – im Verlauf dieser Zeit hat sich ihre innere Bindung zur Kirche gelöst. Sie war doch recht fremd geworden, weiter nichts anderes als eine Last mehr.

Und gerade deswegen nahmen sie jetzt die Hilfe an, vertrauten sich ihrer Führung. Die Ruhigen und Vernünftigen denken vielleicht, viel wird auch nicht sein, aber laß sie nur machen, wir werden ja sehen – und die Erinnerung, das, was sie von Kind auf eingeatmet haben, der Weihrauch, der Lichterglanz und Orgel und Gebet. Die politischen Parteien und die Gewerkschaften waren ihnen im Grunde noch fremder. Das war etwas, wofür sich die jungen Leute begeistern, die Buxen, die auf den Straßen herumschreien und überall das große Wort führen, und, wenn sie dann älter werden, sind sie still, auch mäuschenstill. Man könnte vielleicht so sagen, die oberschlesischen Arbeiter, und vielleicht ist das überhaupt ein Wesenszug jeden Arbeiters, die oberschlesischen Arbeiter glaubten an gar nichts, sie erwarteten nichts, aber wenn sie in großer Not sind, in ganz großer Not, ist es ihnen noch ganz recht, wenn sich die Kirche ihrer annimmt. So war es damals und so wird es sein, und das war der Anfang vom Ende der oberschlesischen Eisenindustrie.

Die verschiedenen Verhandlungen näherten sich dem Ende. Wie wenn nach einer wohlgelungenen Zwischenpause der Theaterarbeiter den Wink erhält, den Vorhang wieder aufzuziehen, alle Requisiten sind zur Stelle. Die Eisen- und Stahlwerke beider Oberschlesien hatten sich wieder zu einem gemeinsamen Syndikat gefunden, Produktionskontingente, gemeinsamer Auslandsverkauf, die Zeit war in einer sogenannten goethischen Spirale zurückgerollt. Die Industrie und Banken waren nicht gerade überrascht, das Berliner Tageblatt feierte den Zusammenschluß als ein Zeichen beginnender Völkerversöhnung. Im übrigen wurde dies als eine Kampfmaßnahme aufgefaßt, den Einheitstarif der Gewerkschaftsforderung, den zu unterstützen sich die Regierungsstellen anscheinend bereit gefunden haben, in der Praxis unwirksam zu machen. Das Syndikat fängt ihn auf und erübrigt ihn in gewissem Umfange. Zugleich wurde bekanntgegeben, daß die Vereinigten Oberschlesischen Hüttenwerke in Gleiwitz, kaum saniert, von neuem ihr Kapital um gleich ein paar Dutzend Millionen erhöhen und daß ein ausländisches Konsortium zur Durchführung einer zweckentsprechenden Rationalisierung eine erhebliche Anleihe angeboten hat. Also würde der Gleiwitzer Stahltrust, der die Aktienmajorität seiner polnischen Konkurrenten in den Händen hat, nämlich soeben von der Bismarckhütte abgestoßen, was meist in solchen Fällen in der Öffentlichkeit verschwiegen wird, die polnischen Hütten völlig schlucken – so sieht es aus, sagt sich die Börse und wird, um sie stillzulegen, denn das dürfte das Ziel sein, eine gute Abfindung zahlen, schon der polnischen Regierung zu Gefallen. Und so stiegen denn in Erwartung weiterer Nachrichten die Kurse der oberschlesisch-polnischen Eisenwerke sprunghaft – die vereinbarte Tantieme der Vorstände jener Gesellschaften, die damit auf Abbruch gekauft werden sollten, war verdient.

Aber noch eine Reihe anderweitiger Verhandlungen war im Fluß, über die noch im Verlauf der Erzählung gesprochen wird.

Das Überraschendste aber war, daß dann eines Morgens der berufsmäßige Politiker bei der Lektüre der letzten Nachrichten feststellen muß, eigentlich hat doch der Streik in Oberschlesien gar keinen Zweck mehr, keinen Inhalt, kein Ziel; die Parteien sind sich doch einig. Und dann geht er ins Arbeitsministerium und trägt seine Ansicht vor und bittet, die Verhandlungsgegner zusammenzurufen. Das neue Syndikat läßt noch etwas auf sich warten, aber schließlich kommen die Vertreter doch mit den Gewerkschaften zusammen, Regierungskommissare werden zugezogen. Die Kohlenindustrie und die Geistlichkeit bleiben abseits. Die Forderung des Einheitstarifs wird allerdings jetzt vom Syndikat aufgestellt, während die Arbeitervertreter zögern... Es bereitet sich etwas vor, was eine ganz neue Lage vielleicht schafft. Unterdessen handelt man um die Bezahlung der Zeit, wenigstens um eine Woche, die Verhandlungstage...

Ist der Streik gebrochen?

Es werden schon hier und da Einstellungen vorgenommen. Von den Gruben verlautet nichts.

Da bricht die künstlich zurückgehaltene Erbitterung durch. Verhandelt nicht, schreien die Arbeiter, nicht nur die Buxen. Ein Bux ist der junge Springinsfeld, der lauteste Schreier, der Bux versäuft seinen Lohn bis auf den letzten Pfennig und hat immer die Weiber und die Polizei auf den Fersen. Und der Bux schimpft über sich und die Welt und auf alles, was ihm in die Quere kommt.

Was wird da ausgehandelt – denken die Frauen und schlagen die Hände über den Kopf. Eine gewaltige Welle der Erbitterung flutet über das Land. Einmal in Bewegung gesetzt und aufgewühlt, vergessen die Arbeiter das erste Ziel eines Streikes sehr schnell; es verbreitet sich, wirkt tiefer und füllt schließlich alles aus, alles Denken und die Erinnerung, das tägliche Dasein wird mit dem Bild einer erträumten Zukunft eins. Die Schwestern verschwanden unmerklich, wie sie gekommen waren, wieder aus den Häusern, die Geistlichkeit wartete ab, schwieg. Stille kroch wieder um die Reihenhäuser, Unsicherheit, etwas unsagbar Trostloses, das der Verzweiflung anheim fallen wird ...

Es hatte sich nichts ereignet. Drei Wochen waren ohne Arbeit und ohne Verdienst verstrichen, und es war nichts geschehen. Mochte da verhandelt werden, alle werden sie lügen, und dann geht es wieder so wie bisher, nichts wird sich ändern – die Wut stieg. Die Wut war allgemein. Aber die Streikleitungen hatten gar nichts zu verhandeln. Der Partner war verschwunden, hatte sein Gesicht gewechselt. Diejenigen, die einen klaren Kopf bewahrt hatten, sprachen davon, neue Forderungen aufzustellen, die grundsätzliche Aufbesserung der Löhne, weitergehende soziale und politische Forderungen – aber die Mehrzahl der Delegierten lachte darüber. Draußen die Arbeiter würden das nicht verstehen, sie glauben, daß mit ihnen nur ein Spiel getrieben sei – keiner verstand auszudrücken in Formeln, in Erklärungen und Aufrufen, was doch jeder fühlte und was gerade die großen Massen bewegte. Eine Delegierten-Versammlung folgte auf die andere. Die Krise war auf dem Höhepunkt. Für die Leitung war ein klarer Bescheid vom Syndikat nicht zu bekommen. Nach der jetzt vorgenommenen Umstellung der Betriebe, hieß es, würden die neuen Arbeitsbedingungen herauskommen, Neueinstellungen dann vorgenommen werden. Kein Wort von Verhandlungen, keine gemeinsame Aussprache vor den Schlichtern, kein Wort, das den Gewerkschaften die Handhabe geboten hätte, die Bewegung in der Hand zu behalten. So entglitt sie ihnen. Panik ging um.

In einem Zeitraum von kaum einer Stunde verbreitete sich im Revier die Nachricht, daß am Eingang der Falvahütte Plakate angeschlagen seien. Niemand wußte den näheren Inhalt, keiner hatte sie gelesen, aber alle fühlten es, die Falvahütte stellt ein. Und zugleich erschienen an den anderen Betrieben und Werkstätten der Bismarckhütte die gleichen Ankündigungen. Der Betrieb stellte auf Grund neuer Listen ein, diese Listen wurden auf Grund persönlicher Vorstellung im Büro aufgestellt. Diese Nachricht war der letzte Schlag übern Kopf. Das hieß Lohnabbau, vielleicht Arbeitszeitverlängerung, Abzüge überall, hieß Draußenbleiben für viele Tausende vielleicht. Und mit einem Male sahen sich die Arbeiter wieder feindselig untereinander um. Jeder schwieg und drehte am Stock oder spielte mit was und schwieg. Und es war doch, als schrie jeder laut und zornig in die Luft. Auch die Frauen standen im Haus herum und schwiegen, und sie waren voller Angst. Die Kinder schrien – so viel Angst lag in der Luft. Wer wird gehen – das trieb das Mißtrauen auf die Straße. Wir gehen nicht – Wut, Trotz und auch Angst, und wieder war es, als müßten sich alle umsehen, einer nach dem andern. Dann gingen sie und schrieben sich ein. Und einer wurde angenommen und ein andrer zurückgewiesen...

Im Hause schrie jetzt die Frau und schlug die Kinder...

Da erschienen endlich die Leute vom Verband und redeten. Welche hörten aufmerksam zu, welche schrien sie nieder, welche hatten allerhand Fragen, und welche überschütteten sie mit Hohn und Spott, und auch böse Drohungen wurden laut. Es war überall dasselbe und zugleich auch wieder ganz verschieden, die Arbeiter waren erst noch auf dem Marsch, einige standen schon vor den Toren der Zeche, andere waren noch weit hinten, es gab solche, die schon liefen und solche, die noch stehenblieben, um sich umzusehen und noch ein wenig sich zu bedenken – die Arbeiter waren auf dem Marsch. Bedingungslos schoben sie sich durch ((das)) Tor.

VIII. Kostümball bei Donnersmarck

Zuletzt waren es die Buxen, die solange zurückgedrängt in den Vordergrund rückten und gleich ordentlich auftrumpften. Die Verbandsleitungen hatten die Sprache wiedergefunden, eine feste zuversichtliche Sprache. Keine Übereilung, wurde da geredet, abwarten und Ruhe, Ordnung vor allen Dingen. Es unterschied sich nicht allzusehr von dem, was vor ihnen die Geistlichen gepredigt hatten. Aber diesmal jubelten diesen Agitatoren die Buxen zu. Sie zogen nach der Versammlung vors nächste Zechenhaus und warfen die Fenster mit Steinen ein. Sie schlugen ein paar dieser Listenführer halbtot. Man soll abwarten, was die Verbände herausbringen, bleibt aus der Arbeit. Auch die übrigen Hütten kündigten Neueinstellungen in ganz bescheidenem Umfange an. Im deutschen Teil wurde noch von der Leitung, die Hauptmasse der Streikenden hinter sich, verhandelt. Die Grubenarbeiter stießen zu den Vortrupps der Buxen. Eine nach Tausenden zählende Menge johlte vor dem Verwaltungsgebäude der Ver((einigten)) Königs- und Laurahütte. Die Straßen stopften sich voll. Die Ladenbesitzer ließen die eisernen Schutztüren herunter...

Diesmal schlugen die Gendarmen zu. Kavallerie fegte die Straße frei. Schüsse. Verletzte auf beiden Seiten. Die Demonstranten setzten sich in Gruppen in den tieferen Toreingängen der Häuser fest. Die Polizei hatte Tote, zufällige Passanten wurden mißhandelt. Ganze Straßenzüge wurden abgesperrt und Tor nach Tor gesäubert. Rücksichtslos. Mit dem Gummiknüppel, mit dem Säbel, mit dem Bajonett, man fuhr Maschinengewehre auf. Der Widerstand war noch nicht gebrochen. Eine Gruppe versuchte, die Elektrizitätsstation zu stürmen. Die alarmierten Truppen gingen wie die Rasenden vor. Dann wurde es Nacht, und die Nacht schlich dahin. Lastwagen ratterten durch die Stadt. Die Nacht schlich dahin. Es wurde wieder Morgen. Annähernd 10.000 Mann standen schon in Arbeit. In Kattowitz war es still, totenstill. Auf der Straße nach Chorzow jagten die Patrouillen. Flugblätter gingen noch von Hand zu Hand. Vereinzelt wagten sich Streikposten vor, Hetzredner. Sie wurden verprügelt und auch totgeschlagen. Die Faust schlug zu – das war sicher.

Die gemeinsame Streikleitung war gesprengt, die polnischen Verbandsspitzenleute in der Nacht samt und sonders verhaftet worden. Die deutsche Streikleitung hielt an der Streikparole fest, mahnte zur Solidarität und Einigkeit.

In Gleiwitz verhandelte man noch. Für Nachmittag war eine entscheidende Zusammenkunft festgesetzt. Die Oppelner Regierung hatte auf Rückfrage nach Berlin telegraphiert, die Lage beruhige sich, keine Besorgnisse. Dann entschied sich das Schicksal. Die Vereinigten Hütten werden 10.000 Mann einstellen. Zwanzigtausend Mann blieben draußen. Noch mehr im polnischen Revier...

An diesem Abend gab der Verein der höheren Hütten- und Bergwerksbeamten im Casino der Donnersmarckhütte seinen jährlichen Kostümball. Er war schon um einige Tage verspätet, von den ängstlichen Festleitern verschoben worden. Noch vor Beginn des eigentlichen Trubels war bekannt geworden, daß die deutsche Streikleitung nunmehr gleichfalls den Streik abgebrochen hatte. Die Auseinandersetzung mit den Bergarbeiterverbänden hatte die Regierung soeben selbst in die Hand genommen, wurde erzählt. Die Regierung hat den Verbänden die Vermittlung bei den Grubenbesitzern angeboten. Das wird beruhigend wirken – war die allgemeine Meinung der Gäste. Falls wir eine zufriedenstellende Lösung in der Kohlenfrage erzielen, setzte einer der Generaldirektoren, der von aufhorchenden Beamten umgeben war, hinzu; aber das wird wohl nicht so schnell gehen; man soll es auch nicht übers Knie brechen – es war ein Herr aus der Schaffgotschen Verwaltung.

Die Direktoren und Spitzen der Verwaltung waren vollständig

vertreten. Zahlreiche Herren der Kattowitzer Handelskammer, auch polnische Offiziere in Zivil waren erschienen, viele deutsche Uniformen. Der traditionelle Ball machte seinem Namen wenig Ehre, nur einige Damen schienen kostümiert; aber vielleicht schien es eben nur so. Es war die Elite der Gesellschaft im Industrierevier, meist pflegte der deutsche oder polnische Handelsminister zu erscheinen oder sich zumindestens vertreten zu lassen.

Die Stimmung war immerhin noch ein wenig gedämpft. Der Casinosaal strahlte in dem traditionellen festlichen Glanz. Er leuchtete feenhaft über das dunkle und schmutzige Hindenburg. Die Galerie war für Zuschauer reserviert, von denen dafür ein bestimmtes Eintrittsgeld erhoben ((wurde)). In den letzten Jahren aber wurden nur bevorzugte Angestellte dazu aufgefordert, zuzuschauen, wie man sich da unten bewegte, wie man sich unterhielt und wie man tanzte. Die Gäste verschwiegen sich in trauten Stunden, allein unter sich, nicht, daß es meist scheußlich langweilig war. Es war eben Pflicht. Und es galt höllisch aufzupassen, keinen Fehler zu machen, zur rechten Zeit zu lächeln und auch wieder mit ernster Miene zuzuhören, einer beobachtete den andern und besonders die Damen – die Damen der jüngeren Direktoren und Oberingenieure, die im Revier noch fremd waren, sie konnten die tollsten Verlegenheiten hervorrufen, und wie vielen schon ist auf diesem Fest das Genick gebrochen worden, die Karriere gestoppt – einfach durch irgendein hingeworfenes Wort, eine leichtfertige Kritik, die zu allerhand Kombinationen Anlaß gab, etwas, das irgendwie mal ausgeplaudert worden ist und hier wieder zum Vorschein kommt. So war die Stimmung eine etwas gedrückte, wie jedes Jahr auf diesem Fest, das in früheren Jahren der alte Graf Henckel höchstselbst zu besuchen pflegte. Heute hatten allerdings seine Erben nicht mehr das Geld dazu.

Für alle der anwesenden Gäste waren Arbeiterschaft, Lohnfragen und Streik, Aufruhr nicht mehr als ein allgemeiner Begriff, für die Herren vom Gericht nur eine Paragraphenangelegenheit, die in Wirksamkeit umgesetzt wurde, wenn es das öffentliche Interesse der Gastgeber verlangte. Solche Fragen vermögen die Stimmung nicht zu beeinträchtigen. Sie gehören zu den laufenden Dingen, die im Büro nach Erledigung der Post im Rahmen des daran anschließenden Vortrages eines dafür bestimmten

Beamten erledigt werden. Das sind Sorgen, die zum Beruf gehören und die das Amt mit sich bringt. Schwieriger ist es, sich selbst über Wasser zu halten. Die in die Öffentlichkeit gelangten Nachrichten über Zusammenfassungen und Rationalisierung, die für sie insgesamt noch ganz undurchsichtige Frage einer neuen Kapitalserhöhung und die damit zusammenhängenden Absichten eines fremden Finanzkonsortiums ließen auf einschneidende Veränderungen schließen. Die Direktoren, Ingenieure und Hauptverwalter der Donnersmarckhütte selbst, die wenn auch nur dem Namen nach als eine Art Gastgeber erschienen, waren vermutlich von der Entwicklung der wirtschaftlichen Umstellung am meisten betroffen. Die Donnersmarckhütte hatte sich bei dem Zusammenschluß in den Konzern der Vereinigten Oberschlesischen Hütten ihrer wichtigsten Kohlenfelder entäußert, die an den Handel abgestoßen waren, um für den Eisenkonzern den Bissen so mager wie möglich zu machen. Die dem zugrunde liegende Voraussicht war falsch. Die Trustleitung rächte sich, insofern bei allen Einschränkungen die Donnersmarckhütte immer an erster Stelle herangezogen wurde. Und das, obwohl ihr Generaldirektor seinerzeit an die Spitze der Trustleitung berufen worden war. Er allein war also die Stufenleiter aufgestiegen, für ihn stimmte die Rechnung, seine Freunde und engsten Mitarbeiter aber waren zum Absterben verurteilt. Mit ihrem Fall wurden die sicher nicht unbeträchtlichen Abschlußprovisionen erkauft. Alle die Leute, die ihren Abbau greifbar nahe vor Augen sahen, maßen sich mit scharfen Blicken. Der eine oder andere wird ein paar Aktionäre zusammentrommeln und eine zwar aussichtslose, aber laute Opposition versuchen, mit Rechtsansprüchen vergewaltigter Minderheiten drohen, vielleicht, oder dem andern schon zuvorkommen und der Verwaltung eine Reihe ausgearbeiteter Schachzüge vorlegen, die ihn dann zum Leiter des Abwehrkampfes gegen die zu erwartende Opposition bestimmt, vielleicht, oder ein dritter wechselt schon jetzt den Konzern und kann noch mit gewissen Nachrichten in Einzelheiten dienen, ehe er in der Frankfurter Zeitung um eine neue Position inserieren muß. Was wird der eine und der andere und der dritte tun – dann tranken sie sich lächelnd Bescheid, vergnügt und schon ein wenig lustiger, die rechte Stimmung wird schon noch kommen.
Aber auch die Kohlenleute fühlten sich durchaus nicht sicher.

Seit der Einschaltung war das Schwergewicht der eigentlichen Produktionsleitung nach den Banken und später auf ganz unscheinbar wirkende Finanzierungsgesellschaften gelegt worden, die häufig genug eine Einzelfirma, oft sogar nur ein Privatmann nach außen vertrat. Der technisch wie kaufmännisch tätige Industriebeamte ist gewohnt, aus dem Gegebenen, das ist aus seinem direkten Arbeitsbereich heraus, zu wirtschaften. So hat er das auf der Schule gelernt. Er berechnet die Konjunktur und steigert die Produktion oder schränkt sie ein, er hat stets die Produktionskosten herabzusetzen, und er vermag schließlich einen Automatismus des Betriebes aufzustellen, der die Konjunkturkurven der Wirtschaft in etwa ausgleichen kann. In den letzten Jahren war ihm diese bis zu einem gewissen Grade selbständige Führung genommen. Produktionssteigerungen von oben runter bestimmt, die mit der jeweiligen Wirtschaftslage in keinem Verhältnis standen, ohne Rücksicht auf Frachten und Transportkosten, Weltmarkt und Gestehungskosten. Hunderttausende von tons wurden auf Halden geworfen, die dann in Brand gerieten. Selbstverständlich entstanden dadurch ungeheure Verluste, die über kurz oder lang der verantwortliche Betriebsleiter zu spüren bekommen würde. Immerhin konnte sich dabei ein mit allen Wassern Gewaschener denken, daß dies alles zunächst einen politischen Druck auf die Regierung zum Ziel hätte, oder mit der Regierung zusammen einen ja dem einzelnen noch nicht sichtbaren außenpolitischen Schachzug zu verschleiern oder gerade sichtbar zu machen hätte, oder vielleicht mit der ersten oder zweiten Kombination zusammen ein Schlag gegen die Steuer wäre, die aus der Bilanz geworfen werden muß. Auf alle Fälle aber war das eine Arbeit auf einem Boden, der zu wackeln begann. Dazu kam jetzt in letzter Zeit diese durch nichts zu rechtfertigende Hast, neue Schächte niederzubringen, Felder aufzuschließen, zu denen sich kaum ein Bergbaufachmann mehr verstanden hatte. Die Millionen wurden nur so rausgeworfen, fast mit einer Sicherheit, daß sie sich wirtschaftlich gesund würden umsetzen können. Mochten auch technische Verbesserungen im Gange sein, neue Verfahren und Verwendungsmöglichkeiten, Kohlenverflüssigung, Kraftstoffgewinnung aus Rückständen, mag der Siegeszug der Motorisierung auch unaufhaltsam sein – es gibt doch Rentabilitätsgesetze, Gesetze der freien oder gebundenen Konkurrenz –

die Kohlenleute, denen die individuelle Führung so aus der Hand gewunden war, verstanden das nicht. Noch eben war die Tariffrage mit den Arbeitern gelöst, endlich hatten sich die Arbeiter damit einverstanden erklärt, der zunehmenden Maschinenarbeit in ihrem Lohn und sonstigen Forderungen Rechnung zu tragen, jahrelange Kämpfe hatte der Kohlenbergbau gerade siegreich überstanden, als man in der Industrie jetzt mit den Händen im Schoß zusah, wie die neuerliche Bewegung sich entwickelte, zum Streik auswuchs, neue nachhaltige Unruhe in die Arbeiterschaft brachte, deren Ende noch gar nicht abzusehen war. Dabei ließ man den Geistlichen freie Hand, die im Grunde genommen an dem ganzen Treiben in erster Reihe mit ihrer Hilfsaktion mitschuldig waren, wo jedes Kind in der Industrie wußte, daß die großen Verwaltungen die allerersten Stützen der Kirche in Oberschlesien sind. Dem jüngsten Beamten wäre es ein Leichtes gewesen, die Bewegung im Keime zu ersticken; so – ließ man alles gehen, wie es ging; Vorstellungen wurden an oberster Stelle nicht gehört, die dringendsten Anforderungen von Direktiven anscheinend in den Papierkorb geworfen. In dieser Weise stand der ganze oberschlesische Kohlenbergbau auf dem Spiel. Während der Eisenindustrie das Wasser sozusagen schon bis zum Halse stand, während die Hütten mit jedem Groschen sparten und geradezu Tänze aufführen mußten, um irgendeinen Neubau oder gewisse Reparaturen durchzudrücken, von selbst den notwendigsten Erweiterungen schon gar nicht zu reden, während die ganze Industrie an Kapitalmangel einschrumpfte und zugleich Wasserköpfe bekam, schmiß man für den Kohlenbergbau die Millionen nur so weg, und niemand wollte überhaupt nur hören, was daraus würde – das war so die Ansicht der Kohlenleute, die sie untereinander auch ausgetauscht hätten, wenn sie nicht weniger vorsichtig gewesen wären. Wer konnte vom andern wissen, wer daran eigentlich verdient und wer dabei zum Teufel geht ...

Besser dran waren die Zinkleute. Die Bergingenieure, die die neuen Erzfelder zum Abbau brachten, die Hütteningenieure und Chemiker, die Metallhändler und deren Agenten, sie alle hatten ihr Arbeitsprogramm für Jahre hinaus in der Tasche, und sie hatten alle das Empfinden, es würden dies gute Jahre sein. In der Zinkindustrie und im Zinkerzbau wurden Leute gebraucht, der Streik kam diesem Wirtschaftszweig sehr gelegen, sie waren jetzt so weit, ihrerseits die Bedingungen diktieren zu können, und für Jahre hinaus würden Arbeitskräfte im Übermaß vorhanden sein. Auch das Programm der nächsten Neueinstellungen hatten sie in der Tasche, die Preise und den sicheren Absatz, dazu den Rahmen ihrer Versuchsbauten um den Experimentierfonds. Sie durften das nur nicht zeigen, und von allen, die Grund hatten, der allgemeinen Lage wegen ein etwas besorgtes Gesicht aufzustecken, machen diese Leute sicherlich das Besorgteste. Sie hatten sorgsam darauf zu achten, daß die Leute aus dem Eisen- und Kohlenfach nicht etwa in Scharen in die Zinkindustrie hinüberwechselten, noch bevor für die beiderseitigen Ausblicke die erhoffte helle Sicht eingetreten war. Dazu bedurfte es keiner gemeinsamen Übereinkunft; das liegt im Instinkt. Man mußte sich ordentlich Mühe geben, sie aufzuheitern. Nur hatte dieser Wirtschaftszweig an sich einen ziemlich fest begrenzten Umfang, der für die allgemeine Lage des gesamten Industriebezirks nicht von so entscheidender Bedeutung war.

Daher fühlten sich auch die Vertreter der Behörden, insbesondere aber Polizei und Zoll nicht recht wohl. Denn wenn erst einmal die deutsch-polnische Wirtschaftsgemeinschaft für Oberschlesien Tatsache geworden war, würde sich ja auch im Verwaltungsapparat zweier Staaten, der dazu aufgebaut war, nicht nur eine künstliche Trennung zu erzeugen, sondern möglichst zu erweitern und zu verschärfen, wollen sie sich nicht selbst den Ast absägen, auf dem sie saßen – ja, diese Polizeipräsidenten beider Oberschlesien, annähernd ein Dutzend, samt der Regierungskommissare, die ja nichts als politische Agenten und Beobachter waren, Wirtschaftsinformationsstellen, die sich gegenseitig ausspionierten, was aus der Korrespondenz der Banken und Generaldirektoren jede Sekretärin hätte besser herausziehen können, ohne Sonderdezernat und Geheimniskrämerei, Zolldirektoren und Zollüberwachungsstellen, gar nicht zu reden von dem mobilen und immobilen Militär und so – diese Chefstellen, denn um diese handelt es sich ja nur hier, würden wohl alle ein wenig überflüssig werden. Und in ganz Polen und im übrigen Deutschland gab es nicht einen zweiten Platz, wo man sie sonst hätte verwenden sollen. Deswegen fühlten sie sich nicht wohl, und wenn noch wie früher die Möglichkeit gewesen wäre, eine politische Intrige zu spinnen, um diese Entwicklung etwas aufzuhalten, sie hätten sich keine Minute besonnen. Mit Begeisterung hätten sie sich in die Sache gestürzt, ein Herz und eine Seele. Aber die Großfinanz hatte für solche Scherze nichts mehr übrig. Sie benutzt nur noch gelegentlich die Politik, um ein Geschäft geheimzuhalten, das schon gemacht ist, und das kam hier vielleicht nicht in Frage.

Unter solcherlei Ansichten und Empfindungen überschritt das Fest seinen Höhepunkt. Die Musik spielte, man tanzte, und irgendwo in einer Nische versuchte ein schon ein wenig Angetrunkener geschäftlich zu sprechen. Fröhliches Lachen und Plaudern, ein ständiges Gleiten, mitunter ein leichter Aufschrei, ein wenig kreischend, der noch unbeherrscht jäh hervorbricht und sofort verstummt, Gläserklirren, das Rücken der Stühle – natürlich sind bei jedem Fest die Damen im Mittelpunkt. Aber davon allein kann man meist nicht leben.

Die Reihe der oberschlesischen Zeitungen, die Kattowitzer Zeitung, die Ostdeutsche Morgenpost aus Beuthen, der Gleiwitzer Wanderer und der Oberschlesische Generalanzeiger, der in Ratibor erscheint, diese und andere Blätter, deren Berichterstatter auf der Galerie Platz genommen haben, beschrieben am nächsten Tage die Garderobe der Damen nach dem Muster ihrer glücklicheren Kollegen in Warschau und Berlin. Sie bedienten sich dabei einer schweren Sammlung übernommener Fachausdrücke, die niemand aus ihrem Leserkreis verstand – vielleicht stimmten sie auch nicht ganz.

Umgeben von jungen Damen, die, eben erst aus der Pension zurückgekehrt, zu Hause wie auf Besuch waren, saß der junge belgische Ingenieur, dessen Abenteuer vor dem Hotel Kochmann die Hindenburger Polizei eine Zeitlang in Aufregung gesetzt hatte. Er bemühte sich, mit seiner Gesellschaft ein elegantes Französisch zu plaudern, das die Mädchen manchmal in Verlegenheit setzte, denn gerade dieses hatten sie nicht gelernt. Er war sehr ausgelassen und fand immerhin schwärmerischen Beifall. Seine Verletzungen waren weniger schwer gewesen als man anfangs angenommen hatte, es war in der Hauptsache ein nicht alltäglicher Nervenschock. Die Henckel Estates Limited, eine Metallfinanzierungsgesellschaft, die den Namen von den Henckels samt einiger Schlackenberge gekauft hatte, konnte sich damals nur schwer entschließen, das gewisse Incognito dieses Herrn zu lüften, der in ihren Diensten stand. Er trug damals Dokumente der polnischen Harriman-Giesche-Gesellschaft in der Tasche und Berechnungen der Stollarzowitzer Anlagen, die der deutschen Giesche-Gruppe gehörten und die er soeben ausgehandelt hatte. Mit seinem Rock waren auch alle diese Papiere verschwunden.

Die Jugend macht sich darüber nur geringe Sorgen – der Strolch, der ihn da angerempelt und niedergeschlagen hatte, wird sie längst weggeworfen oder sonstwie verwandt haben für Zwecke, aus denen seinem Auftraggeber keine Gefahr mehr erwachsen konnte.

Aber darin irrte er sich.

DRITTER TEIL

Aus dem Allgemeinen zum Besonderen

Darin irrte sich unser Mann in der Tat.

Denn die Henckel Estates mit ihren Brüssel-Londoner Verbindungen war in der glücklichen Lage jenes sagenhaften Mannes, dessen rechte Hand nicht wußte, was die linke tun wird. Die Zeiten frisch-fröhlicher Metall-Korners waren ja längst vorbei, in dem Augenblick, da an Stelle der Banken und Metallhandelsfirmen die staatlichen Noteninstitute, Regierungen und Bündnisse als Anreger und Ausschöpfer getreten waren. Die frühere Spekulation genoß nur noch die Spanne des Agenten, die automatisiert war wie der Zinssatz mündelsicherer Pfandbriefe. Der Name Harriman hatte seinen Schrecken verloren. Wollte er den Zink-Ring auf die Beine stellen, so hatte er dem Londoner Markt bestimmte Angebote zu machen, die dieser mit ein paar Zahlenreihen auf die wahren Absichten der amerikanisch-polnischen Gesellschaft umrechnen konnte, auf die man dann einfach die Prozente schlug. Dann handelte man die Differenz der entsprechenden Valuten der beteiligten Länder aus, mit der diese im Völkerbund oder zu sonstwelchen Bündnis- und Handelsvertragszwecken Geschäfte machen konnten. Die einzige Chance eines größeren überraschenden Schlages lag noch in der Kolonie menschlicher Arbeit, in den Gliedern, in Brustkorb und Lungen der Arbeiter, im Lohn massierter Arbeitskraft. Und während die Henckel Estates sich die Aufschließungsberechnungen der Polen auf dem Umweg der deutschen Gesellschaft in die Hände spielen ließ, wurde diese Unternehmung von dem Verbindungsmanne Harrimans selbst eifrigst unterstützt, denn die beiderseitig aufgestellten Berechnungen entsprachen durchaus den Preiskalkulationen der Lazard Brothers, für die Chesterbeatty das englische Pfund gegenüber dem Dollar etwas zu drücken beauftragt war – sonst wird das Anleiheemissionsgeschäft in London flau.

Aber der blöde Zufall wollte es anders.

Die Papiere wurden zunächst noch mit Rock verkauft und gingen dann von einer Hand in die andere, bis sie bei dem alten Streckenmeister Depta landeten, der schon seit vielen Jahren Invalide und völlig gelähmt war. Er pflegte die jungen Leute, die ein wenig vorwärts kommen wollten, an Sonntagen und noch nach der Arbeitszeit um sich zu versammeln. Da er genügend Zeit hatte, über vieles nachzudenken und auch manches gelernt hatte in seinem Beruf, so konnte er vernünftige Ratschläge geben, hatte noch seine alten Praktiken, den Akkord zu steigern, die nach Jahrzehnten noch immer dieselben und gut waren. Und damit begann es.

Diesem alten Praktiker, der selbst in der Scharley-Grube zeitweilig gearbeitet hatte, war es nicht schwer herauszufinden, was gespielt werden sollte, jedenfalls soweit, als die Zeichnungen das angaben. Die Förderziffer steht zum Gedinge in einem bestimmten Verhältnis, und es ist leicht zu errechnen, auf wie hoch der Mann im Akkord kommen kann, wenn die voraussichtliche Strecke gezeichnet ist. Dementsprechend kann man die Forderungen aushandeln. Deswegen benutzen die Verwaltungen solche Zeichnungen, auf denen dem Arbeiter goldene Berge versprochen werden mit dem Ziel, die ersten Sätze herabzudrücken, um dann im weiteren Verlauf die Strecke ganz anders zu legen. Nur die wenigsten vermögen zu erkennen, daß die dafür maßgeblichen sogenannten technischen Notwendigkeiten glatter Humbug sind, und es schon gar nachzuweisen, wird zur Unmöglichkeit. Niemand würde das anerkennen. Man darf nicht vergessen, für diesen Fall liegen dann zwölf Jahre Studium zwischen den Parteien, und das zählt. Auch die Wissenschaft hat ihren Zweck.

Der alte Depta verstand das ganz gut. Es wäre ihm auch nicht eingefallen, seine Kenntnisse an den Mann zu bringen, wenn er nicht zufällig Invalide geworden wäre. Dann zählt er ja sowieso nicht mit. Darum war er auch für ein paar Aufgeweckte von den Arbeitern eine gute Auskunft, und war die Schicht besonders gut, bekam er denn auch was ab. Er hatte nur einen Fehler, er war manchmal ganz fanatisch, er politisierte den ganzen Tag, und zwar politisierte er einen ganz alten Stiefel, wie es eben früher gewesen war und damals passend sein mochte. Da waren Grundsätze wie die, sich eine Reserve anzulegen, um mal gelegentlich einen längeren Stoß aushalten zu können oder ein anderer, für die Erziehung der Kinder zu sparen, um sie in zähem Kampf ein wenig nach oben zu bringen, zugleich auch als Stütze gegen die Zufälle des Alterns, und schließlich etwa derjenige, daß man sich klar sein müsse über die eigene

Position, und daß es wohl wichtiger sei, diese zu halten, als aufs Ungewisse hinaus den Kampf zu wagen, sie zu verbessern. Davon predigte der Alte. Aber er predigte tauben Ohren, und im besten Falle lachten seine Zuhörer, die solches in allen Einkleidungen über sich ergehen lassen mußten, ihn hinterher aus. Meist aber wurden sie ärgerlich, und sie trugen es ihm lange nach. Er verbitterte sie, obwohl er in Streitigkeiten in den meisten Fällen zum Nachgeben riet. In dieser Hinsicht machte sein sonst so guter Rat sich teuer bezahlt. Der Alte konnte ja nicht verstehen, daß die neuentstandenen Unternehmerverbände an der Selbsterziehung des Arbeiters und seiner fortschreitenden Individualisierung kein Interesse haben. Im Gegenteil, ihr Interesse liegt darin, den Arbeiter von der Maschine zu trennen, ihn zu entspezialisieren. Massen zu schaffen von Arbeitshänden, die die Kolonien ersetzen, denn Länder urbar zu machen, Negerstämme mit der Peitsche zur Arbeit zu zwingen, Sümpfe auszutrocknen und Mais, Weizen und Baumwolle zu pflanzen, das bringt keinen Gewinn mehr. Der weiße Arbeiter, das ist die neue Kolonie.

Wie sollte der Alte, der schon das zweite Jahrzehnt an den Rollstuhl gefesselt war, dieser Entwicklung haben folgen können. Sie vollzieht sich nicht so sichtbar für den Draußenstehenden, und nur derjenige, der mitten drin in Arbeit steht, spürt etwas davon, aber ohne das klar erkennen zu können, rein instinktiv. Es ist irgendwie plötzlich nicht mehr möglich gewesen, an eine Reserve zu denken, die Kinder nach oben durchzusetzen und überhaupt nur ein gewisses Selbstbewußtsein zu behaupten – es lag nicht an ihnen, und alles Predigen hatte keinen Zweck. Die Masse ist in Bewegung, die Masse kocht. Ein Motor ist von innen angeworfen, der den letzten Halt sprengt. Die Flut hebt an und rieselt erst, fließt und fließt und reißt schließlich alles mit sich. Wer will sich vermessen, dann stehen zu bleiben, die Beine breit hinzustellen, die Brust gegen den Strom – alles das war einmal. Das Heldentum des Proletariers hat einen andren Inhalt bekommen.

So stritt der Alte mit seinen jungen Freunden, und sie verstanden sich nicht.

Lassen wir die Frage des Gedinges beiseite, in der die Auseinandersetzungen mit der Giesche-Gesellschaft in gutem Fluß waren. Sie trieb unversehens und ungewollt einer wirtschaftlichen Katastrophe zu. Darin hatte der Alte sein gutes Teil geleistet, hatte feine Berechnungen ausgeklügelt, so daß seine Leute gutes Geld nach Hause brachten. Die Zinkindustrie wurde unruhig. Das aber, was die Gäste wirklich von dem Depta wissen wollten, das erfuhren sie nicht. Was weiter – heißt das. Wo bauen wir uns ein, wie halten wir uns, gegen wen gilt es, die Stellung zu halten, wie jetzt weiter leben, wie die Augen aufmachen, wie überhaupt gehen, welchen Schritt zuerst, was wie wohin und alles das – das verstand der Alte nicht. Polterte altes Zeug, vollständigen Unsinn, irgendwie eine längst verbrauchte politische Disziplin, an die er selbst nur noch glaubte. Aus dieser Atmosphäre heraus entwickelte sich der Keim des kommenden Unheils weiter.

Die Deptas waren eine ziemlich zahlreiche Familie.
Die erste Frau war, nachdem sie drei Kinder geboren hatte, gestorben. Nach ihrem Tode erst setzte ein leichter Aufstieg ein. Sie hatte noch alle die Entbehrungen zu tragen gehabt, die sich junge Menschen so mühelos, scheint es, aufbürden, wenn sie einander lieben. – Um gerecht zu sein, wenn sie das Vertrauen haben, miteinander auszukommen. Die beiden Jungen gingen schon zur Schule, und das dritte, ein Mädchen, machte gerade selbständig die ersten Entdeckungsreisen durch das Zimmer, im Flur und die schmale dunkle Treppe nach dem Hof herunter, mit dem gewichtigen Packen mütterlicher Sorge hinter sich – als die Mutter starb. Sie starb an Entkräftung. Da sie für Wochen nebenbei in Dauerarbeit ging, sei es als Platzarbeiterin oder zur Abladung, in die Wäschereien oder wo immer sich etwas bot, so hatte sie keine Zeit, den Folgen einer herbeigeführten Fehlgeburt mit genügender Pflege entgegenzuwirken. Sie siechte dahin, wurde bettlägerig und starb. Monate gingen darüber hin. Sie waren sich gute Kameraden gewesen, sie waren beide verbittert, aber zäh und versessen darauf, sich durchzusetzen und vorwärtszukommen. Es war nicht geglückt, zunächst dieser Frau wenigstens.
Denn Depta zog aus diesem Zusammenbruch gewissermaßen neue Kraft. Die Jungens erhielten das Gemeindestipendium und gingen auf die höhere Schule, er selbst stieg die Stufenleiter des Grubenarbeiters ein wenig empor, die Jüngste wuchs heran.

Als sie gerade soweit war, die Schule zu verlassen, heiratete Depta zum zweitenmal. In der Hauptsache aus der Überlegung heraus, daß er seinem äußeren Leben eine größere Sicherheit zu Grunde legen müßte. Er heiratete ein Mädchen, von dem er annehmen konnte, daß sie ihm schwärmerisch zugetan war. Damals begann Depta eine politische Rolle zu spielen, Versammlungen abzuhalten und sich allgemein hervorzutun. Seine Stellung war noch etwas gehobener geworden, er verstand seine Arbeit, und die Betriebsleitung sieht es ja im Gegensatz sonst herrschender Ansichten gar nicht ungern, wenn die Leute sich mit allgemeiner Politik beschäftigen, denn es hält den intelligenten Arbeiter davon ab, sich über die Grenzen seines Berufs und dessen Schichtung Gedanken zu machen. Diese Ablenkung ist oft bitter notwendig, wenn der Betrieb im alten Geiste weiter laufen soll. Auch Depta mag damals so etwas wie eine Befriedigung empfunden haben, aus sich heraus gehen zu können, die Welt, wenn schon nicht zu sehen, so doch wenigstens allgemein und in ihrer Entwicklung begreifen zu lernen. Damit geht oft die Liebe Hand in Hand. Denn das Bedürfnis ist da, die Sehnsucht. Diese Sehnsucht ist immer dort, wo der Mann sich wohl zu fühlen beginnt. Und so kam er zu dem ein wenig noch schüchternen Mädchen, das ihn ihr selbst so überlegen empfand.

Sie entwickelte sich zu einer guten Frau. Sie erzwang sich den älteren Kindern gegenüber ihre Stellung als Mutter, das Mädchen zog sie mehr an sich heran. Und es war nicht leicht, da sie selbst auch eine Reihe Kinder zu betreuen hatte, von denen allerdings später nur zwei am Leben blieben, ein etwas versonnener träumerisch veranlagter Junge und ein ganz merkwürdiges Mädchen, wild und ungebändigt, ganz aus der Rasse geschlagen. Sie setzte sich auch als Frau durch, sie hielt diesen Haushalt im Gang, der bei der leisesten Differenz auseinanderzufallen drohte. Der Mann war zänkisch geworden, er war oben angestoßen – oben, das heißt an der Decke, die der Entwicklung des Arbeiters gezogen war. Dort Kraft einzusetzen, gewisse Widerstände zu brechen, den Neid mancher Kollegen, den Widerstand politischer Gegner, die Kleinarbeit, die Maschine einer Bewegung ein wenig weiterzurollen – alles das entfremdet, läßt einen aufbegehren, wenn die Familie einem als Last scheint. Es geht nicht mehr recht vorwärts, die größeren Kinder stellen schon manche Forderungen, die Kleinsten quälen und wollen beachtet sein, und die Frau, durchaus nicht mehr scheu, mittendrin sicher ins Leben gestellt, klar blickend, wenn auch nicht unfreundlich – alles das entfremdet den Mann, der schon unruhig geworden ist. Dann kam die Katastrophe, das lange Siechtum, die Armut und, richtig besehen, der Bettel. Diese Jahre sind sehr schwer, die wiegen und zehren gewaltig, nicht nur doppelt, nein vielleicht zehnfach. Dann bleibt jeder für sich. Der Mann muß es Bissen für Bissen herunterschlucken, das Ende, die schwindende Stellung in seiner Welt, das lebendige und tätige Ansehen, denn von dem Bedauern allein hat er nichts; es wird bald schal. Es ist besser zu schweigen, die Frau wird ihn nicht verstehen. Und die Frau, sie wird es hinnehmen als das Schicksal, von dem es heißt, daß die Frauen es an und für sich schon härter zugeteilt bekommen. Sie hilft noch etwas den erwachsenen Stiefkindern, die auf gut Glück sich selbst draußen durchsetzen müssen. Sie müht sich für die eigenen, deren Zukunft an sich schon von Anfang jetzt beschnitten ist. Sicher würde sie eher zu dem Mann sprechen, aber der schweigt verstockt und böse. Er trägt es ihr nach, denkt sie. Und sie hat keine Zeit, sich mehr als ganz von weit her darum zu kümmern. Allzu tiefe Gedanken darf sie sich nicht darüber machen, dazu hat sie keine Zeit. Sie muß Brot und Leben ranschaffen, und sie muß das Ganze zusammenhalten, das zu brechen und in Stäubchen aufzulösen sich alles verschworen zu haben scheint. Und so gingen die Jahre dahin.

In den auf die durch höhere Akkordsätze bedingte Sonderstellung der Scharley-Schächte folgenden Kämpfen der Belegschaften von Zawodzie, Hohenlohe und der anderen, die durch das Vorgehen der Giescher Gesellschaft peinlichst überrascht wurden, spielte Carl eine maßgebliche Rolle. Carl war der älteste der Deptas. Mit einem fanatischen Eifer hatte er sich durch die Mittelschule noch gerade durchgebissen. Da die Zuschüsse von ((zu)) Hause ganz aufgehört hatten, war er gezwungen, sich durch allerhand Nebenarbeiten etwas Geld zu verdienen, und er stand sich nicht schlecht dabei. Das setzte sich auch noch in den ersten Jahren auf der Universität fort. Den Zusammenhang mit der Heimat hatte er allerdings ziemlich verloren.

Sie schrieben sich noch hin und wieder, und dann schlief das auch völlig ein.

Aber es schien, als ob seine Kraft in den Anforderungen der Mittelschule sich verausgabt hätte, dieser sprudelnde Zuschuß zum Leben, der die Dinge leicht anfaßt, der auch dann alles gelingen läßt und den Menschen weiter bringt, und den so viele Leute ganz allgemein das Glück nennen. Dieser Quell versiegte, blieb wie abgeschnitten. Das bisher so ruhig verlaufene Leben wurde unruhig. Derjenige, der wirtschaftlich sich sehr früh auf eigene Füße zu stellen gezwungen ist, läuft Gefahr, von den andern als Feind, als Eigenbrödler und gemeinschaftsfremd angesehen zu werden. Die Gruppen und Bünde und die Gemeinschaft wollen ihn nicht, stoßen ihn ab, denn solche Bünde stehen nicht für sich, sie sind nur der Ausdruck der jeweiligen Menschen, und sie entwickeln sich mit diesen Menschen mit. Darum muß auch beispielsweise jede politische Bewegung sich mit jeder Generation erst wieder zwangsläufig erneuern.

Der so etwas Vereinsamte verliert den Glauben an sich selbst. Er rutscht ins Schmiedefeuer der Absonderlichkeiten und Übertreibungen. Er wird radikal, wo er sich nach einem sanften Zuspruch sehnt, ihn zu überzeugen. Er will zerstören, während in ihm eine Melodie schaffender Liebe und Weltverbrüderung schwingt. Er ist verzweifelt und predigt irgendeine Art von Erlösungen. In sehr vielen Fällen zerstört dieses Feuer den Menschen, nicht so sehr, um ihn als Dungstoff für eine kommende glücklichere Generation umzuschmelzen, sondern allein darum: die anderen haben es nicht bemerkt.

Einer, der nicht ganz feststeht, vermag diese Zeit nicht zu überdauern, besonders wenn er wirtschaftlich in der Luft hängt. Auch Carl schwankte hin und her. Er verlor jedes Ziel, den Sinn seiner Arbeit, auf was sollte er sich konzentrieren – er mußte den Beruf gleich welcher Art verachten oder ganz untergehen. Er schwamm in politischen Zirkeln, glitt in die soziale Bewegung; er schrieb Artikel, lernte Inhalt und Aufbau gewisser Ansprachen und klomm langsam und mehr von unten geschoben diese besondere Stufenleiter etwas empor – aber es hatte ihm wenig genützt, zu wenig Boden hatte er unter den Füßen. Das ist dann die Zeit, wo man den letzten Stoß bekommen kann, sich ganz aufzugeben oder, vielleicht politisch gesprochen, alles auf eine Karte zu setzen – da rief ihn sein Bruder in die Heimat.

Dort hätte er Gelegenheit sich zu betätigen. Er brachte seine Erfahrungen, seine inneren Kämpfe mit und ordnete sich ein. Sein Leben wurde Linie und Beruf. Er hatte zuvor nichts Abschließendes gelernt, wie man so sagt, aber er war grade zur rechten Zeit noch der Mann geworden, eine wirtschaftliche Bewegung der Arbeiter, denen er noch nicht entfremdet war, zu leiten. So war er der Politiker dieses Bezirks geworden.

Dem Bruder Paul, um zwei Jahre jünger, war in dieser Hinsicht manches erspart worden. Es war ihm schon nicht möglich gewesen, aus eigener Kraft die Mittelschule zu beenden. Mehr gegen den Willen des Vaters und auf Rat seiner Lehrer, die vielleicht einen schärferen Blick dafür hatten, wie sehr der Junge sich quälen mußte, verließ er die Schule, um sich einer praktischeren Betätigung zu widmen, als wofür die Schule ihn hätte vorbereiten können. Er ging auf das Bergbautechnikum nach Tarnowitz, mit guter Fürsprache versehen, und da er die mittlere Reife bereits überstanden hatte, wurde er als eine Art Vorzugsschüler behandelt und ihm vieles erlassen, was man bei ihm als schon selbstverständliche Kenntnisse voraussetzte. Das trug natürlich wenig dazu bei, ihn seinen Mitschülern angenehmer zu machen. Ähnlich wie Carl hatte auch er die Verbindung mit zu Haus ziemlich verloren, obwohl er ja nicht allzuweit ab war. Schließlich bestand er seine Prüfung nach schwerer Mühe; die praktische Arbeit im Bücherstudium nachzuholen, ist gar nicht so leicht. Es fehlt diese leichte Auffassungsgabe für den Grundzug der Dinge, man möchte sagen der praktische Instinkt, der den Arbeiter, der aus der Praxis heraus zum Studieren kommt, auszeichnet. Auch Paul hatte keine Freunde und hielt sich abseits, während die anderen, die ihn für zu stolz hielten, ihm das nicht gerade mit Liebe vergalten. Damals war der Unfall des Vaters in der Betriebsleitung noch nicht ganz vergessen. Dieser Erinnerung hatte er es zu verdanken, daß er sofort eingestellt wurde und Gelegenheit erhielt, praktische Arbeit nachzuholen, für die er schon mit der Anwartschaft auf eine gehobene Stellung besser bezahlt wurde als der Arbeiter neben ihm im gleichen Gedinge. Dadurch wurde der Riß zwischen ihm und seiner Umgebung noch erweitert. Er begann erst die Arbeiter und dann seine Kollegen im engeren Sinne zu hassen, mit einer fanatischen

Wut zu hassen dafür, daß er sich als Außenseiter fühlte und gewissermaßen überall draußen war. In dieser Stimmung arbeitete er sich langsam empor, die Verwaltung braucht solche Leute, die darauf angewiesen sind, nichts weiter für sie zu sein als zuverlässig, blind für die Interessen ihrer Klasse. Dann heiratete er wie jemand das tut, der einfach die Zeit dazu für gekommen hält. Die Ehe veränderte die allgemeine Lage nicht sonderlich. Er hielt die Arbeit auf der Schicht zusammen und wurde dafür nicht knapp bezahlt, das genügte ihm. Als die Frau später erst schwanger wurde, nahm er etwas wieder von den alten Familienbeziehungen auf. Das war damals, als er auch Carl seine neue Stellung im Revier verschaffte. Die Vorteile für beide Teile schienen gleich. Dem Arbeiterverband war es recht, einen Vertreter zu haben, der zu der Zwischenschicht, die den direkten Weg zur Verwaltung sperrte, eine Verbindung hatte. So war Carl ins Revier gekommen, und das war die Entwicklung und die Stellung seines jüngeren Bruders Paul. Sie trafen sich beide gelegentlich im Hause des Alten, aber sie hatten wenig einander zu sagen, und vermutlich verachteten sie sich gegenseitig.

Eine wesentlich engere Verbindung zwischen ihnen und zugleich mit der Familie hielt Frieda, ihre jüngere Schwester. Frieda hatte das Vaterhaus nicht verlassen. Sie war in die Veränderung der häuslichen Verhältnisse, die die Lähmung des Vaters mit sich gebracht hatte, stärker hineingewachsen. Sie sah auch die wachsende Spannung zwischen der Stiefmutter und dem Gelähmten mit anderen Augen an. Als der Vater noch einmal heiratete, war sie gerade erst an der Grenze des Kindheitsalters gewesen, so daß sie eine gute Verbindung zur neuen Mutter gewann. Sie war dafür dankbar, daß sie geleitet wurde, daß die Stiefmutter sie im Hause beschäftigte. Mit den Jahren verlor sich das allerdings etwas, aber hauptsächlich war es die Not, die eingekehrt war, die die Beziehungen zwischen den beiden verschlechterte. Frieda war ein sehr williges Mädchen, sie war ein wenig verschüchtert und später verschlossen, aber die Mutter verstand ganz gut, daß es nicht bösartig war. Sie half nach, wo sie konnte, nur ihr Arm reichte nicht mehr weit. Frieda war bald ganz auf sich gestellt und mußte verdienen gehen, um ihren Teil zur Wirtschaft zuzusteuern. Es wäre sehr wohl möglich gewesen, daß die beiden Frauen sich gegenseitig gut Freund geworden oder, wenn man will, geblieben wären, aber dazu reichte die Zeit nicht aus. Es bot sich in all den Jahren nicht die Gelegenheit einer ruhigen Aussprache des Sich-Verstehens, von der die Romanschriftsteller schwärmen, eine Aussprache, die, immer wieder unterbrochen, Wochen und Monate dauert und in vollem Einvernehmen und ganz glücklich endet. Die Stiefmutter hatte mit ihren Kindern zu tun, dem Jammer, den einen und andern dieser unglücklichen Würmer sterben zu sehen, der Angst, die übrigbleibenden noch aufzuziehen. Frieda half wohl gelegentlich mit, wo es sich gerade ((er))gab. Im allgemeinen aber hielt sie sich für sich. Von einem jungen Mädchen, das sich von allem abschließt, wird man selten den wahren Grundzug seines Wesens mutmaßen können. Vielleicht fühlte sie sich unglücklich, zurückgezogen und vereinsamt, verbittert, so früh schon eingespannt zu sein im Joch dieses Arbeitslebens, vielleicht war sie nur versonnen, träumerisch und voller Hoffnung, zu zart, um sich den andern anvertrauen zu können – junges Blut.

Und wie seltsam die menschlichen Empfindungen – der älteren Frau tat diese Verschlossenheit weh. Sie schrieb sie besonderen Gründen zu, die ihr das Vertrauen entzogen hätten. Das sind diese Gründe, von denen gerade die Frauen so oft sprechen und wobei sie es besonders bitter empfinden, wenn man ihnen kein Vertrauen schenkt. Die Mutter hätte so gern etwas von dem Manne gewußt, oder am liebsten von den Männern, die in dem herben und abweisenden Wesen Friedas verheimlicht wurden. Frieda fühlte sich dadurch sehr gequält. Das ging Monate und fast zwei Jahre hindurch. Dabei hatte Frieda eine natürliche Scheu vor den jungen Leuten, mit denen sie hier und da, besonders auf der Arbeitsstelle zusammentraf. Das Gemüt war auch etwas schwer, sie hatte schon von zu früh auf mit sich allein zu tun gehabt. Die andern Mädchen liefen ihr den Vorrang ab. Sie galt für langweilig und stolz und für beschränkt, sie sprach zu wenig. Die Sticheleien der Stiefmutter quälten sie. In die Wartung des Gelähmten hatten sich die beiden Frauen geteilt. Zu den Brüdern hatte Frieda eine Zuneigung gefaßt, die dem Bedürfnis entsprach, Schutz zu suchen, Zugehörigkeit und Heimat.

Da traf es sich, daß dieses Mädchen selbst Schutz gewähren sollte, bestürmt wurde, voller Leidenschaft und unbeherrscht. Ein Fremder und Zugewanderter, ein Arbeiter-Agitator, von irgend einem Zentrum geschickt, Althergebrachtes abzuschleifen, einen Widerstand zu stählen, Haß zu sammeln und vorwärtszutreiben, ein noch junger Mann, frisch und blühend, suchte bei ihr Schutz. Das Stille und Abgeschlossen-Herbe gerade mußte diesen anziehen. Er hatte es nötig, einen Rest seiner Lebenskraft vor den äußeren Dingen wie zu verbergen, zu einem Menschen sich zu flüchten, der ihn aufnahm, diesen Rest noch freier Kraft. Er näherte sich ihr, sie gingen miteinander, sie neigte sich über ihn, ein wenig noch mütterlich. Sie war nicht berauscht. Sie ging zu ihm, weil sie jemand rief. Sie nahm es hin, weil es wohl so sein wird, im Leben – so dachte sie. Und als der junge Mann dann selbst Schüchternheit aufkommen ließ, gewisse Hemmungen, die noch so peinlich sind im Leben der Menschen zueinander, da nahm sie den Rhythmus, vor dem er sich plötzlich fürchtete, ruhig auf. Sie verstand es ganz gut, ihn bei der Hand zu nehmen. Die Frau, die bisher so scheu und abweisend gewesen war. Sie stieß den Schoß ein wenig an seine Schenkel, sie lächelte verloren in seine Augen, und dann liebten sie sich. Der Rausch schlug über ihm zusammen. Sie hatte ein wenig gezittert und war zufrieden. War es Liebe – so liebten sie sich.

Ihr Bruder Carl, auf der Gegenseite der Bewegung, haßte diesen Mann tief.

Um das Bild dieser Familie abzuschließen, noch ein paar Worte über Friedas Stiefschwester Erna, die im Heranwachsen war. Diese war eng befreundet mit dem Mädchen, das der älteste Bruder Carl ins Haus gebracht hatte und das er versprochen hatte zu heiraten, sobald die äußeren Verhältnisse dazu angetan wären. Carl erschien recht unregelmäßig, es vergingen oft mehrere Tage, daß er sich überhaupt nicht sehen ließ, obwohl er die Kammer im Hause des Vaters gemietet hatte. Dann schlief er bei Gesinnungsfreunden, vielleicht auch bei anderen Mädchen, die Familie machte sich weiter keine Gedanken darüber. Die Braut, die schon zur Familie gehörte, schämte sich wohl anfangs ein wenig. Um so froher war sie daher, daß sich Erna so eng an sie anschloß. Und das schon nicht mehr ganz junge Mädchen, das sich bisher durchgeschlagen hatte, Witwern für die erste Zeit die Wirtschaft zu führen, blühte ordentlich auf.

Die beiden begannen Streifzüge in die Umgebung, die ältere, um sich etwas abzulenken, die jüngere, um Abenteuer zu suchen. Abenteuer in dieser Stimmung sind nicht ganz ungefährlich, umwittert von der Sucht, sich zu quälen, den andern zu betrügen und mit der ganzen Welt Hasard zu spielen. Darin zeigt sich in besonderem Maße die Überlegenheit der Frau, sie spielt mit dem Manne, sie verachtet ihn, je mehr er sich ihr nähert, und sie verachtet sich selbst, sobald es ihr eine gewisse Befriedigung bereitet. Es wirkt ansteckend, diese Atmosphäre gegenseitiger Zerstörung, die sich hinter aufkreischendem Lachen verbirgt.

Mochte die Ältere noch darüber hinwegkommen, für die noch kaum Erwachsene war es Gift, das sich weiter fraß. Sie wurden Stammgäste im Café Juszik in Beuthen, das die Reisenden aus aller Herren Länder besuchen, um dort unter der Maske des guten Onkels und der vollendeten Ehrbarkeit sich mit jungen Mädchen zu unterhalten. Dort lernten sie auch den belgischen Ingenieur kennen, der zu wenig von den Besonderheiten des Reviers wußte, sonst hätte er sich dort nicht gezeigt. Denn in solchen Cafés gibt es keine Geheimnisse, jeder kennt dort die Geschäfte des andern, und es fällt sofort auf, wenn einer in diesem Punkte plötzlich schweigsam wird. Der Ingenieur war Ernas besonderes Ziel, die ältere schuf nur den Rahmen, und sie war zu gutmütig, sich dem Manne zu verweigern, der noch Bedenken hatte, das junge Ding einfach zu vergewaltigen, wozu Erna sich ihm anbot.

Die beiden andern Frauen im Hause sahen dieser Entwicklung ruhig zu. Darin sind die Frauen merkwürdig, sie hängen untereinander stärker zusammen als die Männer. Es muß doch wohl so sein, daß sie mehr wissen vom Leben, um die verschiedenen Konventionen als lächerlich und unverbindlich einschätzen zu können. Trug doch auch der Gelähmte nicht dazu bei, die Achtung vor dem Manne an sich zu festigen, die Brüder, die Männer ringsum, die oft nur wie die Hunde waren ...

Da wurde der alte Depta eines Morgens erschossen aufgefunden.

Der Kopf hing über die Lehne des Rollstuhls, am Fußboden war eine Lache geronnenen Blutes. Der tödliche Schuß hatte die Halsschlagader zerrissen. Damit nahm die Untersuchung ihren Lauf.

Die Leute in der Siedlung steckten die Köpfe zusammen. Bei Deptas war schon lange Unfrieden im Haus. Dieser Tod war nichts andres, als was schon jeder hatte kommen sehen. Aus der Wohnküche der Deptas hörte man den ganzen Tag Zank und Gekeife. Besonders, nachdem der Alte einen neuen Anfall erlitten hatte und völlig gelähmt lag. Man hörte ihn nur noch mit dem Stock auf den Fußboden schlagen, wenn er sich verständigen wollte, reden konnte er nicht mehr. Dieser Anfall war eingetreten, als er sich mit seinen beiden Söhnen über die Frage der neuen Lohnsätze in der Scharley-Grube überworfen hatte. Erst waren die Brüder gegenseitig aufeinander losgegangen, nur Friedas Freund, dieser Unruhestifter von außerhalb, hatte dabei die Partei des Alten ergriffen und auseinandergesetzt, daß es sich bei solchem Vorgehen der Verwaltung um eine bekannte amerikanische Methode handelte, die verschiedenen Belegschaften gegeneinander auszuspielen, ein gemeinsames Vorgehen der Belegschaften innerhalb einer Industriegruppe dadurch zu verhindern und schließlich über den Umweg der Produktionsverhältnisse auch die gemeinsame Front der Unternehmer zu sprengen, um dem Stärksten die Schwächeren zu verpflichten und in Abhängigkeit zu bringen, bis sie dann völlig aufgeschluckt werden. Das hatten die Leute auch begriffen, und der Alte war dabei furchtbar aufgeregt gewesen. Besonders gegen Paul, der am heftigsten dagegen gestritten hatte. Aber er konnte irgendeine gegenteilige Ansicht nicht beweisen, er konnte überhaupt nichts Bestimmtes dagegen aufstellen. Er sah nur seinen Verdienst vor sich, das tägliche Brot und ein paar Spargroschen für sich und seine Familie, und wenn das alles, was der Schwager da redete, seine Richtigkeit haben sollte, da war auch seine Existenz bedroht, und er hing völlig in der Luft, dem Zufall preisgegeben, daß gerade seine Gesellschaft zu den Stärkeren zählen möchte. Während sein Bruder Carl hinwiederum damit nicht einverstanden war, daß die Gewerkschaften und die sonstigen wirtschaftlichen Verbände der Arbeiter nicht stark genug sein sollten, in diesem Vernichtungskampf der Gesell schaften untereinander einzugreifen, damit wenigstens dabei die Interessen der Arbeitnehmer nicht in Mitleidenschaft gezogen würden. Er wollte es nicht wahrhaben, daß diese Interessen in der Hauptsache das wahre Kampfobjekt wären, und daß gerade auf dem Buckel der Arbeitnehmer dieser Kampf ausgefochten würde. Denn dann, glaubte Carl folgern zu sollen, hätten ja diese Gewerkschaften überhaupt keinen Zweck. Daß jemand, der an der Spitze eines Verbandes beruflich bestellt ist, derartiges nicht zulassen kann, ist verständlich. Und der Dritte der Streitenden, der durch Frieda in die Familie Einlaß erlangt hatte, ging sogar noch weiter. Er hatte seine Leute dahin zu beeinflussen verstanden, daß von der Gruppe die Forderung aufgestellt werden sollte, das Ausbau-Risiko im Gedinge müsse zuerst von der Verwaltung getragen werden, da ja der Arbeiter praktisch keine Möglichkeit hat, den Abbau-Plan, Förderquote und Absatz zu beeinflussen. Dementsprechend waren dann auch die Forderungen eines garantierten Minimallohnes, die Staffelung der Prämien und die Entschädigungen, die bei Einschränkung der Förderziffern zu zahlen wären. Alles das, worüber im Zimmer des Alten tagelang hin- und hergestritten wurde, interessierte den die erste Untersuchung führenden Polizeikommissar nur wenig. Das hing zweifellos nicht unmittelbar ursächlich mit der Ermordung des Gelähmten zusammen. Mochte der Alte auch politische Feinde ((gehabt)) haben, sein Einfluß auf den Gang der Streitfragen erschien zu gering, als daß ein fanatischer Gegner sich besondere Vorteile davon hätte versprechen können, diesen Mann erst aus dem Wege zu räumen.

Fest stand, daß im Zimmer des Ermordeten noch die letzte Nacht eine Menge Leute anwesend waren. Aber niemand hatte den Schuß abgegeben, hatte überhaupt einen Schuß gehört, einen Streit beobachtet und ähnliche Aussagen mehr. Die Untersuchung zog daher um die einzelnen Mitglieder der Familie engere Kreise. Die Waffe, aus der der tödliche Schuß allem Anschein nach abgegeben worden war, gehörte dem Ermordeten selbst. Der Revolver wurde beschlagnahmt.

Bei dem nun folgenden Verhör verwickelte sich zunächst Frieda in recht ernsthafte Widersprüche. Sie war die Nacht im Hause gewesen, und sie war zugleich auch außerhalb, das vertrug sich nicht. Sie machte keinen Hehl daraus, daß sie den Alten nicht leiden mochte, er war eine schwere Last für sie alle gewesen, ein überflüssiger Fresser, ein zänkischer Teufel, der niemandem mehr das Leben gegönnt hätte. Gewiß, es war ihr Vater, aber sie empfinde keinerlei Schmerz, eher ein Gefühl der Befreiung.

Ihrer Verheiratung hätte er nicht im Wege gestanden, ihrer Liebschaft – nein, natürlich solange sie für ihn hätte mitverdienen müssen, sei er schon immerhin ein Hindernis gewesen. Dieses Verhör, diese Fragen und das Protokoll reizten Frieda zu immer heftigerem Widerspruch. War es nicht ein Glück, daß der Alte endlich krepiert war – sie haßte diesen blassen Kommissar, der für ihr Leben anscheinend so wenig Verständnis hatte. Sie hatte eben noch Verschiedenes, das nur sie allein anging und das sie nicht sagen wollte, es ging ja auch den Fremden gar nichts an. Als sie dann mit einem plötzlichen Entschluß auf alle weiteren Fragen feindlich schwieg, ließ sie der Kommissar in einen Raum nebenan bringen, ein Gendarm wurde ihr zu Seite gesetzt.

Anders die Stiefmutter. Sie enthüllte dem Fragenden ohne Zögern die Bitterkeit ihres Lebens. Sie verschwieg nichts und hatte nichts vergessen, ihre Hoffnungen, die vielen kleinen Mühen ihres Alltags, das Unglück, die qualvollen Jahre nachher, die Entfremdung und den tiefverwurzelten Haß, der diesem Leben allmählich entsprossen war. Für den Fremden war es, als trüge sie alle die mildernden Umstände zusammen, wohlgeordnet und seit langem vorbereitet. Nur auf die Frage nach dem Täter schwieg sie beharrlich. Sie hatte dabei eine eigene Art, die Achsel zu zucken, die sie verdächtig machte. Sie verstand den Eindruck zu erwecken, ein Leben gelebt zu haben, das für sie beendet war und das sie bereit war, ohne weiteres wegzuwerfen, ohne weitere Hoffnungen. Dem Kommissar wurde der Fall recht schwierig. Er verzichtete zunächst darauf, mit weiteren Fragen in sie zu dringen und beschloß, die Gerichtskommission abzuwarten, die alles weitere schon veranlassen würde.

In der Zwischenzeit befragte er die weiteren Familienmitglieder.

Carl sagte aus, der Streit mit seinem Vater seien Meinungsverschiedenheiten gewesen, die sich nicht etwa nur in letzter Zeit, sondern schon seit Jahren entwickelt hätten. Er schreibe sie der wachsenden Erbitterung zu, die Alter und Krankheit zur Folge zu haben pflegten. Die immer häufiger wiederkehrenden Anfälle, die jeweils eine völlige Lähmung mit sich gebracht hätten, ließen es ausgeschlossen erscheinen, daß der Vater im Verlauf eines Streites niedergeschossen worden sei. Er hätte ihm die letzten Stunden eher den Eindruck eines völlig apathischen Menschen gemacht. Er selbst hätte das Zimmer verlassen, als noch die anderen alle anwesend gewesen wären und hätte draußen im Flur eine Auseinandersetzung mit seiner Braut gehabt, die ihn dann noch ein Stück Weges begleitet hätte.

Und Paul: er sei mit seinem Vater schon seit langem entzweit. Er habe die Beobachtung machen müssen, daß sein Vater in letzter Zeit einen verhetzenden Einfluß auf die Arbeiterschaft ausübe. Dabei habe er sich auf Berechnungen der Gedinge gestützt, die in Wirklichkeit nicht herauszuholen wären, und er selbst hätte das auch besser wissen müssen, denn er kenne die in Frage kommenden Strecken, während der Vater ja schon die längste Zeit aus dem Betrieb gewesen sei. Mit seinem Bruder habe er sich, soweit es eben angängig gewesen sei, zur Not vertragen, um die Familie nicht noch mehr ins Gerede der Leute zu bringen, als sie sowieso schon sei. Was seinen Schwager anlange, den Ortsfremden, so habe er ihn im Hause des Vaters gelegentlich getroffen und sich mit ihm unterhalten, weil es ihn einfach interessiere, was die Arbeiter so dächten und vorhätten, denn das könnte auch für seine Betriebsleitung von Wichtigkeit sein. Natürlich hätten sie untereinander und mit andren, die den Vater besuchen gekommen seien, gestritten, aber im allgemeinen habe er diesen Unterhaltungen keine besondere Bedeutung beigelegt. Seine Stiefmutter schilderte er als ordentliche Frau, die den Haushalt zusammen gehalten habe und die er selbst gelegentlich mit Kleinigkeiten unterstützt hätte, soweit er das eben hätte tun können. Über die Schwester wußte er nichts zu sagen, sie hätten sich wenig umeinander gekümmert. Auch er sei nach Haus gegangen, als noch andre im Zimmer anwesend gewesen wären. Draußen habe er sich mit dem Schwager treffen wollen, habe auch noch gewartet, und sei schließlich allein weitergegangen, da dieser nicht, wie eigentlich verabredet, gekommen sei.

Die Untersuchung kam nicht weiter.

Die beiden Frauen waren noch im Zimmer geblieben, die Braut des ältesten Bruders war zum mindesten noch im Haus gewesen, die Brüder selbst hatten vermutlich draußen auf der Straße irgendwo gestanden – das konnte man ziemlich als bewiesen ansehen. Friedas Bräutigam hatte nach seinen Angaben draußen im Hofe mit den Delegierten der Hohenlohehütte verhandelt, die eigens über die Grenze gekommen waren, um sich Richtlinien zu holen. Von Erna wußte man so viel, daß die Mutter ihr noch aufgetragen hatte, den Alten neu zu betten, der am späten Abend besonders unruhig gewesen war. Erna hatte auch noch gesehen, wie der Gelähmte ständig die Lippen bewegt und dann wieder angefangen hatte, leise und lallend vor sich hinzusprechen. Diesen Tatbestand fand der Untersuchungsrichter vor.

Im Verhör gestand dann Erna, daß sie schon früher einmal mit dem Gedanken sich getragen hatte, ihren Stiefvater zu vergiften, damit die Last endlich aus dem Hause käme. Darüber aber, wo sie in dieser Nacht gewesen wäre, verweigerte sie jede Auskunft. Eine zufällige Bemerkung deutete darauf hin, daß auch Carl darin verwickelt oder irgendwie interessiert war. In diesem Zusammenhang tauchte wieder der Name des belgischen Ingenieurs auf, von dem man feststellen konnte, daß er sich mit Erna getroffen hatte. Der Untersuchungsrichter nahm zunächst die Frauen mit nach Gleiwitz, um sie dort weiter zu verhören.

Es war noch nicht Mittag, als die Nachbarn, die vor der versiegelten Wohnungstür standen, sich bereits eine feste Meinung von den Vorgängen gebildet hatten. Ihr Interesse war bereits im Abflauen.

Dem freundlichen Zureden des Untersuchungsrichters gestand auch Frieda, daß sie schon mehrmals im Laufe der Jahre versucht hatte, den Alten zu beseitigen. Für sie wäre es das beste gewesen, schon früher von zu Hause fort zu gehen, sie habe sich nur vor der Stiefmutter etwas geniert, ihr die Arbeit ganz allein auf dem Halse zu lassen. Deswegen habe sie für den Haushalt auch mitverdient. Von ihrem Vater habe sie weiter keine Erinnerung als die eines bösartigen zänkischen Menschen, der alle gequält habe und die am meisten, die am wenigsten mit seinem Unfall, seinem Beruf und seinem ganzen Leben zu tun gehabt hätten. Besonders gelte das für ihren Bräutigam, der sich immer bemüht habe, den Alten zu verstehen, ihm entgegenzukommen und behilflich zu sein, und vom ersten Tage sei der Vater gegen ihre Verbindung gewesen, obwohl sie erwachsen genug sei und es den Vater im übrigen gar nichts anginge, denn schließlich hätte in der Hauptsache sie ja müssen das Geld verdienen. Dennoch sei ihr Verlobter gerade dem Alten nicht gram gewesen und hätte ihn gegen ihren Bruder verteidigt, auch am letzten Abend. Was die Ermordung anlangt, so hätte sie nichts gesehen und könnte sich auch an nichts erinnern. In Wirklichkeit hätte der Alte ihrer Verheiratung nicht im Wege gestanden; sie hätten sowieso beabsichtigt, aus dem Ort wegzuziehen. Ein gewisser Widerspruch trat in ihrer Aussage klar hervor. Schließlich hatte der Vater, mehr mittelbar, sie doch gehindert ...

Blieb noch das Geständnis der Ehefrau des Ermordeten. Sie verschwieg dem Untersuchungsrichter nichts. Sie antwortete bereitwillig auf alle Fragen, aber sie wurde still, wenn die Frage auf die letzten Vorgänge im Zimmer kam, die dem Todesschuß vorausgegangen sein mußten. War sie mitschuldig, war sie allein schuldig, inwieweit mochte sie daran beteiligt sein, und warum schwieg sie – alles blieb nur Vermutung. Den erwachsenen Stiefsöhnen gegenüber war sie fremd, fremder auch geworden zu ihren eigenen Kindern. Sie stand zuletzt ganz auf sich allein, sie hatte niemanden, den zu befreien das Verbrechen sich gelohnt hätte. Sie selbst war nicht so sehr störrisch und verbittert, als ihr Schweigen vermuten ließ, eher etwas verträumt und weich. Das Verhör bewegte sich im Kreise.

Vermutete der Richter für die zunächst Beteiligten noch einen neuen Beweggrund, der vorerst mit dem Schleier des Geheimnisses umgeben war, so löste sich diese Annahme bald in nichts auf. Solange die drei Frauen, die er zu seiner Verfügung in Haft hielt, schwiegen und zwar, wie für den Juristen sofort feststand, schwiegen gerade über denjenigen Punkt, der zu ihrer Entlastung hätte beitragen können, blieb dem Vorgang eine eindeutige Lösung verschlossen.

Das Verhör bewegte sich im Kreise. Die Gerechtigkeit, soweit sie in den Händen der Justiz liegt, verlangt eine bestimmte Klärung der Schuld. Der dem Menschen instinktmäßig verbliebene Gerechtigkeitssinn, den keine Erziehung völlig verschütten kann, sträubt sich oft dagegen, und er zweifelt insbesondere an der Zweckmäßigkeit gewisser Methoden, die Wahrheit zu erpressen. Dieser Zweifel beherrscht in gleicher Weise sowohl den Angeklagten wie den Ankläger, den Richter, die Zeugen und die Masse der Zuhörer. Die Justizpflege erfindet daher immer neue Gesetze, um aus der Summe dieser Vorschriften Seitenwege zu bauen, die zugleich Fluchtstraßen aus

dem Bereich der geltenden Justiz sind. Für den Untersuchungsrichter wiegen die Geständnisse nicht allzu schwer, sondern nur
das eine umfassende Geständnis. Gelingt es ihm nicht, dieses
zur Niederschrift zu bringen, so bleibt nichts übrig, als alle
Vermutungen, die aus den Teilgeständnissen entspringen, wieder
beiseite zu legen. Er überläßt das Weitere dann der Maschine,
einem zwar geschickt zusammengestellten aber wesenlosen
Apparat der Justiz, der die darin Verstrickten quält, auch wenn
die Beauftragten es nicht wahrhaben wollen. Sie wissen zwar
darum, aber sie müssen verlegen beiseite sehen, denn die
Maschine, die die Unvollkommenheit menschlichen Zusammenlebens ersetzen soll, verlangt das so.
Die Qual des Gefangenen bringt die Schichtung der Gefühle,
mit denen der Einzelne lebt, durcheinander, ändert ihren Aufbau und zerreißt Zusammenhänge, ohne die der Ablauf des täglichen Lebens nicht vonstatten gehen kann. In dieser Qual
ist der ältere Mensch dem jungen überlegen. Er hat es leichter,
sich von der Unmittelbarkeit des Daseins zu trennen. Kommt
nicht alles so, wie es kommen muß – wozu die andern noch
quälen, die jünger sind, stärker im Leben verstrickt, voller
Hoffnungen noch. Die Mutter wußte nicht, ob sie ihrer Tochter
oder ob sie Frieda, die ein Teil der Jugend vielleicht gerade
ihr selbst geopfert hatte, den Weg wieder ebnete – als sie gestand,
selbst den Gelähmten getötet zu haben. Die beiden andern
weinten, auch die Mutter konnte zuletzt ihre Tränen nicht
zurückhalten.
Es ist sicherlich wahr, man wird es ihr nicht mehr glauben,
nicht mehr ihr allein.

Es ist nur ein Gleichnis.
Denn die triebhafte Kraft jener Handlung war diesen Frauen
fremd. Sie werden bereit sein, den andern zu schützen, den sie
in Gefahr glauben, und der inmitten von Geschehnissen lebt,
die sich zwangsläufig entwickeln und aneinanderreihen und so
den einzelnen nur als Werkzeug benutzen. Es scheint das Leben
selbst und ist das Leben ihrer Klasse, für das sie verantwortlich
sind und vor das sie sich mit ihrem Leibe stellen, um es zu
decken.
Vielleicht ist anzunehmen, daß der eine oder andre Interesse

daran gehabt hat, den Einfluß des alten Depta auf die Arbeiter der Zinkerzgruben und Hütten zu beseitigen. Jahrzehnte hatte der Mann zur Verständigung gepredigt, zur Mäßigung, um gegen Ende seines Lebens die Kollegen aufzuhetzen. Hatte er selbst denn etwas davon, konnte vielleicht welcher fragen, für wen tat er es denn, in wessen Auftrage, und von wem bezahlt – die Lohnsätze, die auf Grund seiner Berechnungen durchgedrückt worden waren, begannen die Gruben jenseits der Grenze in ernste Schwierigkeiten zu bringen. Die Industrie war unruhig geworden, der einheitliche Plan schien verloren gegangen; die Betriebsleitungen, die früher ihre Förderziffern vorgeschrieben erhalten hatten, beobachteten sich gegenseitig mit wachsendem Mißtrauen. Raubbau auf der einen Seite, Einschränkungen auf der andern, die Preise gerieten ins Schwanken, der Weltmarkt war gestört – alles das lag in der weiteren Voraussicht und die Frage, wer wird bleiben. Mit Hilfe des Vaters hatte der jüngere Paul sich seine Stellung aufgebaut. Irgendwie fühlt einmal im Leben der so Verpflichtete, daß dann der andere sich das Recht anmaßen wird, sie ihm wieder zu nehmen. Er würde ja auch nur ein williges Werkzeug sein des ihm Übergeordneten, von dem er und seine Familie, die er zu schützen hat in der gleichen Weise wie der Vater vor ihm, sein Brot erhält, und vielleicht spannen solche Gedanken weiter auf die Verwaltungen selbst, denen die Quelle der Unruhe sicherlich nicht verborgen geblieben war. Wurde der Mord denn nicht auch durch die besonderen Familienverhältnisse gedeckt –

Vielleicht sah auch der ältere Carl eine Chance, sich im Kampfe ums Dasein stärker zu behaupten, wenn erst der Alte aus dem Wege geräumt war. Die ruhigen Arbeiter, die in dem Vater eine Stütze auch für die Stellung des Sohnes gesehen hatten, pflegte er jetzt vor den Kopf zu stoßen, sie sich und zugleich dem Sohne zu verfeinden, der diese Entwicklung ruhig mit ansah. Die Abwanderung der in den polnischen Gruben beschäftigten Arbeiter nach den Scharley-Schächten, die zu erwartenden Arbeitskämpfe – rücksichtslos wurden in den übrigen deutsch gebliebenen Schächten, namentlich des ehemaligen Henckelschen Besitzes, die Arbeiter auf die Straße geworfen, der Abbau eingestellt und andererseits auf den Gieschefeldern neue Schächte niedergebracht, alles vollzog sich regellos, nirgends konnte die Gewerkschaft mit den bisher üblich gewesenen Methoden eingreifen, die Einheitlichkeit des Vorgehens war in Frage gestellt, sie wirkte geradezu hemmend und schädlich – die Abwanderung der Arbeiter also und die zu erwartenden Arbeitskämpfe mußten den Menschen, den die Arbeiter sich an die Spitze gestellt hatten und der davon sein Brot erhielt, zerreiben, überflüssig machen, zum alten Eisen werfen. Nach ihm fragt dann niemand mehr. Ein neuer Mensch wird emporgehoben, mit weiterem Überblick, größerer Spannkraft und mit etwas mehr Glück – und bohrte der Alte nicht an dieser Entwicklung, das wußten ja alle. Und vielleicht stand er der Braut Carls im Wege, einem besseren Verstehen dieser beiden Menschen, die über die Jahre schon hinaus waren, in denen ein weicher Ton in der umgebenden Natur allein schon die Menschen zueinander treibt und gegenseitig verkettet.

Vielleicht kämpfte der Dritte, der Schwager und Ortsfremde, der in den Händen Friedas oftmals so weich wurde wie Wachs, ernsthaft für ihr beider Glück, von dem auch er annehmen mußte, daß der Gelähmte ihm im Wege war. Oder es bereitete sich in dessen Ansichten ein Umschwung vor, den er allein nur kannte, da er sich am besten mit dem alten Manne, der manchmal der Sprache nicht mehr mächtig war, verstand und verständigen konnte. Er hatte zudem in der Nacht der Tat eine Anzahl seiner Leute im Hofe versammelt, er hatte eine Verabredung mit Paul, die er dann überdies nicht einhielt, so sagte Paul – eine merkwürdige Verabredung mit demjenigen seiner Gegner, der vielleicht gerade ein Interesse daran hatte, ihn zu decken. Während doch andererseits auch Frieda, die allen Fremden in dieser Affäre so sympathisch erscheinen mochte, darüber so beharrlich schwieg. Und inwieweit stand er darin gegen Carl, den zu stürzen seine eigentliche Aufgabe war. Oder geht vielleicht der revoltierende Mensch, sei es um sich vor sich selbst Mut zu machen, sei es aus Verzweiflung gegen die Bindungen, in die er sich verstrickt hat, unter dem Trieb innerer Not noch ganz andere und eigene Wege, neue menschliche Bindungen, die wiederum nur aus der bekennenden Wesenheit der anderen Frauen geklärt werden können –

Vielleicht aber erschließt sich aus dem Verhalten Ernas allein schon eine Lösung. Der Ingenieur, dem die Dokumente abhanden gekommen waren, die die Unruhe in die Arbeiterschaft getragen und aus dieser Unruhe hinaus das Vertrauen der

Industrieverwaltungen zueinander gestört hatten, so daß die
Leitung der Großfinanz über Handel und Börse zeitweilig ab-
gerissen war – dieser Mann war im Kreis gewissermaßen an
den Ausgangspunkt zurückgekehrt. Er mußte ganz gut verstehen,
daß dabei sein Kopf auf dem Spiele stand. Ein Mensch, mit dem
fest umrissenen Ziel vor Augen, Karriere zu machen, wird die
Hindernisse aus dem Wege räumen müssen, die dieses Ziel
zu gefährden in der Lage sind. Sicherlich war es weniger wichtig,
daß diese Berechnungen bei dem alten Depta angelangt waren,
als daß er sie zu benutzen verstand und sogar eine Bewegung
daraufhin in Gang gebracht hatte. Es war ja nur eine Frage der
Zeit, daß diese Berechnungen bekannt und auf ihren wahren
Urheber zurückgeführt würden. Vielleicht waren von den Verwaltungen, vielleicht von den Behörden sogar Detektive schon
beauftragt, den wirklichen Tatsachen, die dem Vorgehen der
Arbeiter zu Grunde lagen, nachzugehen. Dann wird ihn die Hen-
ckelsche Verwaltung noch weniger schützen sicherlich als schon
bei seinem ersten Unfall. Vielleicht hat er vor all den Beteiligten
sein Eigentum zurückgefordert, im Streit und unter Drohungen,
nach einem heftigen Wortwechsel den Alten niedergeschossen,
vielleicht hat jemand, er selbst oder ein Beauftragter, in einem
Augenblick der Verwirrung von draußen den Gelähmten beseitigt, vielleicht hatte er das Werkzeug in der Familie, vielleicht
stand er aber den Brüdern nahe, als Geheimagent der Industrie
oder der Finanz, vielleicht war er sogar darin der Vorgesetzte
des einen oder andern, vielleicht trieb Erna, gestützt auf diese
damals enthüllten Vorgänge, nur eine romantische Leidenschaft.
Die Börse war empört. Das Vertrauen in die Möglichkeit eines
Zinkkorners war erschüttert. Es wird sich nicht verlohnen,
ein unzuverlässiges Polen mit Anleihen zu spicken, sagen die
Amerikaner. Die Deutschen haben uns wieder reingelegt, höhnt
der Londoner Metallmakler und schraubt lächelnd die Zink-
sätze hoch – seit dem Kriege sind die Überraschungen der
deutschen Kaufleute nicht mehr hoch im Kurs. Die Außen-
minister wettern über ihre Referenten, über die Hilfsarbeiter,
die täglich brav die Zeitungen lesen und auszuschneiden haben –
niemand hat auch nur ein Wölkchen dieser Krise aufsteigen
sehen. Und vielleicht – aber Schluß damit. Alles gleitet und
fließt.
Aber es war nur ein Gleichnis.

Der Vormarsch und der Rausch, die Kraft und die Verteidigung des Volkes wechseln. Das Volk als Idee wie der Arbeiter als Klasse wächst empor mit den Hoffnungen der Jugend, in dem sanften Verständigungswillen, glücklich zu sein und Glück zu bringen. Dann leuchtet die Welt. Und dann beginnt der Kampf, dieses zähe Schritt für Schritt, zwischen Eroberungen und Verlusten, Sieg und Niederlage. Und wird immer bitterer und verbissener und zerreibend vernichtender. Dann stürzt wer, richtet sich auf, stürzt wieder, die andern darüber hin. Und jede dieser Schichten bleibt, lebt, wächst und entwickelt sich und bricht nieder. Und durcheinander wachsen diese Schichten, wachsen gegeneinander – das ist das Volk, ist die Klasse. Das Ganze scheint dann gelähmt, veraltet und gebrechlich, im Wege. Es ist sicher gut und verdienstlich, das Lähmende aus dem Wege zu räumen, wenn es seine Kreise zu ziehen beginnt, eine neue Schichtung vorzubereiten. Aber das Volk ist nicht selbstherrlich, die Klasse ist unterdrückt. Es ist eingesponnen von einem Netz unzähliger feinster Fäden, die auf die innere Schichtung des eigentlichen Kräfteverhältnisses bei der geringsten Verschiebung vibrieren, Alarm läuten, Spannungen auslösen, um genau an derjenigen Stelle eingreifen zu lassen, die die gewollte und vorbestimmte Ordnung zu stören unternimmt. Früher glaubte man an Gott. Oder nannte es Schicksal, Kosmos und mehr dergleichen. Heute hilft selbst Gott nicht darin. Es ist das Schicksal des Kapitals und der Kosmos der Erstarrung. Das Wesen des Menschen, das Menschliche ist ihm fern.

VIERTER TEIL

I. Der Wurm

Die Stadtväter von Hindenburg haben ihren besonderen Stolz. Seit einigen Jahren besitzt Hindenburg eine moderne Gasanstalt, und, wenn die Stadtväter erst einmal sich in Begeisterung reden, die modernste Deutschlands und Europas und, was kommt es darauf an, sogar der Welt. Es ist alles automatisch, die Feuerung ist automatisch, und die Kammern regulieren sich von selbst durch ein Hebelwerk, das ein einziger Mann bedienen kann. Automatisch schiebt sich der Koks aus den Kammern und wird automatisch aufgestapelt, wo er gereinigt und getrocknet wird. Automatisch strömt das Gas in die Wasser- und Kühlanlagen, und automatisch wird die Hitze als Nebenprodukt aufgefangen, um von neuem der Verkohlung zugeführt zu werden, wobei noch genug übrig bleibt, um die städtische Wäscherei zu betreiben und der städtischen Badeanstalt billigen Dampf und das heiße Badewasser zu liefern. Automatisch wird aus der Verkokung Betriebsstoff und Energie gewonnen, so daß die Stadt den amerikanischen und englischen Ölkonzernen die kalte Schulter zeigen und die städtischen Tankstellen und ihren gesamten Fuhrpark mit eigenem Benzin versorgen kann. Wenn der Direktor der Gasanstalt Lust hat, sich um den Betrieb zu kümmern und mal nach Ordnung zu sehen, so braucht er nur durch die Anlagen zu gehen und überall die Meßgläser abzulesen, nirgends wird er von einem Arbeiter gestört. Und wenn er sich wieder an seinem Schreibtisch niederläßt, so läuft unter seiner Schreibmappe ein gleitendes Band, das genau angibt, wieviel Kubikmeter Gas der Betrieb zur Zeit erzeugt und wieviel Kubikmeter die Stadt und die Bezieher soeben von ihm abgenommen haben. Von Stunde zu Stunde springen Zahlen an der Wand auf, die die Gesamtsumme schon errechnet haben. Das ist alles sehr bequem, und wenn der Direktor weder Lust noch Zeit hat, so erledigt diese Gänge und diese Arbeit der Gasmeister.

Aber eine Gasanstalt mag noch so viele Ersparnisse machen und aus sich selbst heraus wieder für sich wirtschaften können, ohne Kohlen kann sie doch nicht auskommen. Und diese Kohlen, die Concordiagrube, eine der ältesten des Reviers und eine, die geradezu mitten in der Stadt lag, gehörten leider nicht der Anstalt, sondern einem der Kohlenhandelskonzerne, der es verstanden hatte, die Grube rechtzeitig vor dem Zugriff der Stadt zu sichern, als sie schon nichts mehr wert war. Denn vorher hatten die Stadtväter erst recht nicht daran gedacht. Wozu gibt es auch Parteien. Durch die Verbindung der Kohle aber mit der ständig wachsenden Gasanstalt, die längst zur Fernversorgung übergegangen war, wurde selbst diese Grube zu Gold. Allerdings in den Händen eines Konzerns, der als Zutreiber für die übrigen Kohlenhandelsfirmen sich mit den bescheidensten Mitteln auf das sichere Geschäft beschränkte, um in Ruhe genügend Kapital zu sammeln, die großen Risikogeschäfte der andern ablaufen zu lassen, um sie dann umso sicherer aufzufressen. Es ist falsch anzunehmen, daß man mit Kohlen die Welt erobert. So hat es auch England nicht gemacht.

Ja, die Kohlen kamen der Gasanstalt recht teuer. Denn der Konzern konnte den Gaspreis und die Kosten desselben ebenso gut errechnen als der Stadtsyndikus und der Gasdirektor und vielleicht noch besser. Darin steckte ja sein besonderer Gewinn, abgesehen von den naturgegebenen Prozenten. Hinzu kam aber noch, daß die Kohlenbarone ein besonderes Interesse daran hatten, die Gasanstalt sich kräftig und umfassend entwickeln zu sehen, damit ein Einziger und Starker vorhanden sei, das Risiko der Röhrenleitungen im Revier zu übernehmen. Der Boden ist durch den Bergbau unterwühlt und brüchig. Die Röhren müssen ständig erneuert werden. Durch Rohrbrüche geht fast ein Drittel des an die Kunden gelieferten Gases verloren, für das der Gasanstalt natürlich niemand zahlt. Denn die Grubenherren fühlen sich durchaus nicht verpflichtet, an diesem Risiko teilzunehmen, um so mehr, wenn sie hintenherum dafür die Röhren liefern. Und schließlich ist es ja Sache der Stadtverwaltung, dieses im Preis des Gases, das sozusagen eine Art sozialer Betriebsstoff sein will, auszudrücken. Worüber allerdings die Wähler bestimmen. Und so fort.

Das war ein wunder Punkt. Die zahlreichen Kommissionen, die dieses Wunderwerk rationeller Betriebskunst zu bestaunen gekommen waren, mußten diese Bedenken über sich ergehen lassen. Dafür klappte das Werk selbst vorzüglich. Aber es kostete Geld und die Stadt mußte, statt Gewinn einzustecken, dafür zahlen. Bevor die Ersparnisse in ihre Taschen hätten fließen können, griff sie ein anderer und steckte sie ein.

Um so mehr mußte gespart werden, und wenn es erst einmal

so weit ist, da fängt man bei den Arbeitern an. Das lag ja auf der Hand, und das mußte jeder einsehen. Als die Gasanstalt noch nicht so groß war und sich besser rentierte, waren es noch an zweihundert Arbeiter, die Lohn und Brot fanden. Später wurden es immer weniger, je größer der Betrieb wurde. Zuletzt waren es nur noch zwanzig Mann, die in zwei Schichten arbeiteten, die Schicht zu zwölf Stunden, denn der Arbeiter, wurde gesagt, hatte ja nur zu stehen, zu regulieren und aufzupassen, schwere körperliche Arbeit war das ja nicht. So wirkt der technische Fortschritt durchaus nicht immer sozial. Es kommt eben auf die Menschen an, die diesen technischen Fortschritt in Marsch setzen, und gerade die höchste Form der Technik verlangt sozial verfeinerte Menschen, sonst wird sie eine fürchterliche Waffe in der Hand des Ausbeuters.

Aber auch Arbeiter machen sich Gedanken, und diese zehn Arbeiter der Mittagsschicht machten sich sogar ganz besondere Gedanken. Sie waren die Letzten, die noch übriggeblieben waren. Der Letzte nach diesem Abbau ist recht empfindlich. Noch immer war nach den letzten Streiks im Kohlenbergbau die Ruhe nicht wiedergekehrt. Im Erzbergbau war soeben erst ein fürchterlicher Schnitt in den Löhnen erfolgt. Wer nicht stillhielt, flog sofort. In der Hüttenindustrie arbeitete man mit zusammengebissenen Zähnen. Nicht genug, daß der Einheitstarif, aber gegen die Arbeiterschaft, jetzt durchgeführt war, munkelte man allerhand von radikalen Kürzungen, Feierschichten, gänzlicher Stillegung. Einzelne Werke ließen sich sogar herbei, wochenlang die Löhnung schuldig zu bleiben. So war es in der Eisenindustrie. Was im Kohlenbergbau vor sich ging, das konnte niemand ahnen. Die einen arbeiteten wie besessen, teuften neue Schächte ab, die andern legten still, ließen ganze fertige Neuanlagen absaufen. Die Führung der Arbeiter war ins Schwanken geraten. Es war im Grunde weder Streik noch Aussperrung, sondern überhaupt kein tariflicher Zustand. Wer von den Gesellschaften Lust hatte zu arbeiten, der stellte ein, probeweise und auf kurze Zeit. Die Verbände, selbst unsicher geworden, wurden auf später vertröstet, die Schlichtungsämter erklärten sich für unzuständig, die Regierung, wenn sie nicht anders konnte und antworten mußte, erklärte etwas von einem Prozeß der Umstellung, das niemand verstand und das so phantastisch war, daß es niemand hätte glauben können. Denn noch immer wurde mit Wasser gekocht.

Das war, wie die oberschlesischen Arbeiter sagen, der Wurm, der zurückgeblieben war. Von allen den guten und bösen Geschicken in einem Jahr, einem Jahrhundert, einem ganzen Zeitalter bleibt immer noch etwas zurück, der Wurm. Der Wurm bringt Unglück, er vergiftet das Neue. Daher muß der Wurm begossen werden. Mochte da kommen was wolle, eine Umstellung der Arbeit, daß der Arbeiter überhaupt nicht mehr gebraucht würde. Vielleicht wird das gut sein, immerhin. Aber der Wurm war noch da, der Wurm aus dem Zeitalter der lärmenden Maschinen und des Eisens.

Und da begannen die zehn Mann der Mittagsschicht fürchterlich zu saufen. Es kam über sie wie eine Besessenheit ohne Verabredung, ohne besondere Stimmung. Mitten im Gespräch über die ihnen naheliegenden Befürchtungen, über die Aussichten der Bergarbeiter und der Kohlenarbeiter insbesondere, über die Zukunft ihrer Familie, ihrer Kinder, über den Staat und die Parteien und über Gott und die Kirche und wenn es sein muß, den Teufel.

Sie soffen ganz ohne Maß. Und dann begannen sie zu lärmen. Dann soffen sie wieder weiter. Und dann lärmten sie wieder. So gingen die Stunden und das Werk ganz automatisch.

Der Gasmeister, der mal durch die Anlagen ging, traf gerade eine Periode der Stille. Als er aber an den Schreibtisch kam und die Zahlen so zufällig mit einem Blick streifte, riß er ganz gewaltig die Augen auf. Das Gas war nahe am Ende. Er stürmte zurück in die Anlagen. Da lärmten sie gerade wieder. Aber es war ihm klar, mit diesen Leuten war nichts zu machen. Und er stürmte wieder zurück. Dann trommelte er neue Leute zusammen, den Direktor, den Buchhalter, selbst den Kontorstift. Und da waren fünfzig und mehr Mann im Laufe der nächsten Stunden versammelt und arbeiteten und schwitzten an den Hebeln und an den Kränen und an den Transporteuren, um das Gas wieder hochzubringen. Einer stand am Telefon und stotterte auf den Sturm der Anfragen und Beschwerden irgendetwas, immer dasselbe. Er stand und war zum Umfallen.

Und dem Direktor und allen den andern ging auch diese Zeit und die Nacht vorüber. Die Mittagsschicht schlief noch in den Winkeln des Kesselhauses. Die Leute lagen wie tot und es war, als hätten die andern eine heilige Scheu, sie anzufassen und auf den Hof zu werfen. So wurde der Wurm erledigt.

II. Kohle frißt Eisen

Der neue deutsch-polnische Hüttenverband arbeitete bisher etwa mit der Hälfte der Belegschaften, die früher die einzelnen Werke selbst beschäftigt hatten. Die englisch-belgische Finanzquelle, von der beim Zusammenschluß soviel gesprochen wurde, schien allerdings versiegt zu sein oder hatte sich überhaupt in Luft aufgelöst. Es zeigte sich, daß die Anleihe nur mit Mühe und in großen Paketen bei den Banken untergebracht war, die ihrerseits jetzt drängten, ihrer übernommenen Verpflichtungen, die niemand ernst anzufassen gewillt war, entledigt zu werden. Das Fernbleiben der Bismarckhütte aus diesem Verband hatte zudem unmittelbar recht nachteilige Folgen. In allen Transporttariffragen, in der Forderung nach Subventionen, in der Erteilung der Staatsaufträge und im Kampf um einen befriedigenden Anteil daran – nirgends trat der Verband als die geschlossene Vertretung der oberschlesischen Schwerindustrie auf den Plan. Im Gegenteil, es wurde immer deutlicher, daß die Bismarckhütte geradezu als Gegenspieler auftrat. Damit wurde schon von vornherein einem etwa möglichen parlamentarischen Druck, der sich in den Ministerien und den berufsständischen Reichsorganisationen hätte auswirken können, der Boden entzogen. Die Bismarckhütte andererseits erweiterte ihren Konzern durch Übernahme veralteter und stillgelegter Hütten im ehemals kongreßpolnischen Gebiet und in den tschecho-slowakischen Grenzgebieten, ohne allerdings vorläufig daran zu denken, diese Werke in Betrieb zu setzen. Sie dienten nur dazu, im Falle einer künftigen neuen Kartellierung der mitteleuropäischen und vorerst der oberschlesischen Stahlindustrie, ihren Anspruch auf eine maßgebliche Beteiligungsquote zu rechtfertigen.
Die Vereinigten Oberschlesischen Hütten waren mehr oder weniger gezwungen, dieser Entwicklung mit gebundenen Händen zuzusehen. Die beiderseitigen Regierungen verhielten sich ihren Wünschen und Forderungen gegenüber mehr als ablehnend, ja geradezu feindlich. Es war nicht mal genügend freies

Kapital vorhanden, um eine durchgreifende allgemeine Presse-
propaganda aufzuziehen, geschweige denn die Wahlfonds der
politisch in Frage kommenden Parteien auch nur annähernd
entsprechend zu subventionieren. Die Gegenseite warf allmählich ganz offen die Maske ab. Der westliche Stahltrust stellte
selbst die Forderung auf, auch nur die bescheidensten Hilfs-
maßnahmen und Tariferleichterungen für Oberschlesien ein-
zustellen, da der dem Namen nach zwar deutsche Konzern in
Wirklichkeit die Geschäfte der Polen besorge und ließ das gleiche
von seinen polnischen Beauftragten nur unter andrer Flagge
im Sejm vertreten, als deren Spitzenkonzern sich die Bismarckhütte herausschälte. Sie war entschädigt worden durch die Zu-
stimmung des Stahltrustes zur Neuaufrichtung des internationalen Röhrenkartells, das zu einer einheitlichen überstaatlichen
Verkaufsgemeinschaft ausgebaut wurde und in dem die Bismarckhütte neben Mannesmann, Thyssen und den Witkowitzer
Werken einen der Produktionsmenge nach gleichen Platz erhielt.
Ihre frachtliche Sonderstellung nach Polen und dem Balkan
schien ihr sogar ein leichtes Übergewicht zu sichern. Begleitet
wurde diese Entwicklung von einer neuen nationalen Injektion,
die der öffentlichen Meinung beider Länder verabfolgt wurde,
und die Bismarckhütte nahm dabei die Gelegenheit wahr, ihren
Namen zu polonisieren.
Die Vereinigten Oberschlesischen Hütten waren durch den Vorstoß des Stahltrustes von ihren angestammten Absatzmärkten
nunmehr endgültig abgeschnitten. Wie in der Industriewelt ihre
Lage beurteilt wurde, erhellt zur Genüge die Tatsache, daß
sie zu den internationalen Kartellverhandlungen über Halb-
zeug überhaupt nicht eingeladen waren. Die Lage sah kritisch
aus. Die von den Börsen auf Wink ihrer rheinischen Freunde
verhätschelte Bismarckhütte hatte natürlich keine Mühe, die zur
Übernahme der sogenannten Eisenfriedhöfe in den Grenzgebieten veranstalteten Neuemissionen beim Publikum unter-
zubringen. Sobald die Gesamtbewegung zum Stillstand gekommen und die wahren Absichten enthüllt worden waren,
hatte sich niemand die Mühe gegeben, den Leuten, die ihr
bares Geld, das sind die Ersparnisse, dafür geopfert hatten, noch
weiter Sand in die Augen zu streuen. Eine Bank ist nicht mehr
dabei, wenn der Krach kommt. Es gehört zu ihrem inneren
Wesen, geradezu ihren Funktionen, sich rechtzeitig und vorher

schon zurückzuziehen. Die Bismarckhütte selbst hatte auch gar kein Interesse mehr daran, diese alten Kästen anders hinzustellen als das, was sie waren, nämlich Bruch. Außerdem macht sich in diesen bewegten Zeiten in der Bilanz ein Verlust besser als ein Gewinn. Und schließlich hatte sie gar kein Interesse daran, diese vielen Tausende von Kleinaktionären auf ihrem Pelz zu halten. Sie tat nichts, um den Kurs zu halten, und sie tat alles, um ihn nach unten zu jagen. Diese Kleinaktionäre, ein sympathischer Typ von Spießbürgern, die gern ihr Geld verlieren – solche Leute sind ein gefundenes Fressen für unsichtbare und unbekannte Räuber, die sich leicht und oft unbemerkt in Krisenzeiten zu einem Majorisierungsvorstoß zusammentreiben können, der schon mancher Aktiengesellschaft, die sich gerade etwas ausruhen will, das Leben gekostet hat. Lieber den eigenen Schnitt in die Brust. Fehler waren vorgekommen, falsche Einschätzungen, ungedeckte Ausgaben, Überschreitungen der Vollmachten und ähnliches mehr. Ein Schwung von Direktoren und Disponenten wurde an die Luft gesetzt, der Aufsichtsrat einer Erneuerung unterzogen. Alle diese Leute hatten Zeit genug, wenn sie die Augen offen hatten, sich reichlich und überreichlich zu entschädigen. Und wenn es erlaubt ist zu sagen, demjenigen, der dabei wirklich geschlafen hat, dem wurde Abfindung und Ruhegehalt nachgeschmissen. Man kann sich vorstellen, daß die auf Verdienen angewiesene Börse und Hochfinanz die Unternehmungen der Vereinigten Oberschlesischen Hütten, ihre Aktien und Anleihen und ihre Schuldverschreibungen und Wechsel in Verfolg dieser Entwicklung nicht gerade mit rosigen Augen betrachteten.

Soweit war die Sache gediehen, und die Presse munkelte schon allerlei – als endlich die Kohlenbarone eingriffen. Sie hatten sich wie ein Zuschauer, der einem mechanischen Spiel zuschaut und daher nicht überrascht werden kann, damit reichlich Zeit gelassen. Sie griffen erst ein, als die einzelnen Verwaltungen und Teile der Zentralverwaltung schon den Kopf zu verlieren begannen und sich alle Bande gelockert hatten, so daß jeder auf eigene Faust vorging und sich Vorteile überschrieb, um beim Zusammenbruch wenigstens etwas gesichert zu sein und nicht zu kurz zu kommen. Das ging schon von der Substanz. Das oberste Gesetz im Ausscheidungskampf der wirtschaftlichen Kräfte aber heißt, die Substanz zu erhalten.

Die Kohlenbarone waren von den ihnen zunächst übergeordneten Handelskonzernen, den Friedländer-Fuld, Petschek und Cäsar Wollheim reichlich mit flüssigen Mitteln versorgt worden, um sie zu beschäftigen, ihnen die gute Konjunktur sichtbarer vor Augen zu führen und sie so an ihre eigenen Interessen zu binden. Denn sie mußten aus diesem Abwürgungskampf zunächst draußen gehalten werden. Vielleicht waren die Kapitalien wirklich etwas reichlich, vielleicht so reichlich, daß eine kluge Verwaltung, die den Drang zur Selbständigkeit in sich wachsen fühlt, damit die Konjunktur wirksam zu unterstützen in der Lage ist. Unterstützt vielleicht auch dadurch, daß die Kohlenkonzerne gezwungen waren, sich um die mitteldeutschen Braunkohlenfelder auftragsgemäß das Fell zu zerzausen und so die Oberschlesier etwas sich selbst überlassen mußten.

Es war diesen gelungen, diesen Vorsprung auszunutzen zur Festigung ihrer Stellung in der Regierung, wobei sie die Abneigung gegen die Eisenindustrie geschickt zu ihren Gunsten ausspielen konnten. Zudem schien sie der öffentlichen Meinung, wenn auch nicht ohne ihr Zutun, als die einzige wirtschafts-((er))haltende Kraft beider Oberschlesien, die sie mit ihren eigenen Interessen aufs engste und organisch miteinander verbunden hielt. Der Kapitalist braucht ein Steckenpferd. War das Eisen gestürzt und Zink schwankend geworden, so mußte die Kohle das Heil bringen. Niemand dachte an die brennenden Halden, mit denen der deutschen und polnischen Presse jahrzehntelang im Kampfe um Sondertarife eingeheizt worden war. Auf der Kohle baute sich auf die chemische Industrie, die Gewinnung der Kraftstoffe in der Kohleverflüssigung, und mit einer so vorteilhaft gewonnen Energiewirtschaft war die Möglichkeit gegeben, den die Produktion umwälzenden billigen Betriebsstoff zu erzeugen, der allumfassend die Industrieerzeugung zur Eroberung reif machte, vom Stickstoff über die vielfältige chemische Industrie bis zur künstlichen Erzeugung der Rohstoffe.

Hier kreuzten sich die Gesichtswinkel.

Aber zuvor war es den oberschlesischen Kohlenverwaltungen verhältnismäßig leicht, der bedrängten Eisenindustrie zur Seite zu springen. Die Verwirklichung ihrer weiterreichenden Pläne war mit der wohlwollenden Haltung gewisser Regierungsorgane keineswegs gesichert. Die Riesenkapitalien, die dazu mobilisiert werden müssen, waren zu zerstreut, an zu vielseitige und sicher einander widerstrebende Interessen noch gebunden. Es war ein wesentlicher Vorteil, noch einen zweiten Fuß zu haben, auf den man sich stellen kann, und dieser Fuß war billig. Man hielt die Betriebe eben aufrecht, soweit man sie brauchte und wie es gerade paßte. Sie wurden von der Konjunktur ja unabhängig, je riesenhafter die Kapitalien, in deren Rahmen und in deren Schutz die Hütten als sicherlich der kleinste und vielleicht bedeutungsloseste Sektor eines Wirtschaftsstaates im Staate arbeiteten. Wo das Geld liegt, kann der Absatz nicht fehlen. Und das übrige wurde diktiert.

Über die Bedingungen brauchte man nicht zu streiten. Was gerade noch tragbar war, auf fremde Schultern abgestoßen zu werden, wurde abgestoßen. Aufs äußerste wird die Produktion zusammengefaßt werden, beweglich genug, wenn es erforderlich ist, von Zeit zu Zeit ganz zu verschwinden. Nur der geringste Bruchteil des Risikos wird übernommen werden, in der Hauptsache auf die Lieferung des Betriebsstoffes beschränkt, was schließlich zur reinen Buchungsfrage werden würde.

Und so hörten eines Tages die noch nicht so lange vorher zusammengeschlossenen deutschen und polnischen Stahlwerke auf, eine eigene und selbständige Gesellschaft zu sein.

Der Schlag für den Stahltrust kam zwar nicht gerade überraschend, aber immerhin unbequem. Er war gebunden, und die Regierungen standen noch dazwischen, wenn er zum Gegenschlage hätte ausholen wollen.

III. Der Kampf um die Kohle

Damit begann die große Auseinandersetzung mit dem internationalen Farbentrust.

Auch die Großen sind nicht groß genug, noch einem Größeren sich ((nicht)) beugen zu müssen. Der internationale Farbentrust, der von der deutschen Interessen-Gemeinschaft Farbenindustrie seinen Ausgang genommen hatte, war in seinen Interessen in mehr als einer Hinsicht mit dem Stahltrust verbunden. Sobald es erst einmal feststand, daß die Eisen- und Stahlerzeugung der Welt sich nach den bisher unerschlossenen und wirtschaftlich schwächeren Gebieten verschoben hatte, bedurfte die euro-

päische Stahlindustrie einer machtvollen und kapitalkräftigeren
Hilfe, als ihr die Regierungen dieser Staaten mit ihren politisch-
diplomatischen Druckmitteln bisher gewähren konnten. Sonst
bestand die Gefahr, daß ein sich neu entwickelndes Produktions-
zentrum das Gleichgewicht der internationalen Großfinanz
erheblich gestört hätte. So wurde es friedlich und begrenzt,
gewissermaßen stufenweise eingeordnet dadurch, daß eine
Organisation, die die einzelnen Verfahren und Produktions-
verbesserungen, die Methoden der künstlichen Rohstoffge-
winnung, der Rohstoff- und Materialverfeinerung in einer Hand
hatte, ihr übergeordnet blieb, zugleich verbunden mit dem
Strome des Kredits, ohne den eine Industrie ja nicht leben kann.
Es war eine automatische Kontrolle, die mit ausgezeichneter
Genauigkeit in Wirksamkeit war. In dieser Verflechtung war der
Stahltrust zwar ein sehr brauchbares Glied, aber doch nur ein
Teil, der von draußen mit bewegt wurde.
Zur Sicherung seiner Grundlage hatte der chemische Trust Hand
auf die Kohlenfelder gelegt, auf die rheinischen und die Gruben
an der Loire, die Felder von Aumetz-Friede und das Becken
von Cardiff. Natürlich wäre es für den Trust zwecklos gewesen,
die Kohlenvorkommen umfassend anzugliedern oder sich irgendwie abhängig zu vertrusten. Er arbeitete im Grunde wie
der kleinste Kaufmann nach seinem voraussichtlichen Bedarf,
mit einem kleinen Zuschuß drüber an Reserven und speku-
lativem Risiko. Mochte das übrige bleiben wie es war, die Konjunktur abwarten, Geld zuschießen, ein wenig verdienen und
dann alles verlieren, wenn erst einmal die Kohle überflüssig
geworden war. So schien auch bisher der polnische und deutsche
Kohlenbesitzer in Oberschlesien keine Gefahr. Beobachtet zudem und kontrolliert zugleich von Petschek und Friedländer-
Fuld, die zwar Gegner, aber gelegentlich beide zugleich als
Agenten der I.G. Farben tätig waren. So in Mittel- und Ost-
deutschland, wo sie dem Trust die Braunkohlenvorkommen
sicherten, die das Reich und Preußen in ihrem Bestreben, Einfluß
auf die Stromerzeugung und -Verteilung zu gewinnen, Braun-
kohlegesellschaften als Reserve zu übernehmen beschlossen
hatten.
Aus diesem Kampfe hatten die Oberschlesier etwas gelernt.
Es war im Grunde nur eine Verwaltung, die sich auf den freien
Kampfplatz vorgewagt hatte, die Schaffgotsche Verwaltung. Die

anderen gingen nur mit, immerhin nach außen als wirksamer Schutz. Um den Plan der Schaffung zunächst einer eigenen oberschlesischen Stickstoffindustrie mit dem Angebinde weiterer künstlicher Rohstofferzeugung einen Schritt weiterzubringen, hatten die Schaffgotsch Interesse genommen an der Brikett- und Braunkohlen-Industrie A.G., der sogenannten Bebiag, und damit sich ihren eigenen Herrn und Meister, die Friedländer-Fuld-Interessen, aus denen die Bebiag entsprossen war, in dessen eigenen Wirkungskreis für ihre weiteren Interessen gebunden. Wie wenn der Schuldner, des ewigen Tretens müde, seinen Gläubiger plötzlich aufkauft und schluckt. Die Bebiag trat damit als neuer Kämpfer gegen Petschek und die I.G. Farben und den Fiskus auf den Plan. Das war der Augenblick, da die Visiere heruntergelassen werden mußten, der taktische Wendepunkt, der den Fiskus in die Arme der Schaffgotschen Verwaltung trieb. Um die wirtschaftliche Macht können immer zu gleicher Zeit nur zwei Gegner kämpfen, die Gestaltung der Bündnisse war zu offenbar gegeben. Schaffgotsch gewann an Einfluß, um die noch fehlende Machtstellung in etwa zu ersetzen. Der Stahltrust trat in den Hintergrund.

Und so begann dieser Kampf, dessen einleitende Episode das Ringen um die Aufsichtsratsposten in der Ilse-Bergbau war. Die Züge folgten jetzt Schlag auf Schlag. Die Ereignisse überstürzten sich.

Im Vorfelde streiten die Juristen. Die Chemische Industrie hat die Eigentümlichkeit, in ihren Anlagekapitalien sehr sparsam zu sein. Sie bezahlt ihre Chemiker schlecht, und sie sargt alle Verbesserungen und Patente sorgfältig und mit eisernen Nerven ein, bis sie die Zeit dafür gekommen hält, sie anzuwenden. Mit dieser Ruhe hält der Ehrgeiz ihrer wissenschaftlichen Arbeiter selten Schritt. Sie wollen aus dem Tresor, der ihre Arbeit eingesperrt hat, heraus; sie gehen auf den Markt und sie bieten sich jedem an, der nur den Mut hat, mit ihrem großmächtigen Herrn sich anzulegen. Auf diese Weise kommt es, daß jede Erfindung bestritten, jedes Verfahren beliebig gestoppt und jede Produktion auf Schadenersatz verklagt werden kann. Damit beginnen die Juristen. Es ist ein Irrtum anzunehmen, daß in Wirtschaftskämpfen die üblichen Paragraphen des Strafgesetzbuchs etwa fehlen. Sie sind alle da, Meineide und Erpressung, einfache Verleumdung und die Unsumme der Paragraphen, die dann herangezogen zu werden pflegen, wenn man daran geht, das Privatleben des einzelnen durchforschen zu lassen. So beginnt es.

Auf dem Fuße folgen die Regierungen. Ist die Front abgetastet, haben sich gewisse größere Streitkomplexe herausgeschält, die die geltenden Gesetze und Verordnungen, Handelsverträge und internationalen Anleihen berühren, so greift die Regierungsmaschine ein. Die Ministerien gehen gegeneinander, in den Ministerien die Ressorts, die Sachbearbeiter gegen die Referenten und die Länder gegen das Reich. Die wissenschaftlichen Institute marschieren in der Kampffront auf, die technischen Hochschulen und die Referenten der Wirtschaftskunde an den Universitäten. Auch hier in diesem Einzelfall rächte sich die Sparsamkeit des Chemietrustes, denn nur die wenigsten dieser Kämpfer waren vom Trust direkt bezahlt. Der Trust hatte es für ratsam gehalten, nur überall einen oder zwei Vertrauensleute zu halten, obwohl es ihm ein Leichtes gewesen wäre, den ganzen Stab, der letzten Endes doch nur seine Interessen, die des Trustes, vertrat, zu besolden. So wurden diese Leute dafür mit dem Gelde der Steuerzahler, das ist derjenigen, auf deren Rücken dieser Kampf ausgetragen wurde, bezahlt.

Aber der Trust glich dieses Manko aus, indem er zur Ablenkung den Fiskus wirtschaftlich direkt angriff. Er drohte, den staatlichen Elektrizitätswerken die Kohlen zu sperren, den städtischen Stromverteilungsstellen, die auf seine Lieferung angewiesen waren, den Strom abzuschneiden. Er schraubte die Preise hoch, er griff in schwebende Handelsvertragsverhandlungen und stülpte künstlich aufgebaute, das ist verschleierte, Zollschemen um. Dadurch rückte die Front tiefer zurück und auf die Parteien. Es ging jetzt darum, die Gültigkeit von Entscheidungen in Zweifel zu ziehen, sofern sie auf eine gewisse Dauer Anspruch erheben, und das ist in der Mehrzahl wirtschaftlicher Einzelfragen der Fall. Die Parteien marschierten auf. Die Welle ging ins Volk, ging über auf die Hintermänner und Einpeitscher, in Wahrheit die nationalen Helden.

Der soziale Friede wurde in Mitleidenschaft gezogen. Man ging mit Aussperrungen vor, Lohnkämpfe wurden erzwungen, Unruhe erzeugt und weitergetragen. Es war gerade die Zeit allgemeiner Friedenssehnsucht. Der Bürger hat es satt, sich um die Politik den Schädel einschlagen zu lassen. Er will verdienen, er

will ruhig verdienen, wie das früher schon die Großväter getan
hatten, als sie die Spargroschen aufhäufen konnten, um ab und
zu damit so einen kleinen Fischzug zu machen. Mit der Armee
dieser aufgestörten Bürger konnte man kämpfen, und die beiden
Gegner stürzten sich auf diese Masse, um sie sich dienstbar
zu machen. Sie lauerten einander an auf das Stichwort. Sie
zögerten – die Presse fuhr ihre Stinkkanonen in Stellung –––
Die Straße stieg empor, der Geruch des Pöbels. Noch ist die
Phrase und das Maulheldentum wiedergeboren, der Vortrags-
redner, der Sektierer und Gesundheitsapostel, der Verein und
der Agitator –
Da stoppte die Kirche ab.

IV. Die Kirche stiftet Frieden

Es ist schon in den früheren Jahrhunderten ein Vorzug der
katholischen Kirche gewesen, daß sie den Eindruck zu erwecken
verstand, mit ihren Gläubigen auf Leben und Tod verbunden
zu sein. Kämpften die Gläubigen, so kämpfte die Kirche mit.
In der Zeit dieser diffizilen und weit verzweigten Wirtschafts-
bildung hat sich das etwas verschoben und ist recht schwierig
geworden, der Grundzug aber ist geblieben.
Es ist kirchlichen Ohren oft nicht angenehm zu hören, wenn
von der wirtschaftlichen Macht der Kirche gesprochen wird –
aus begreiflichen Gründen. Aber nicht darum handelt es sich.
Die Kirche kennt in ihrer Geschichte zahlreiche Fälle, daß ihre
Günstlinge, die sie mit dieser ihrer wirtschaftlichen Macht unterstützt und groß hat werden lassen, sich später von ihr abgekehrt
und ihre neugewonnene Stellung gegen sie selbst gerichtet
haben, wie das eben ein Schuldner tut, dem dieses Verhältnis
unbequem ((wird)) und der nach jedem Mittel greift, um es
abzuschütteln. Sicherlich war in diesen Zeiten vergessen worden,
im Gleiwitzer Gebäude der Schaffgotschen Hauptverwaltung die
Angestellten zum Besuch der Frühmesse anzuhalten, und insbesondere die leitenden Angestellten, denn diese geben das gute
Beispiel. Natürlich trieb sie der Rausch eines Kampfes und die
Chance weltlicher Macht aus der Ordnung einer guten alten
Überlieferung, man hätte das verstehen können, und man verstand das auch. Aber was wird das Ende sein, gibt es denn einen

Halt – darin lag die Sorge, und mahnende Vorsicht war geboten.

Die Verwaltung, der die Ballestrems und die Plesser nur ihre Vollmacht mit anvertraut hatten, war nicht zuletzt mit dem Einfluß der Kirche in diese Stellung gelangt. Sie hatte auf Grund dieser Stellung einen nicht zu unterschätzenden Einfluß auf die Provinzialverwaltung und bis in die Regierung erlangt. Sie war so stark geworden, daß sie die oben gekennzeichnete Politik auf eigene Faust und nach eigenem Plan verfolgt hatte, und zwar mit Erfolg. In der Auseinandersetzung mit dem Trust waren ihre Aussichten nicht ungünstig. Obwohl schwächer, hielt sie den Trust durch ihre Partnerschaft mit dem Fiskus im Schach, für solange Zeit wenigstens, bis unter immerhin angemessenen Bedingungen ein gegenseitiger Ausgleich angebahnt werden konnte. Darin konnten die Schaffgotsche und die mit ihr Verbündeten nur gewinnen, alles in allem genommen. Deshalb ließen die kirchlichen Kämmerer und Würdenträger, die für diesen Fall zusammengetreten waren, den so naheliegenden Fall, die Ballestrems von den Schaffgotsch zu trennen – ein Mittel, das sich so oft bewährt hat – fallen. Man soll niemandem raten, eine Front zu verlassen, an der man verdient, um so mehr, wenn man daran mitbeteiligt sein will. Das war offenbar. Mochte für Oberschlesien die Stickstoffindustrie blühen, die Kunstseidefabriken, der künstliche Zellstoff und die Erzeugung synthetischer Fette. Schweren Herzens ging die Kirche darin mit. Noch war der Punkt, die Sonde einzusetzen, nicht gefunden. Vielleicht hätte sie manchen Schleier lüften können, hinter dessen Schutze die oberschlesische Kohlenindustrie ihren unglücklicheren Nebenbuhler um die Gunst der Banken, der Großfinanz und der Regierung, die Eisenindustrie, von Position zu Position gedrängt und zuletzt kleingekriegt hatten. So manche diskrete Fäden laufen zu dem plötzlichen Auftreten von Zusammenrottungen, Bojowken, Gewalttaten, die die an sich schon aufgeregte Menge mitreißen, und so manches mehr. Aber bei dem engen Verhältnis der Kohlenfamilie zum bischöflichen Stuhl war das etwas gefährlich, an diese Dingen zu rühren. Die spontane Hilfsaktion des Klerus bei den letzten Streiks zu Gunsten der Streikenden war vielleicht noch in Erinnerung –

Schweren Herzens bot die Kirche ihre Vermittlung an. Sie konnte

136

so leicht auf steinigen Boden stoßen. Sie hatte manche Zusammenhänge verloren ...

Aber der Fiskus griff freudig zu. Und so stoppte die Kirche den Kampf ab.

Der Fiskus sah sich selbst schon als Mahlstein, während er nach der herrschenden Auffassung vom Staate der regulierende Ausgleich sein soll. Er drückte die gefühlvoll ihm dargebotene Hand mit nicht minder gut verborgener Unsicherheit. Die Kirche wachte über ihre Gläubigen, darin verstand man sich. Das oberschlesische Volk war ein katholisches Volk, es war in Gefahr, und die Gläubigen sollen nicht gegen die Gläubigen kämpfen. Die Fühler der beiden streitenden Parteien berührten sich. Der Ausgleich war im Marsch. Und so kam die Vereinbarung zustande.

Man kartellierte. Man verbündete sich. Man teilte den Markt auf. Man gestand sich gewisse Gebiete und Wirtschaftszweige zu – zum Aufschlucken. Das oberschlesische Wirtschaftsgebiet stellt sich um. Es baut sich organisch, in der gegebenen Entwicklung der Jahrzehnte, aus – wie eben die neuen Arbeitskräfte heranwachsen. Das Alte ist morsch, es muß aus dem Wege geräumt, bereinigt werden. So war die Rationalisierung und der Umbau der Industrie gesichert. Das oberschlesische Eisen verschwindet, das Zink wird beiderseitig kontrolliert, die oberschlesische Kohle wird auf den Bedarf der sich neu entwickelnden Erzeugungszweige rationalisiert. So lange, bis neue Kräfte am Werk, neue Vorstöße die Lage des einen oder des andern Partners von Grund auf ändern. Das war der Kompromiß, zu dem die Kirchen zur Erhaltung des katholischen Charakters dieses Volkes ihren Segen gaben. Denn die neue Lage wird schwerwiegende Erschütterungen im Gefolge haben. Der Friede nach oben war zunächst besiegelt. Die Kohlenbarone werden an der Entwicklung im Westen mitverdienen in dem Ausmaße, wie es vertraglich heißt, den sie zur Erreichung der ihrer kommenden chemischen Industrie zugebilligten Quote benötigen.

Die Regierungen werden sich umstellen. Einige Köpfe werden wechseln, und einige Namen werden anders heißen. Und wieder ist Friede ringsum.

Nur in der Kirche selbst blieb noch ein Rest, ein sehr heikler Rest jener Unruhe, die erfahrungsgemäß so außerordentlich leicht zu einer Erschütterung des hierarchischen Prinzipes führt.

Die Diplomatie ist eine Sache der Großen und der Glaube diejenige der Geringeren. Ganz unten steht der Mann aus dem Volke, der Sohn des Arbeiters und des Grubenbeamten, des armen Händlers aus dem Industriedorf, den der Ortspfarrer hat studieren lassen, um wieder ein Pfarrer zu werden. Er hat von der geistlichen Stufenleiter, wie schon sein Wohltäter und Vorgänger, nur eine beschränkte Vorstellung, wie von etwas Großem, Gewaltigen, das sich den Nachforschungen des Profanen entzieht. Er hat nur die Disziplin gelernt, verziert mit der Vorstellung, ein Streiter Gottes zu sein. Dieser Mann ist dem Volke nicht fremd, er kennt seine Sorgen, die Ängste vor dem kommenden Ungewissen, das immer um die Arbeiter ist. Und er möchte helfen, helfen auch nach oben. Aus den so entstehenden Berichten des niederen Klerus rundet sich für den Diplomaten das Bild, dieser Unruhe Herr zu werden. Diese Leute sind ja nur die sozialen Außenposten. Sie werden zurückgezogen. Man verweist sie ins andere Sprengel. Sie arbeiten dann in einem andren Weinberge des Herrn. Sie werden rausgerissen aus dem Halt, von den Menschen, denen sie sich in Liebe genähert haben, fortgejagt, diszipliniert, verschickt und bestraft. Damit beginnt es.

Sie werden sich kaum bewußt, was mit ihnen geschieht; und was sich vorbereitet. Sie beugen ihr Haupt in Demut. Das Herz kann man nicht sehen, das Blut, und niemand kann alle Gedanken lesen. Manchmal flackert das Auge, und in Augenblicken, in denen der einzelne sich unbeobachtet glaubt, zittert die Stimme ein wenig. Es fällt schwer, Abschied zu nehmen. Das oberschlesische Land und das Volk, das sich darin verbirgt, ist katholisch. Es ist schnell aufbrausend, gewalttätig und dabei so gutmütig. Es ist vielleicht nicht ganz sicher, ob das Volk wirklich an Gott glaubt, an die heilige Anna und die heilige Barbara. Aber es glaubt an die Menschen, unerschütterlich und ganz steif und fest.

V. Ringel Ringel Reihe

Darüber unterhielten sie sich gerade zum Abschied, der Kaplan und das hervorragende Mitglied der Gewerkschaften, und beide waren bedrückt von Sorge.

„Sie werden das Cello sehr vermissen."

„Ja, unsere Abende. Aber ich hoffe doch, daß ich auch in meinem neuen Wirkungskreis musikliebende Menschen treffen werde."

Der Kaplan seufzte etwas.

„Ach, das ist die Frage", unterstrich das der Arbeiter, „im Quartett muß aufeinander eingespielt sein."

Die beiden gingen auf der Chorzower Chaussee nach den großen Elektrizitätswerken zu, immer ein Stück auf und ab. Schließlich brauste der Arbeiter auf. „Ich laß es mir nicht ausreden, daß das alles ein abgekartetes Spiel ist."

„Es sind wohl Kräfte am Werk, die uns noch nicht sichtbar sind. Wir können sie nicht verurteilen, wenn wir sie nicht einmal kennen."

„Aber sagen Sie doch selbst, wir werden ja nicht gefragt, man bestimmt einfach über uns hinweg. Das muß doch die Menschen zum Nachdenken bringen, das schafft doch eine Erbitterung, die eines Tages explodieren wird."

„Damit, hoffe ich, werden Sie nichts erreichen", sagte müde der Kaplan.

„Erreichen oder nicht", schrie ihn der andre plötzlich an, „alles das verlangt doch mal nach einer Auflösung. So geht es nicht weiter, es ist einfach unerträglich."

„Es ist fraglich, ob wir mit unseren Kräften es ändern können", murmelte der Diener der Kirche.

„Ach was!" Der Arbeiter hatte den Arm des andren ergriffen und sah ihm scharf ins Gesicht, während sie stehenblieben. „Ach was! Schmeißen Sie doch den Krempel hin. Sie fühlen wie ich und wir alle. Sie sehen doch, wohin das noch führt."

Der Sohn des Bergarbeiters, der ein Priester geworden war, schwieg eine Weile. Und dann lächelte er fast unmerklich.

„Ich weiß, was Sie denken", begehrte der andre auf; und dann setzten sie sich wieder in Marsch. „Sie werden es bis zuletzt nicht wahrhaben wollen, aber es gibt doch nur den Kampf bis aufs Messer. Alles andre hilft nicht. Sie drängen es ja uns auf, die anderen und auch Ihre Leute, Sie sagen es ja selbst, sie zwingen uns ja geradezu diesen Kampf auf" – es klang einlenkend, er hätte gern die gegenteilige Ansicht gehört.

Aber der Kaplan schwieg. Vielleicht tat es ihm weh, solche Worte zu hören. Er war mit dem andern gewissermaßen schon von der Schule aus aufgewachsen, obwohl sie sich erst später in ihrem beiderseitigen Beruf kennengelernt hatten. Er stand außerhalb der eigentlichen Welt des Arbeiters, wie vielleicht der andre auch, der sich mit einem fanatischen Eifer in seiner Freizeit als Metallarbeiter auf das Studium gestürzt hatte. Später war er die recht beschwerliche Treppe des Gewerkschaftsbeamten emporgestiegen, hatte sich durchgesetzt und war allen Anfeindungen gegenüber fest geblieben, die Notwendigkeiten seines Verbandes und die Interessen der Arbeiterschaft im allgemeinen zu vertreten. Auf dieser Entwicklungsstufe gibt es keine Phrasen mehr, und so konnte er sich auch mit dem Kaplan verständigen, der von seinem Standpunkt aus das gleiche oder zum mindesten etwas sehr ähnliches tat.

Aber in der Stunde des Abschieds, beides auch leidenschaftliche Freunde der Musik, was sie noch enger miteinander verbunden hatte, wurden sie sich wieder oder vielleicht sogar plötzlich erst – fremd.

Der Kaplan sprach in seiner müden und ein wenig tonlosen Ausdrucksweise weiter: „Sie möchten so gern dem einen oder dem andern eine bestimmte Schuld zuschieben. Sie beharren darauf, allem eine gewisse Absicht zuzuschreiben. Als ob Ihnen damit geholfen wäre. Jeder hat seinen Beruf und darin seine gegebene Grenze. Der Lohnschreiber, der die Wagen zählt, und der Meister, der das Gewicht ihm ansagt, sie haben direkt miteinander nichts zu tun, noch weniger mit dem Hauer und seinen Leuten. Sie werden ja alle nur künstlich mißtrauisch gegeneinander gemacht, warum soll der eine vom andern das Böse wollen – Wir haben doch in der Zeche die Leitung, eine Organisation, die diesen Verkehr abwickelt. Glauben Sie wirklich, daß jemand im Trust darauf aus ist, an diesem Räderwerk, das automatisch ineinander greift, noch etwas zu verdienen, daß der obere den unteren darin unterdrückt – ich kann mir das nicht denken. Gott, es gibt vereinzelte Fälle, und sie werden ja auch sofort beseitigt, aber die Verwaltung, sagen wir die Buchhalter, die Prokuristen, die Direktoren haben doch damit nichts zu tun. Sie haben ja jeder eine bestimmte Aufgabe wieder für sich..."

„Nein, sagen wir die Aufsichtsräte, die Aktionäre, die Bankiers, die Börsenleute, die Kapitalisten", fiel der andre ihm in die Rede.

Dieser zuckte die Achseln. „Ich verstehe das nicht. Warum sollen sie denn den Arbeiter betrügen wollen. Er hat doch seinen Vertrag. Vielleicht muß er besser sein, gewiß. Aber alle die Bedingungen stehen ja schon vorher drin."

Der Arbeiter aber wurde wütend. „Quatschen Sie jetzt nicht. Vielleicht haben diese Leute weder Zeit noch Lust, jeden einzelnen zu betrügen. Brauchen sie auch nicht, denn sie betrügen ja alle, die Gesamtheit. Sie haben einen Apparat, sie haben doch die Organisation in der Hand." Und als der andere schwieg, überstürzten sich die Worte. „Warum ist denn keine Arbeit da. Was können die Arbeiter denn anders tun als arbeiten. Sie haben doch nichts weiter gelernt. Vielleicht geben Sie uns Arbeit als Direktoren oder als Schreiber, oder als Aufsichtsräte und Aktienhändler. Das mag ja auch eine Arbeit sein. Warum müssen denn gerade die Arbeiter auf die Straße geworfen werden. Sie sehen doch, was hier vorgeht" – er war außer Atem gekommen.

Der Kaplan hatte eine gewisse Frische wiedergewonnen. „Lassen wir das, lieber Freund. Jeder hat seine Arbeit und seine Aufgabe und muß sehen, wie er damit durchkommt. Auch der Börsenmann bewegt sich in seinem Kreis, und es kommt vor, daß er darin seiner Aufgabe nicht gerecht wird und dann zu Grunde geht, wie der Arbeiter auch."

„So hören Sie doch", schrie der andere, „der Arbeiter hat das gar nicht in seiner Hand!"

„Nein, aber er steigt auf, er wandelt den Staat um, der sozial denkende Mensch wird ihm helfen, er muß nur warten können, sich bescheiden. Bedenken Sie doch, was in diesem Jahrhundert gerade für die Arbeiter erreicht worden ist."

„Da sind aber noch gewaltige Hindernisse im Wege" – seine Kraft schien erschöpft.

Dagegen wurde sein Partner immer eifriger. „Auch das wird sich wandeln, die Maschine des Staates und unserer Gesellschaft und vielleicht auch das, was Sie das Kapital nennen. Die Arbeit ist doch ein Teil der Erzeugung, sie gehört dazu, wesentlich mit ihrem Erfolg verknüpft."

„Eben" – höhnte der andere. Und dann stieg eine Welle von Wut in ihm hoch, die doppelt schmerzte, da sie inhaltslos und ohnmächtig war. Nie zuvor hatte er in einem einzigen Augenblick gefühlt, daß ein großer Teil seiner Arbeit, für die er Zeit und Bequemlichkeit seines Lebens eingesetzt hatte, zwecklos war. Er bestimmte nicht über den Erfolg, den Zweck, die Energie, sie weitertreibend nutzbar zu machen. Die andern, vielleicht eine Organisation, eine Maschine – die nahm sie auf und warf sie weg oder bog ihren Zweck um zu etwas, das ihm ganz wesensfremd und sicherlich feindlich war. Und er trieb rettungslos von den Arbeitern fort, die eine schwarze, dumpfe drohende Masse geworden waren. Was dachte der einzelne, der von der Schicht heimkehrend die Suppe herunterschlang, die Kartoffeln und die Grütze und das Brot, schlang und schlang – was mochte er denken. Nirgends war ein Ausweg. Vielleicht war ihm wohl – er dämmert dahin, der Großvater hat so gelebt und der Vater, und er hat es nicht anders gekannt. – Der Arbeiter hat oft zu seufzen.

Pfui Teufel!

Die beiden waren eine Zeitlang schweigend nebeneinander hergegangen. Sie hätten sich noch ein paar Worte sagen wollen, die sie in äußerem Frieden auseinandergehen ließen.

Da kam von den Stickstoffwerken her eine Rotte junger Burschen gezogen. Vor dem Portal der Oberschlesischen Kokswerke hatte sie Halt gemacht. Während noch soeben ein wirrer Lärm zu den beiden Spaziergängern gedrungen war, wurde es plötzlich still, so daß ihre Aufmerksamkeit erregt wurde.

Der Trupp hatte sich an das Blechschild ((gedrängt)), das am Toreingang angebracht war. Dieses Blechschild war ein Wahrzeichen des Reviers, es fehlte an keinem Portal eines Verwaltungsgebäudes, an keiner Zeche und keiner Grube. Darauf stand: Arbeiter werden nicht eingestellt. Das war nichts besonderes, und solche Blechschilder kannte jedes Kind, es war schon damit aufgewachsen.

Aber irgendwie hatte gerade dieses Blechschild die besondere Beachtung der jungen Leute erweckt. Sie rissen es herunter und traten darauf mit Füßen. Und dann stießen sie gegen das Tor, daß es sperrangelweit aufflog.

Eine Anzahl athletischer Gestalten stürzte vor und auf die Jungen und wollte sie am Kragen fassen. Die aber waren darauf vorbereitet, wichen aus und fielen von der Seite her auf die Wächter ein. Die Wächter hatten nur ihre Fäuste. Es waren Athleten, besonders geschulte Leute, deren Kraft anständig bezahlt wurde. Sie waren darauf geübt, schonungslos denjenigen niederzuschlagen, niederzutreten, der nicht auswich, der sich in den Weg stellte und nicht sofort das Weite suchte – eine Art eiserne Walze. Man sprach nicht und man schrie nicht. Vielleicht hatten sie Gummiknüppel und Revolver in den Taschen, aber sie kamen gar nicht dazu, sie anzuwenden.

Die Jungen gingen wie auf Verabredung mit Schlagringen, eisernen Bolzen, Kniestücken, mit Steinen und Latten gegen die Bullen vor. Dumpf und beinahe lautlos. Einer der Bullen hatte einen jungen Kerl im Griff. Die nächste Bewegung wird dem das Kugelgelenk ausheben, den Oberarm brechen wie ein Stück trockenen Spanes und dann den ganzen Jungen vor die Kanalisationsröhren schmeißen, den Kopf nach unten.

Noch stand der Bursche aufrecht. Einen Augenblick war das Gesicht im Krampf verzerrt vor Schmerz, dann spannte es sich langsam wieder, alles kaum länger als der Mensch einen Gedanken fassen kann, und dann stieß er die gespreizten Finger dem Bullen in die Augen, krampfte sich mit der andern Hand fest an den Zähnen und riß ihm im Sturz die Fresse auf, Blut und Schleim.

Die beiden Zuschauer standen wie gebannt. Es wühlte in diesen Menschen. Sie hätten sich in die Menge hineinstürzen wollen, die Kämpfenden auseinanderreißen, zuschlagen, alles endlich herausschlagen, Frieden stiften, beruhigen und feste mit den Fäusten auf die Menschen, die dafür bezahlt sind, daß sie auf die Arbeiter...

Da ratterte von der Bismarckhütter Chaussee her, gerade von der großen Schleife her – hörte man den Lastwagen rattern, näher und näher rattern, schon klirren, fühlt man direkt die schweren Felgen klirren und ächzen, die Gestelle – und dann sahen sie den Wagen mit den Gendarmen von der Bismarckhütter Station.

Und es war den beiden, daß sie sich nicht bewegen konnten. Wandten sich ab, machten die Augen zu, drehten den Kopf mühsam und ein wenig, vor Aufregung zitternd, schamvoll und in Todesangst.

VI. Kehraus

Ein silbriger Streifen von Sonne zog sich über das Land.

Die Schere, die im Frieden der Stickstoffproduzenten mit Staat und Kirche vereinbart worden war, hatte zu wirken begonnen. In Gruppen zu hundert und mehr Familien wurden die Leute angeworben. Der so lange künstlich aufrechterhaltene Trennungsstrich als Deutsche oder Polen war mit einem Male verwischt. Wieder wurden sie ein Volk, ein einheitliches Volk, das oberschlesische Volk, das ohne Arbeit war und Brot und das in seinen besten Teilen ausgesiedelt werden sollte. Dafür stellten die Regierungen Mittel zur Verfügung und die Kirchen ihre Pfarrer, die die Kolonisten-Gruppen begleiten würden, um an ihrem neuen Arbeitsplatz sogleich mit dem Bau des Gotteshauses zu beginnen. Unterstützt darin von den beiden Regierungskommissaren, dem polnischen und dem deutschen, die den Transport in Empfang nehmen und ihn an seinem Bestimmungsort ordnungsgemäß abzuliefern hatten.

Die Leute schrieben sich bei den herumreisenden Agenten, die von Haus zu Haus gingen, in Listen ein. Sie unterzeichneten damit einen Kontrakt, der sie zu einer fünfjährigen Arbeit bei einem Bahnbau, zur Anlegung von Plantagen, in Industriebetrieben, Gruben und Hütten verpflichtete, die Erwachsenen und die Halberwachsenen, nach den Vorschriften der internationalen Arbeitsbestimmungen. Diese Kolonistengruppen werden in der Regel nach Übersee gehen, in Gebiete, deren eingeborene Bevölkerung zerstört, zermürbt und zerrieben worden ist, und die bei ihrer wirtschaftlichen Erschließung nach Arbeitskräften hungern. Sie erhielten darauf einen Vorschuß von dem Kontraktpartner, den der Staat in Gestalt der Kommissare und die Kirchen in Gestalt ihrer Diener ihnen wieder abnahm, vertraglich. Denn diese hatten den Transport zu organisieren, und von dem Geld, das ja praktisch nicht zur Auszahlung kam, wurden die Leute unterwegs verpflegt. Am Arbeitsplatz stellte die unternehmende Firma den Wohnraum zur Verfügung, der nach Ablauf des Kontraktes in das Eigentum des Bewohners übergehen sollte.

Die Schere griff weiter. Es verbreitete jemand, daß nach dieser Zeit den Leuten nichts anderes übrig bleiben würde, elend zu verhungern oder zu Bedingungen zu arbeiten, die dem dortigen

Unternehmer gerade paßten. Die Unterschriften flossen daraufhin spärlicher. Da erließen die Regierungen Bekanntmachungen, daß alle Verträge international geregelt seien, daß die Regierungen es nicht zulassen würden, daß die Lage der Ausgewanderten sich schlechter gestalten sollte als in der Heimat. Und sie sperrten die weiteren Unterstützungen und drohten, sich von dem Hilfswerk im ganzen zurückzuziehen. Das predigte der Pfarrer von der Kanzel. Und den Arbeiterverbänden wurde ausdrücklich das Recht zugestanden, auch am neuen Siedlungsort in Wirksamkeit treten zu dürfen, nach den jeweils geltenden Bestimmungen des betreffenden Landes. Unter dem Schutze dieser Bewegung bereiteten die oberschlesischen Industriellen die Umstellung ihrer Betriebe vor. Sie kehrten aus und gründlichst.

Ein silbriger Streifen von Sonne zog sich über das Land.
Die gelben Rauchschwaden deckten den Sonnenball zu und schnitten ihn in Fäden und Streifen. Ein Windstoß ballte die Rauchsäulen zusammen, warf sie im Wirbel zueinander, so daß sie wie Gewitterwolken drohend über der Straße hingen, und zerriß sie dann ebenso plötzlich wieder, so daß ein Stück fahles Blau sichtbar wurde. Denn es war Frühling.
Vor Hindenburg hatte ein Trupp dieser Auswanderer sich gelagert. Große Bündel mit Betten, Wäsche und Kleidern lagen überall herum. Mochte das der Beamte aufschreiben, der mit Listen und immer wieder Listen von einem zum andern ging und schrieb und schrieb. Die Leute lagen auf dem Kopfstein, langhin, gleichgültig und müde. Sie lagen und schliefen und träumten und blinzelten in den Sonnenstreif. Die Weiber, die Männer und die Kinder. Einige der Frauen hatten die Säuglinge an der Brust. Über ihnen spannte sich der Himmel von Hindenburg.
Sie mußten alle warten und warteten. Ein gleicher Zug, der von Zalenze mit der Bahn hier erwartet wurde, sollte sich mit ihnen erst vereinigen, mitregistriert werden, ehe sie verladen werden konnten. Einige Neugierige standen herum, Fremde, Geschäftsreisende, die schüchtern ab und zu mit dem Vorschlage herausrückten, ihnen etwas für die Reise noch abzukaufen. Aber die Leute hatten keinen Pfennig. Es war unnötig, daß die Transportführer strengstens untersagt hatten, Schnaps mitzunehmen. Und

einige Kinder standen herum. So lagen die Leute und warteten. Polizeimannschaften sperrten den Platz ab.

Der Zalenzer Transport lief ein. Neue Ballen von Betten und Kleidern und ein paar armselige Geräte, darunter eine Nähmaschine, ein Fahrrad mit angebrochenen Felgen. Wieder Weiber, Männer und Kinder. Lagen alle zusammen jetzt wieder noch ein paar Stunden.

Dann verteilten sich plötzlich eine Menge Transportbegleiter unter die Leute, schrieen etwas und riefen die Namen auf, riefen und riefen. Von allen Seiten riefen sie plötzlich.

Und der Zug setzte sich in Bewegung. Ging hinein in die niedere schmutzig graue Bahnhofshalle, die wie ein böser Schlund war, ein Tor zur Hölle. Die Lokomotive brüllte, krächzte und schwieg fauchend mit kurzem Zischen.

Schweigend gingen die Männer, die Frauen und die Kinder, kein Schwatz.

Eine ganz winzige Spanne von Bewegung, eine kaum merkliche Stockung: Eine Mutter hatte ihr Brustkind, ein wenig zitternd, hochgehoben und geküßt. Und es dann bekreuzigt.

Und ein Junge, ein vielleicht gerade schulentwachsenes Bürschchen, war nochmal aus der Halle herausgestürzt und hatte angefangen, in jagender Eile auf dem Pflaster zwischen den Katzenköpfen zu kratzen. Kratzte da Erde heraus, die er in ein kleines Säckel tat, das er krampfhaft in der Faust hielt. Muttererde. Oberschlesische Heimaterde.

Land meiner Heimat, sei gesegnet.

Land meiner Heimat, sei verflucht!

ENDE

Grenze bei Beuthen, Oberschlesien

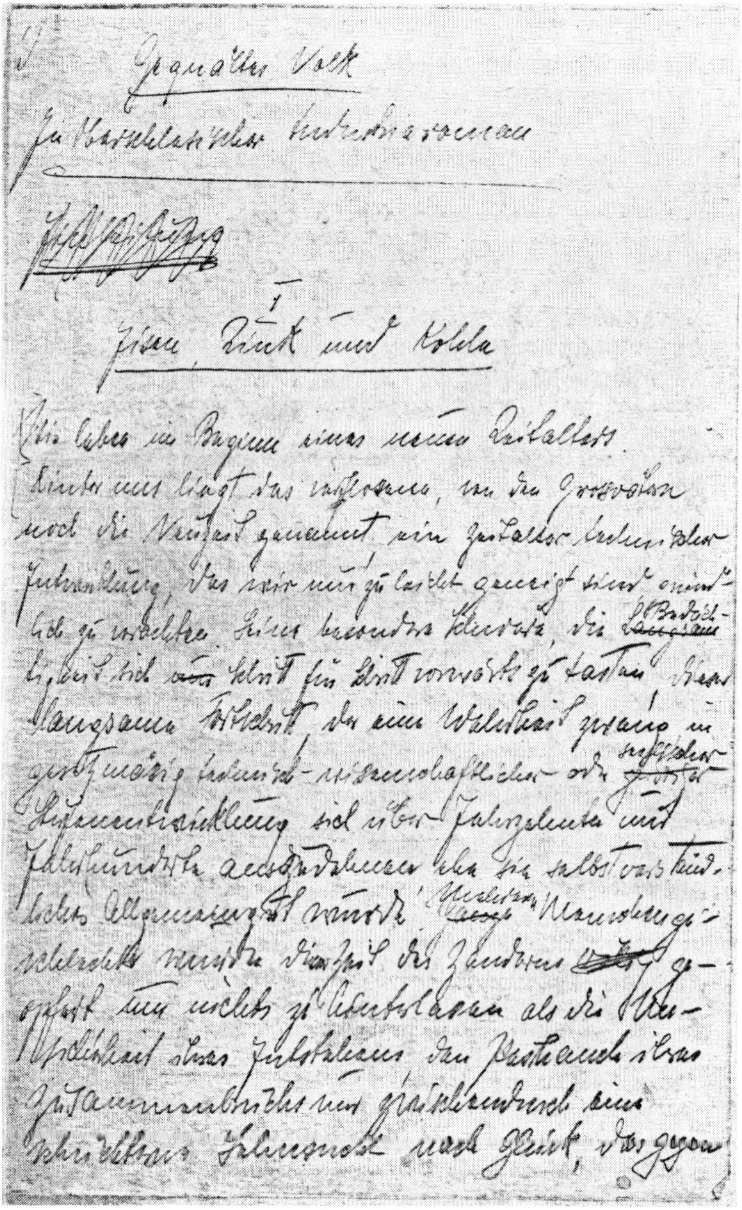

Gequältes Volk
Ein oberschlesischer Industrieroman

Faksimile der ersten Manuskriptseite

VIER BRIEFE ZU GEQUÄLTES VOLK

NEUER DEUTSCHER VERLAG   Berlin W8, den 6.I.1928
WILLI MÜNZENBERG   Wilhelmstr. 48

G/D

Werter Genosse Jung!
Durch einen Irrtum unterblieb bis heute die Rücksendung Ihres Romans „Gequältes Volk". Ich habe den Roman mit grossem Interesse gelesen, fürchte aber, dass er für unsere A.J.Z. Leserschaft doch zum Abdruck nicht geeignet ist.
Ich wiederhole mein schon früher an Sie gemachtes Angebot, speziell einen Roman für die „A.J.Z." zu schreiben und bitte Sie, diesen Gedanken einmal zu prüfen und ihn nicht von vornherein abzulehnen.
Separat sende ich Ihnen unsere neueste Verlagserscheinung „Transvaal" Russische Novellen und verbleibe

mit bestem Gruß
NEUER DEUTSCHER VERLAG
WILLI MÜNZENBERG

((An den J.M.Spaeth-Verlag, Berlin))   10. April
                                   C5, Koppenplatz 9

    Sehr geehrter Herr!

mein Vertreter, Herr Theodor Beye, Berlin-Halensee, Johann Georgstr. 7 hat Ihnen vor einiger Zeit für den Spaeth-Verlag zwei Manuskripte von mir überreicht. Herr Beye teilt mir nun mit, dass es ihm trotz mehrmaliger telephonischer Bitten nicht möglich gewesen ist, die Manuskripte, nachdem sie sich für Ihren Verlag als ungeeignet erwiesen haben, zurück zu erhalten. Herr Beye hat darauf aufmerksam gemacht, dass insbesondere für den Roman ihm sowohl wie mir durch diese Verzögerung ein Schaden erwächst, da es sich um die letzte verfügbare Kopie handelt.
Ich nehme an, dass es sich in der Verzögerung dieser Rücksendung um ein Versehen Ihres Büros handelt und bitte Sie sehr, Fehler oder Missverständnisse in Ordnung bringen zu lassen.

                            Mit vorzüglicher Hochachtung
                                  ((Franz Jung))

J.M. SPAETH-VERLAG
BERLIN C 2 * KÖNIGSTRASSE 52
Neue Adresse: Berlin SW 11, Dessauerstr. 23
Ro./Sch.   Berlin, den 13.IV.1928

Herrn
Franz Jung,
Berlin C 5
Koppenplatz 9

Sehr geehrter Herr Jung,
bei der Verzögerung der Rücksendung Ihres Manuskriptes handelt es
sich darum, dass wir am 1. April mit unserm Büro umgezogen sind
und es natürlich, wie Sie sich denken können, Tage gebraucht hat,
ehe wir wieder einigermassen in Ordnung gekommen sind. Wir bitten
Sie sehr, diese Verspätung zu entschuldigen, möchten aber die Gelegenheit dieses direkten Briefwechsels nicht vorübergehen lassen, ohne Ihnen
zu sagen, wie sehr wir es bedauern, aus geschäftlichen Dispositionsgründen die Edition Ihres oberschlesischen Romans in diesem Jahr nicht
vornehmen zu können. Wir halten Ihren Roman für eins der wenigen
wirklich wichtigen Bücher, die wir in der letzten Zeit gelesen haben,
und es ist wirklich für uns sehr schmerzlich, die Veröffentlichung
in diesem Jahr nicht vornehmen zu können. Wir sind Herrn Beye
besonders dankbar, dass er uns Gelegenheit gegeben hat, dieses Buch
kennen zu lernen.
        In vorzüglicher Hochachtung ergebenst
                                      J.M.Spaeth Verlag G.m.b. H.
                                                            ppa.

CARONA BEI LUGANO
SCHWEIZ

                                              Berlin-Steglitz
                                              Buggestr. 14
                                              Tel. Steglitz 7213

                                              14.9.28.
An Franz Jung/Berlin.

Werter Genosse Jung!

Ihr Roman ist von J.R. Becher und mir gelesen worden und wir
finden ihn beide für unsern Verlag geeignet. Leider ist es nun so,

dass augenblicklich alle verfügbaren Gelder in die Wahl gesteckt werden müssen und an Bücherproduktion erst im Herbst oder im nächsten Frühjahr gedacht werden kann - deswegen hat Ihnen wohl auch unser Verlagsleiter noch nicht geschrieben. Ich sende Ihm übrigens eine Abschrift von diesem Brief, ausserdem den Ihren, sollte Ihnen dann trotzdem keine Antwort zu gehen, dann wenden Sie sich bitte an den Genossen Becher, er hat augenblicklich das Lektorat des Internationalen Arbeiterverlages, seine Anschrift J.R. Becher / Proletarische Feuilleton Korrespondenz / Berlin C 25 / Kleine Alexanderstrasse 28.

Mit bestem Gruss
Ihr
Kurt Kläber

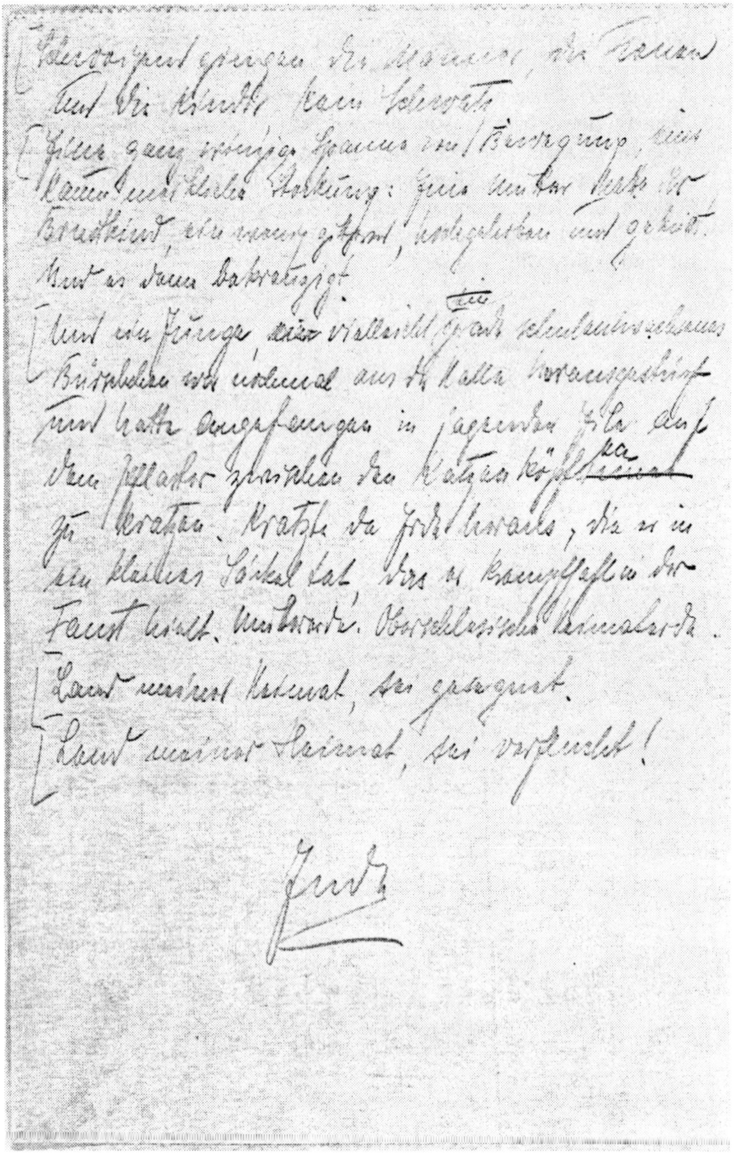
Land unserer Heimat, sei gesegnet.
Land meiner Heimat, sei verflucht!
Ende

Faksimile der letzten Manuskriptseite

Die Wettbewerbsgrenzen
der Steinkohle in Deutschland 1913 und 1932

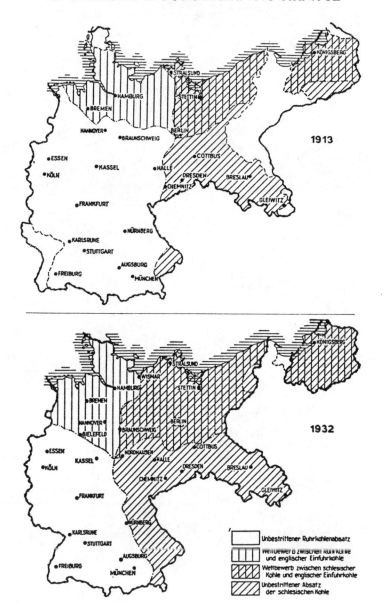

1913

1932

Unbestrittener Ruhrkohlenabsatz

Wettbewerb zwischen Ruhrkohle
und englischer Einfuhrkohle

Wettbewerb zwischen schlesischer
Kohle und englischer Einfuhrkohle

Unbestrittener Absatz
der schlesischen Kohle

Die Teilung Oberschlesiens
nach dem Genfer Beschluß
vom 20. 10. 1921

NAMSLAU •   • PITSCHEN

• CONSTADT

KREUZBURG

ROSENBERG •

• LUBLINITZ

OPPELN •

FALKEN-
BERG •

GROSS-STREHLITZ •

• TOST

TARNOWITZ •

ZÜLZ •

OBERGLOGAU •

FEDRETSCHAM

BEUTHEN

NEUSTADT •

COSEL •

GLEIWITZ •   HINDEN-
BURG •

KÖNIGS-
HÜTTE •

KATTOWITZ •

LEOBSCHÜTZ •

• NIKOLAI

KATSCHER •

RATIBOR •

RYBNIK •

SOHRA-

• LOSLAU

• PLESS

HULTSCHIN •

LANDESGRENZEN
VON OBERSCHLESIEN

KREIS- UND STADTGRENZEN

GRENZE ZWISCHEN ÖSTERREICH-
UNGARN UND RUSSLAND BIS 1918

GRENZE ZWISCHEN POLEN UND
DER TSCHECHO-SLOWAKEI
AB 1919

WESTLICHE GRENZE
DES ABSTIMMUNGSGEBIETES

NACH DER ABSTIMMUNG AM 20. MÄRZ 1921
DURCH GENFER BESCHLUSS
AN POLEN GEFALLEN

OHNE ABSTIMMUNG 1919 AN DIE
TSCHECHO-SLOWAKEI ABGETRETEN

Nachwort

Franz Jung hat seinen „oberschlesischen Industrieroman", der auch „Kohle" oder „Volk unterm Kreuz" heißen sollte, im Jahre 1927 geschrieben [1]. Ende 1926 unterbreitete Jung dem Cheflektor der *Büchergilde Gutenberg,* dem sozialdemokratischen Schriftsteller Ernst Preczang, einen Projektvorschlag „etwa des Inhalts: Geschichte eines Industriereviers mit Wirtschaftskämpfen, Trustentwicklung, Krisen etc. als Rahmen und dahineinverwoben naturalistisch geschildert Lebensentwicklung des Arbeiters, der Familie, seine Stellung zu allen heutigen Fragen insbesondere der kulturellen"[2]. Die Büchergilde schickte im Oktober 1927 das Manuskript von „Gequältes Volk" mit dem Hinweis zurück, es sei „leider für den größten Teil unserer Leser eine viel zu schwere literarische Kost"[3]. Zuvor hatte bereits die sozialdemokratische Buchgemeinschaft *Der Bücherkreis* eine Publikation abgelehnt, druckte dann allerdings im Januar 1929 in ihrer Mitgliederzeitschrift einen Auszug, und zwar das Schlußkapitel „Kehraus"[4].– Unter dem 6. Januar 1928 teilt Babette Groß namens des *Neuen Deutschen Verlages Willi Münzenberg* Jung mit, sie „habe den Roman mit großen Interesse gelesen, fürchte aber, daß er für unsere A.I.Z. Leserschaft doch zum Abdruck nicht geeignet" sei (und wiederholt übrigens das Angebot, Jung möge „speziell einen Roman für die *A.I.Z.* schreiben", für die *Arbeiter-Illustrierte Zeitung* der KPD also[5]). Im April 1928 schreibt Kurt Kläber vom Lektorat des kommunistischen *Internationalen Arbeiter-Verlages* an Jung: „Ihr Roman ist von J.R. Becher und mir gelesen worden und wir finden ihn beide für unseren Verlag geeignet. Leider ist es nun so, daß augenblicklich alle verfügbaren Gelder in die Wahl gesteckt werden müssen und an Bücherproduktion erst im Herbst oder im nächsten Frühjahr gedacht werden kann"[6]. Und schließlich „bedauert" der Berliner *J.M. Spaeth Verlag,* der sich 1928 durch die Herausgabe einer „Sammlung" von Schriften des anarchistischen Schriftstellers Erich Mühsam hervortun wird, „aus geschäftlichen Dispositionsgründen die Edition Ihres oberschlesischen Romans in diesem Jahr nicht vornehmen zu können. Wir halten Ihren Roman für eins der wenigen wirklich wichtigen Bücher, die wir in den letzten Jahren gelesen haben"[7]. Ein Auszug aus dem „Kehraus"-Kapitel ist dann 1931

157

in einem oberschlesischen Kalender in Ratibor erschienen[8].

Dort findet sich der (bislang nicht verifizierte) Hinweis auf eine russische Übersetzung des Romans in einer sowjetischen Zeitschrift, über die Jung auch in seiner Autobiographie „Der Weg nach unten" mutmaßt[9]; immerhin waren bis 1925 sieben seiner Bücher in Sowjetrußland erschienen[10], und womöglich wurde dort auch sein bislang unveröffentlichtes Stück „Arbeiter Thomas" (1928) gespielt. Jedenfalls hat sich Jung später, 1931, in einem Brief an den „Gen. Deutsch" von der Redaktion der Moskauer Zeitschrift „Prožektor" darum bemüht, die ihm „seinerzeit zugesicherten 1500,- Rubel Tantieme für meinen Oberschlesier-Roman zu bekommen" und Erwin Piscator, der sich zu dieser Zeit in Moskau aufhielt, autorisiert, das Geld in Empfang zu nehmen[11]. Piscator wiederum schrieb zurück, der Roman sei nach Auskunft der Gewährsleute Deutsch und Lubimow „nicht erschienen"[12]. Worauf sich Jung, der sich ja oft im Gespinst diverser Mißverständnisse, Querelen und Verfolgungen befand oder zu befinden glaubte, hier aber allein auf sein gutes Recht pochte, ein ihm möglicherweise zustehendes Honorar einzuklagen, einigermaßen entnervt erneut an Piscator wandte: „Anders ((als bei der möglichen Aufführung von „Arbeiter Thomas")) liegt der Fall mit Deutsch und den Krasny Novy. Der Roman brauchte nämlich von Deutsch garnicht übersetzt werden, sondern ist hier von Marianow übersetzt worden. Marianow hat auch das Honorar für die Übersetzung bekommen und zugleich eine Mitteilung, daß für mich als Autor-Honorar 1500 Rubel angewiesen sind. Dabei schrieb damals Deutsch an Marianow, er soll ihm mitteilen, wie man mir dieses Geld überweisen soll. Darauf schrieb ich an Deutsch und erhielt auch von diesem die Antwort, daß diese für mich ausgewiesenen 1500 Rubel zur Abholung bereit liegen, aber nicht überwiesen werden könnten (aus den bekannten Gründen). Von diesem Zeitpunkt an geht eigentlich erst meine gelegentliche Nachfrage. *Ich habe ja auch den Brief von Deutsch noch in den Händen,* woraus Sie ersehen können, daß die Sache keine Phantasie ist, und den Marianow kann ich ja jederzeit zur Stelle schaffen. – Ich habe auch diese Sache längst abgeschrieben, weil ich ja praktisch doch nichts erreichen kann. Eine Zeitlang habe ich nur gehofft, wenigstens das durchzusetzen, daß ((ich)) die Krasny Novy wenigstens bekommen hätte (in dem der Roman nach Angaben von Deutsch und Marianow erschienen ist). Auch hierfür wollte sich der mir ja persönlich sehr befreundete Gen. Torner seinerzeit einsetzen. Ich teile Ihnen das alles mit, weil Sie sich nun einmal so liebenswürdigerweise dafür eingesetzt haben. Ich kann das von hier garnicht übersehen, ob es jetzt für Sie noch zweckmäßig ist, den Strudel, in den die Sache anscheinend hineingeraten ist, näher zu untersuchen. Davon hängt ja wesentlich ab, welchen Eindruck dieser Gen. Deutsch auf Sie persönlich gemacht hat. Sonst ist es besser, die Sache auf sich jetzt beruhen zu lassen. Mir tut es jetzt nicht mehr weh"[13].

Verletzlichkeit, Verletztheit, Opfer unklarer Machinationen – schenkt man seiner Autobiographie, dem „Weg nach unten", Glauben, so stand Jung „bei einer Moskauer Zentralstelle ein Honorarguthaben von annähernd 10.000 Goldrubel" zu[14]. Hanns Eisler, von dem Jung wußte, daß dieser Anfang 1931 „ein paar Tage in Moskau war[15], soll das Geld dort während eines internationalen Schriftsteller-Banketts, bei dem für den Bau eines Bombenflugzeugs gesammelt wurde, ohne Jungs Wissen gespendet haben – als „die meisten (...) schon viel getrunken" hatten; so Eisler in der Version Jungs[16]. – Das Erscheinen des Romans in Deutschland, so Jung weiter im „Weg nach unten", sei letztlich „einer von Kantorowicz über das Feuilleton der Frankfurter Zeitung dirigierten kommunistischen Intrige zum Opfer gefallen" – was immer damit gemeint sein mag[17]. – Soviel zum ominösen Verwirrspiel um den Roman „Gequältes Volk", der hier erstmals nach dem Manuskript vorgelegt wird.

1

Die Vorgänge um seinen Roman und vergleichbare Erfahrungen mit anderen Manuskripten in diesen Jahren scheinen Jung einigermaßen unter die Haut gegangen zu sein – immerhin erinnert sich der über 70jährige in der Autobiographie, daß er mit diesem Buch „eigentlich (s)eine Rückkehr in den deutschen Literaturbetrieb hatte einleiten wollen"[18].

Jung befand sich Mitte der 20er Jahre in einer komplizierten Verfassung. Der einstmals nicht nur unter Insidern gerühmte expressionistische Literat[19], Jahrgang 1888, hatte sich im Umfeld von Spartakus, KPD und der von ihr sezessionierten KAPD während und nach der Novemberrevolution literarisch und politisch umtriebig gemacht. Nach mehreren Gefängnisaufenthalten in Deutschland und Holland arbeitete er von 1921 bis 1923 in Sowjetrußland, und zwar in verschiedenen Funktionen bei der Kommunistischen Internationale, bei der Internationalen Arbeiter-Hilfe (IAH), zuletzt als Administrator einer Fabrik in Petrograd. Ende 1923 kehrte er aufgrund nie ganz geklärter Vorfälle nach Deutschland zurück, per Schiff, „vorn im Kettenraum verstaut", wie er 1927 rückschauend schreibt: „gewisse Nebenumstände gaben dieser Reise den Charakter einer Flucht"[20]. In dieser autobiographischen Aufzeichnung, „Das Erbe", reiht er seine bisherigen Existenzformen noch einmal auf: er war „Landstreicher und Gelegenheitsarbeiter, der anarchistische Wanderprediger, der ganze Zinnober vom Literaturzigeuner, Spartakus, Desertion im Felde, und das alles mit Gefängnissen und Holzwolle im Kastenbett der Irrenhäuser, Abenteuer über Abenteuer – und alles Quatsch!"[21].

Nach der Rückkehr lebte Jung in Berlin, und zwar jahrelang illegal, immer noch gesucht wegen „Schiffsraubs auf hoher See", einem Delikt aus dem Jahre 1920. Damals hatte Jung zusammen mit den KAPD-Genossen Jan Appel und Hermann Knüfken den Fischkutter 'Senator Schröder' entführt, um auf diese Weise nach Sowjetrußland zu gelangen und mit der dortigen Führung über eine Aufnahme der KAPD in die Kommunistische Internationale zu verhandeln. Das Verfahren wurde erst 1928, im Rahmen der Hindenburg-Amnestie, eingestellt; allerdings war Jung einigermaßen abgesichert durch einen gut gefälschten Paß auf den Namen Franz Larsz, den er sich sogar polizeilich verlängern lassen konnte, und noch vor der förmlichen Amnestierung publizierte er einige literarische Arbeiten unter seinem richtigen Namen.

Während seiner „roten Jahre", wie er sie in der Autobiographie nennt, war Jung wohl einer Art Synthese zwischen individuell-intellektueller Revolte und kollektiv-kommunistischem Revolutionsversuch im Sinne revolutionärer 'Selbstbewußtseinsentwicklung' nahegekommen, einer Vermittlung eigener und gesellschaftlicher Ansprüche und Produktivitäten, die auch psychoanalytisch fundiert schien als „Technik des Glücks"[22]. Über seine zwiespältige Lage während der „grauen Jahre"[23], die vom Scheitern der Revolution und, für Jung, auch des linkskommunistischen Revolutionsprojekts geprägt sind, räsonniert er in dem Bericht „Das Erbe" (seiner ersten größeren literarischen Arbeit nach der Rückkehr aus Sowjetrußland überhaupt): „Nachdem ich dieses Schiff verlassen hatte, war ich in vielem langsamer geworden. Natürlich kam jene alte Unruhe wieder, alles der so geschenkten Ausgeglichenheit verblaßte, verschwand. Aber diese Unruhe hatte nicht mehr die Macht, mich in neue Abenteuer zu stürzen. Ich verstehe nicht mehr alles, was die Menschen dieser Zeit bewegt. Ich kann oft die Menschen nicht sehen, und die Zeit schlägt über mir zusammen. Ich habe keine Mittel, mich ihnen verständlich zu machen; darum stehe ich abseits. Alle äußeren Lebensumstände sind darauf mit eingerichtet (...) Müde war ich und, wozu sich etwas vormachen, bequem. Aber ich fühlte, jene Reinigung damals ist noch nicht vollständig, vor allem, die Erinnerung daran ist noch gegenwärtig. Ich habe noch Stellung zu nehmen. Nun, es ist nicht ganz leicht, von einem Erlebnis 'Vater' überhaupt zu sprechen. Der Vater, die Autorität, der Staat, Zwangmarsch der Jugend, Sehnsucht nach dem Mütterlichen - all diesem steht dieser Begriff Vater entgegen. Er ordnet, wo man übereifern will, Glied der Fessel, die man zersprengt. So haben wir das gelernt. Dafür sind wir ausgezogen, Sonne im Herzen. Es tut weh, eingestehen zu sollen, daß dies alles verdammter Unfug ist. Ja, und das ist wenig schön" [24].

Das ist auch geschrieben mit Blick auf den Tod des Vaters 1926, an dessen Sterbebett in seiner Geburtsstadt Neiße, Oberschlesien, er gerufen worden war - jenes Vaters, der ihn 1909 wegen „unordentlichen Lebens" enterbt [25] und dessen Beerdigung er 1915 im Gefängnis kalt geträumt hatte: „Von den frühen Morgenstunden an träumte ich von dem Begräbnis meines Vaters. Als Formsache" [26]. Aber es bleibt auch der Widerspruch zwischen der Selbsteinschätzung - durch die Differenzierung des 'Begriffs Vater' hindurch -, über keine Mittel mehr zu verfügen, sich den Leuten "verständlich zu machen" und dem doch noch selbstbewußten, verantwortlichen Vorsatz, "Stellung zu nehmen". Später, in der Autobiographie von 1961, pointiert Jung, und zwar ganz im Sinne der Negativierungsarbeit, die seine Selbstabrechnung durchzieht, die Zwiespältigkeit seiner nach-revolutionären Situation als kaum mehr beschreibbar: „Wo immer ich anfangen würde, meinen Zustand nach der Rückkehr aus Rußland zu beschreiben, ich treffe jeweils nur eine Seite, und die andere bleibt im Dunkel, ohne das Zusammengehörige vergessen zu machen: Dahinvegetieren, Widerspruch gegen das Bewußtsein, zurückgestoßen und nicht verstanden zu sein, eigene Mängel und Unfähigkeit, Grenzen und Revolte... die Revolte gegen was?" [27]

Was blieb, war die „verzweifelte Suche nach einer Lebens-reserve" [28]; mit einer Geschäftigkeit sondersgleichen stürzte er sich in Tätigkeitsbereiche, die ihm seit seiner Studienzeit vertraut waren: in die Literatur und in die Wirtschaftsjournalistik.

„Unter dem Namen Larsz", berichtet er, „bin ich eine Reihe von Jahren als Wirtschaftskorrespondent tätig gewesen, ich habe den Adreßbücher-Verlag des Leipziger Messe-Amtes in London ver-treten und dort die Sonderzüge von Messebesuchern aus England und den Ländern des Commonwealth zusammengestellt, als Versicherungsberater begleitet. Ich habe eine Zeitlang als Prämien-Experte für eine Reihe von Seeversicherungsgesellschaf-ten gearbeitet" [29] usw. Jung gründete seit 1924 eine verwirrende Vielzahl von Wirtschaftskorrespondenzen und -büros, so die 'Kontinent-Korrespondenz', den 'Deutschen Feuilleton-Dienst', das 'Deutsche Korrespondenzbüro' mit dem angegliederten 'Deutschen Korrespondenzverlag' (Deko-Verlag), schließlich die 'Photag', einen Fotodienst für die Tagespresse, den, wie den 'Feuilleton-Dienst', später Cläre Jung fortführte. Allem Anschein nach hat Jung damit und mit recht dubiosen Börsengeschichten einiges Geld verdient und es ebenso rasch wieder verschleudert: „ein begabter Nationalökonom, aber viel zu nervös" (Adrien Turel) [30].

Ein für diese Zeit einschlägiges Kapitel der Autobiographie trägt die prononcierte Überschrift „Rückkehr in die Literatur". Es heißt darin: „Während dieser Jahre, den von der Gesellschaft vorgeschriebenen Regeln folgend, eine äußere Existenz aufrecht zu erhalten, bin ich auf der Suche nach innerem Halt nicht ganz untätig gewesen (...) Man hatte mir in früheren Jahren als Schrift-steller bescheinigt, daß ich begabt gewesen sei. Vielleicht konnte ich damit etwas anfangen, vielleicht lag hier die Reserve, vielleicht war das die Wand, hinter der ich mich würde verstecken können - so ähnlich mag ich gedacht haben" [31].

In der Tat hatte Jung in der literarischen Öffentlichkeit noch einen gewissen Namen, auch wenn ihm das falsche, sicher nicht förder-liche Attribut „Bolschewist" anhing [32]. Sein wichtigstes Operationsfeld wurde das Theater. Piscator, dessen 'Proletarisches Theater' 1920/21 in Berlin bereits Agitationsstücke von Jung gespielt hatte, holte ihn 1927/28 in sein dramaturgisches Kollektiv und verpflichtete ihn 1929/30 als Dramaturg am Wallner-Theater. Am 8. Januar 1928 hatte als erste Inszenierung des neuen Studios der Piscator-Bühne am Nollendorfplatz in Berlin Jungs „Heimweh" in der Regie von Leonard Steckel Premiere, mit der Musik von Eisler und dem Bühnenbild von Heartfield. Das Stück fiel, trotz dieser prominenten Mitarbeiter, durch, nicht zuletzt, weil es den Piscator-Anhängern zu weit vom Konzept eines 'politischen Theaters' entfernt war, dessen Gegnern aber zu experimentell schien [33]. Auch mit seinem Stück „Legende", das 1927 unter Josef Gielen an der Aktuellen Bühne des Dresdner Staatstheaters gespielt wurde, konnte Jung zwar ein gewisses Aufsehen, aber keinen Erfolg verbuchen. - Diese gescheiterten Theaterversuche und auch Jungs theatertheoretische Ansätze sind hier nicht weiter zu verfolgen, und es sei auch dahingestellt, ob es ihm tatsächlich nur darum ging, „mit Hilfe der Bühnentechnik auf die Gefühle der Zuschauer einzuwirken" [34]. Jedenfalls blieben die weiteren Stücke ungespielt, ungedruckt und von wechselnden Theatervertrieben erfolglos den Bühnen angeboten: „Astoria. Eine Komödie im Hotel" (1926), „Geschäfte" (1927), „Arbeiter Thomas" (1928), „Abenteuer eines Fremden" (1928) und „Samtkragen" (auch u.d.T. „Der verlorene Sohn", 1928).

Auch als Romancier blieb Jung ohne Erfolg: neben dem „Gequälten Volk" fand sich weder für „Arbeiter Thomas" (1929/30) noch für „Samt" („Samtkragen"/„Der verlorene Sohn", 1930), beides Romanfassungen der gleichnamigen Theaterstücke, ein Verleger. Das gilt für andere größere Projekte auch: für eine Lenin-Monographie, mit der er an seine drei Rußlandbücher von 1924 anknüpfen wollte, eine Auswahl von Werken des 1920 verstorbenen Psychoanalytikers Otto Groß, mit dem er eng zusammengearbeitet hatte, ein Buch über England, wo er sich 1925 aufgehalten hatte, und eine großangelegte, dreibändige Fourier-Übersetzung. So blieb, von der Seite des äußeren Erfolges her, Ende der 20er Jahre die Bilanz äußerst mager: zwei mehr oder weniger durchgefallene Stücke, ein Roman, „Hausierer" (1931 im Verlag Der Bücherkreis), der kaum wahrgenommen wurde, gelegentlich der eine oder andere Essay und einige wenige literarische Skizzen, darunter drei im Zentralorgan der KPD, der 'Roten

Fahne'. (Kurioserweise gilt ausgerechnet eine dieser Erzählungen in der DDR, die Jungs Werke ja nur sehr zögerlich und erst spät wiederentdeckt hat, als Beispiel für die Literatur „der neuen proletarischen Schriftsteller", deren Thema eine „alltägliche Geschichte aus dem Arbeiterleben" sei [35].) - Mit Beginn der 30er Jahre verabschiedete sich Jung weitgehend von der schönen Literatur - 1931 gründete er seine kulturpolitische Zeitschrift „Gegner". Gänzlich vergessen war er als Schriftsteller nicht; auf der „Liste des schädlichen und unerwünschten Schrifttums" von 1938 steht unter Jung: „Sämtliche Schriften" [36].

2

Die Suche nach 'Lebensreserve' und der einigermaßen durchkalkulierte Versuch des literarischen comeback, Literatur gleichsam als spanische Wand, hinter der er sich „verstecken" könne und das Schreiben doch als ein Weg, noch „Stellung zu nehmen", wie es hieß - es scheint, als manifestiere sich in diesen gegensätzlichen Haltungen und Selbstinterpretationen noch einmal der Verlust eines organisierenden Fluchtpunktes. Das betrifft auch das Schreiben selbst. Es hatte für Jung sicher nie therapeutische oder existentielle Bedeutung, dafür nahm er Literatur nicht wichtig genug, jedenfalls ließ er von ihr die Finger, wenn er, so während der Revolutionszeit und in Sowjetrußland, meinte, Wichtigeres tun zu müssen. Bezeichnenderweise entstanden ja zahlreiche seiner Arbeiten aus den 'roten Jahren' während erzwungener Handlungspausen, im Gefängnis.
Gleichwohl war Jung alles andere als ein Gelegenheitsschreiber; seine expressionistische Auf- und Ausbruchsprosa und seine im weiteren Wortsinn Klassenkampfliteratur um 1920 waren situiert in einem gesellschaftlichen Terrain massiver Repression und radikal gedachter Umstürze, vor 1914 ebenso wie während des Weltkrieges und nach 1918. Hier hatte Jung literarisch-politisch das Projekt jener revolutionären Selbstbewußtseinsentwicklung entworfen, die, gegen das sich stets verlangsamende Tempo der deutschen Revolution gerichtet, ihren Beitrag zur Entfesselung des 'subjektiven Faktors' darstellte: eine vom Linkskommunismus (der KAPD) und der Psychoanalyse (von Otto Groß) abgezogene bzw. auf ihnen fundierte, dann auch ästhetisch ausgeführte Kampfposition zur Überwindung der Widersprüche zwischen dem einzelnen und dem Kollektiv, dem Individuum

und der Organisation, dem Führer und der Masse, der individuellen und der allgemeinen Geschichte. Und gerade weil ein solches Projekt im revolutionären Prozeß kulminierte (ohne deshalb punktuell zu sein), konnte es so nicht mehr umstandslos taugen für eine Zeit, als Jung in Deutschland den nun stabileren Boden der neuen Tatsachen betrat - auch wenn es eine ökonomische Stabilität auf Pump und eine politische nur auf Zeit war. Er habe sich, schreibt Jung 1927, „etwas schwer zurückgetastet" und sei „seit einiger Zeit wieder dabei, von vorn anzufangen"; auf die literarische Position bezogen meint das, seine alte „Frage nach dem Ablauf der menschlichen Beziehungen, der inneren Beziehungen der einzelnen Menschen miteinander und untereinander", das „Warum der Konflikte" [37] neu zu formulieren. Wobei er für sich in Anspruch nimmt: „Ich habe für die Fragestellung der Beziehungen der Menschen untereinander allerdings einen breiteren und vor allem gefestigteren Blickkreis gewonnen, dafür aber Erfahrungen eingetauscht, die mich manchmal etwas hemmen" [38].

Zu diesem neuen Blickkreis gehörte zum einen, daß er sich definitiv aus dem „Strudel der Fraktionskämpfe und Parteiauseinandersetzungen" [39] heraushielt, in dem er (irrigerweise) seine Literatur der frühen 20er Jahre untergegangen sah. So ließ er 1928 eine Einladung, sich an den Vorbereitungen zur Gründung des 'Bundes proletarisch-revolutionärer Schriftsteller' (BPRS) und an der Nominierung des vorläufigen Vorstandes zu beteiligen, unbeantwortet [40]. Umgekehrt bereitete es offensichtlich keine Probleme, fast gleichzeitig im KPD-Organ, im SPD-Verlag und bei Ullstein zu publizieren, weder Jung noch diesen Verlagen.

Zum anderen bezieht sich der „breitere" Blick auf die innere Organisation seiner Literatur, in einigen seiner literarischen Arbeiten finden sich gelegentlich Hinweise darauf. – Das „Erbe" beginnt mit einer Bemerkung, die sich zunächst auf Jungs Vita bezieht, die so aber auch als Grundsatz für seine Dichtungen gelten kann: „Manche Leute glauben, daß die kleinen Ereignisse des täglichen Lebens, sofern sie nur auf das breitere Band der Zeitgeschichte versetzt werden, an Umfang und Tiefe des Lebensinhaltes gewinnen. Kleinigkeiten werden dann zum Erlebnis, das zwischen Abenteuer und Wunder dahingleitet. So ist man es gewohnt. Ich gehörte auch zu diesen Leuten". Dagegen hält er nun, „daß nicht der Rahmen gewisser Ereignisse" und auch „nicht ihr Ausmaß, ob es nun aus der Entwicklung heraus gegeben oder nur zufällig ist", entscheidend sei, sondern die „innere Gebundenheit" dieser Ereignisse [41].

Gerade um die äußeren und inneren Umstände der Geschehnisse war es ihm in seiner Revolutionsprosa gegangen, nämlich den gesellschaftlichen Rahmen gewisser Ereignisse, hier der proletarischen Aufstände, und tägliches Leben der Betroffenen und der Handelnden, in eins zu setzen. Jedenfalls machte es die Besonderheiten seiner Klassenkampfliteratur aus, daß sein Verfahren des Agitprop nicht bloß Forderungen, Parolen, politische Linien 'von außen' in die Klassensubjekte transportieren wollte, sondern diese aus ihren inneren, den psychischen wie sozialen, klassenmäßigen wie politischen Dispositionen heraus entwickelt wurden. Das gilt für „Arbeitsfriede" ebenso wie für „Die Rote Woche" von 1921.

Der Verzicht auf Zeitgeschichte zugunsten kleiner Ereignisse - 'Zeitgeschichte' hat Jung in seinen frühen Erzählungen nie empirisch-historisch konkretisiert, sondern er hat Geschichte in der Abstraktion von Zeit, Ort und Namen in möglichen Tendenzen vorgeführt - verweist auf einen Ansatz, der große Entwürfe meiden will.

Damit begibt sich Jung zunächst einmal auf den Boden der veränderten Weimarer Tatsachen. „Der Schriftsteller, behaupte ich, hat es nicht nötig, große Geschichten zu erfinden", schreibt er gegen Schluß seiner Erzählung „Zwei unterm Torbogen" (1928 in der 'Roten Fahne'). „Seine Aufgabe ist es, Tatsächliches aus dem täglichen Leben wiederzugeben und in einer erklärenden Form der Beschreibung den Versuch zu machen, die näheren Umstände, Umgebung und andere Möglichkeiten, die nie gegeben sind und die der Fremde nur ahnen kann, auf eine allgemeine Plattform zu heben. Dem Lehrer und dem Arzt steht es zu, dem Soziologen und Politiker und nicht zuletzt jedem einzelnen Leser, gewisse Schlußfolgerungen zu ziehen" [42]. Das sind gegenüber Jungs früherer Prosa neue Töne: ein Jahrzehnt zuvor hatte er dem Leser noch mit kalkulierter Provokation ein rotziges „Ich brauche keine Leser. Denn ich hasse Euch alle!" an den Kopf geworfen. Wenige Jahre darauf konnte er seine agitatorischen Skizzen mit lehrhaften Zurufen ans (proletarische) Publikum beenden - „Achtet darauf" [43]. Nun zieht sich der Autor bzw. der Erzähler in eine „erklärende Form der Beschreibung" zurück, einer Beschreibung vor allem; nicht die Botschaft ist gefragt, sondern der fachkundige Leser, der sich wiederum der erklärenden Form ausgeliefert sieht.

Dieser Abschied vom großen Sujet, von der expressionistischen Menschheitsdämmerung wie vom proletarischen Aufstand, und die Abwertung des perspektivenreichen Entwurfs zugunsten eines vermeintlich Tatsächlichen und Alltäglichen tragen dabei unübersehbar Züge der Neuen Sachlichkeit, die in diesen Jahren dem Leben vor allem der kleinen Leute nachspürt und dabei oft genug nicht mehr ein noch aus weiß. Beim Verharren auf dem Faktischen und seiner Macht ist es dann Sache des Lesers, 'gewisse Schlußfolgerungen zu ziehen' - wie auch immer. Dabei wird während der 20er Jahre, und zwar an vielen politischen Fronten der Literatur, der liberalen und linksliberalen wie der proletarisch-revolutionären, viel über die Art und Weise diskutiert, wie dieses neue Material des Alltäglichen präsentiert werden könne, wie sich Fakt, Faktisches und Literatur zueinander verhalten. Walter Benjamin hat 1928 in der „Einbahnstraße" diesen Faktendruck umrissen: „Die Konstruktion des Lebens liegt im Augenblick weit mehr in der Gewalt von Fakten als von Überzeugungen (...) Unter diesen Umständen kann wahre literarische Aktivität nicht beanspruchen, in literarischem Rahmen sich abzuspielen (...) Die bedeutende literarische Wirksamkeit kann nur in strengem Wechsel von Tun und Schreiben zustande kommen; sie muß die unscheinbaren Formen, die ihrem Einfluß in tätigen Gemeinschaften besser entsprechen als die anspruchsvolle universale Geste des Buches in Flugblättern, Broschüren, Zeitschriftartikeln und Plakaten ausbilden. Nur diese prompte Sprache zeigt sich dem Augenblick wirkend gewachsen" [44].

Dies Plädoyer auch für nicht-literarisches 'Erzählen' sucht 'Literatur' auf die Höhen der zeitgenössischen Kommunikationsweisen, auch der politischen, zu heben, und es gründet im abgrundtiefen Mißtrauen gegenüber der scheinhaften „universalen Geste des Buches", dessen Erzähltraditionen längst von den neuen Fakten überholt sind. Aus ihnen holt sich der Erzähler zunächst einmal, auch auf Kosten imaginierter 'Totalität', seine Gegenstände, und nicht nur Jung bezieht sich dabei auf jene 'Sachlichkeit', die die Tagespresse verbreitet. Sein unveröffentlichter Roman „Samt" macht das zum Ausgangspunkt des Erzählens: „Die Geschehnisse, die hier in der Folge dargestellt werden, sind keineswegs freie Erfindung eines Schriftstellers. In allen Einzelheiten haben sie sich in Wirklichkeit so zugetragen im Jahre 1926 und zwar in Springfield, im bescheidensten der amerikanischen Oststaaten, im Staate Iowa. Seinerzeit haben die amerikanischen Blätter den Fall aufgegriffen und auch die europäische Presse hat dann fußend auf diese Berichte einiges darüber veröffentlicht. An sich wäre also kaum besonderer Anlaß vorhanden, diese Geschehnisse aufzuzeichnen, wenn der Schriftsteller nicht heutzutage endlich in der Lage wäre, in der peinlich genauen Nachbildung der wirklichen Vorgänge Verflechtungen aufzuhellen, Aufschlüsse sozusagen aus dem Geschehnis selbst entwickeln zu lassen, über die der Tagesbericht der Zeitung hinweggleitet" [45].

Wenn sich Jung gewissermaßen an der Stoffjagd mit neusachlichem Tempo beteiligt, so mißtraut er doch deren Stoffverwertung, sofern sie sich aufs Dokumentarische etwa der Zeitungsnotiz verläßt. „Denn die Tatsachen-Berichterstattung", heißt es in „Samt" weiter, „ist bereits schon zu sehr Dichtung geworden, so daß neuerdings der Schriftsteller, dem es um die inneren Zusammenhänge geht, unter Verzicht auf das Mittel psychologischer Erklärungen durch die Bestimmtheit seiner Darstellung den für die flüchtige Gegenwart bestimmten Bericht in die Wirklichkeit erst wieder zurückführen muß" [46].

Scheint das „Material" [47] dann doch nicht unbedingt verläßlich, so kommt auf den Erzähler die komplizierte Aufgabe zu, diesen Tagesbericht zu entzaubern, die „peinlich genaue Nachbildung der wirklichen Vorgänge" zu leisten, an die sich schon der Naturalismus mit seinem experimentellen Sekundenstil herangemacht hatte und die auch Reportage und Dokumentarbericht für sich beanspruchten. Das ist eine Forderung nach Sachlichkeit und Realitätsabbildung in Potenz, nach einer 'wahren' Sachlichkeit sozusagen, die, indem sie vom Alltäglich-Faktischen ausgeht, den Fakten doch mißtraut, weil diese die „inneren Zusammenhänge" von selbst eben nicht freilegen. Insofern führt dieser Weg bei Jung nicht zur Dokumentaristik und Reportageliteratur, die in den 20er Jahren floriert, weil sie als technisch modernstes Gestaltungsprinzip gilt (und die Georg Lukács zur Zielscheibe vehementer Kritik gemacht hat), sondern zu einer Beschreibungsliteratur eigener Art. Mit einigem Recht konnte er den ästhetischen Anspruch (nicht unbedingt auch das literarische Niveau) seines Romans gegenüber der Redaktion der „Frankfurter

Zeitung", der er „Samt" anbot, so umschreiben: „Das rein
Artistische ist bewußt in Gegensatz zu der üblichen Dokumenten-
Literatur gestellt" [48].

Dazu paßt der Verzicht aufs traditionsreiche „Mittel psychologischer Erklärungen", auch wenn die bereits zitierte, ominöse
„Bestimmtheit der Darstellung" durch diese Hinweise noch
wenig Konturen gewinnt. Auf jeden Fall soll dies Verfahren eine
Verallgemeinerung, trotz oder wegen des Verzichts auf zeitgenössische Fundierung der Erzählung, umstandslos ermöglichen:
„Überdies hätte sich dasselbe zutragen können ebenso gut in
einer Industriestadt des mittleren England oder in Rouen oder,
um noch näher zu kommen, in Magdeburg oder Hannover. Die
Menschen, die solchen Zufällen ausgesetzt werden, sind sich
überall in der ganzen Welt gleich" [49].

Das erzählerische Interesse gilt 'inneren Umständen', der
„Gesamtatmosphäre des Geschehens" [50]. Denn „jede Wahrheit
wird uninteressant. Einmal war sie Vorbedingung, dann glitt sie
mitten in die Gestaltung hinein, heute aber liegt sie hinter
den Dingen" [51]. In seinem Romanmanuskript „Arbeiter Thomas"
hat er das erneut zum Thema gemacht; der Romananfang sei
hier als letzter Beleg dafür mitgeteilt, wie Jung sein Erzählen
problematisiert:

„Irgendein Vorfall unter den so vielfältigen Geschehnissen der
Welt bleibt in der Erinnerung haften, mag es sein, daß ein
Beobachter Einzelheiten aufgenommen und sich geordnet hat,
sei es, daß ein Zuhörer stärker als sonst üblich davon in Anspruch
genommen ist. Vielleicht, daß ein Vorgang von dem Gedanken
an die Fülle verwandter Ereignisse durchsetzt wird, auslöst
eine Kette leichtbeschwingter Vorstellungen von Erkenntnissen
und Zukunftsaussichten, und sich entfaltet und zwingend wird,
eine Folter - zwischen persönlichem Leid und Rausch einer
Massenidee, Gewalt, Zerstörung und Erschaffung des All. Der
Zuhörer muß gewisse Eindrücke sich festlegen, wenn er zugleich
Fragen stellen und Zusammenhänge sich ermitteln will. Der
Wunsch drängt sich ihm auf zu sehen, um besser zu hören und
alles noch einmal geordnet zu durchdenken, um es stärker zu
fühlen. Von dem Bestreben geleitet, das Alltägliche der damit
verknüpften Gleichgültigkeit zu entkleiden, um es auf die jeder
Wesenheit zugesprochenen Einmaligkeit zu untersuchen, anzu-
kämpfen gegen Sättigung und Bequemlichkeit der Auffassung,

daß ein Tatsächliches im Geschehen bereits begrenzt ist im Bericht und jeweils schon zurück liegt hinter der möglichen Meinung eines Zuhörers oder Lesers, dann lieber gegen Tatsachen und Geschehnisse überhaupt! - davon ausgehend muß der Verfasser seine Leser um Geduld bitten" [52].

Der schwerfällige Duktus und die magere Pointe sollen hier nicht weiter entziffert werden - wichtig scheint die Feststellung, daß Jung in diesen 'grauen' (und eben nicht 'goldenen') Jahren für sich selbst eine Absicherung des Schreibens sucht, die durch den fortgeschrittenen Kult des Tatsächlichen hindurchgeht, aber doch ohne genau fixierbare Methode bleibt, mit der er sich aufs Neusachliche oder auf einen Realismus sozialistischer Provenienz (wie etwa in der sich zu dieser Zeit formierenden proletarisch-revolutionären Literatur) festlegen würde. Das hat Gründe nicht zuletzt auch in seiner bruchhaften Existenz in diesen Jahren - seine Texte konnten nicht mehr „Versuche zum revolutionären Leben" [53] sein, als die sie 1922 von der „Roten Fahne" emphatisch begrüßt worden waren, und spätestens mit dem Zerbrechen der Revolution hatte sich nun, ein Jahrzehnt später, auch jene „Gewissenhaftigkeit" für Jung geändert, „mit der er seine Dichtung jederzeit durch sein Leben deckte", wie sein Dichterfreund Max Herrmann-Neiße einmal geschrieben hatte [54]. Was nicht heißt, das sein Schreiben unverbindliche Karriereliteratur der Zeit gewesen wäre.

3

Daß Jung seine Rückkehr in die Literatur ausgerechnet mit einem Roman über Oberschlesien einläuten wollte, mag biographische Gründe haben, sei es sein Besuch in Neiße, sei es in Berlin die Begegnung mit dem „Fememörder Klapproth aus Oberschlesien, der nach einigen Jahren Zuchthaus sich mit den Nationalisten entzweit und auf der Flucht vor den Nationalisten" [55] befand. Auch unabhängig davon - Jung kannte sich in seiner Heimat aus, das Abrechnungskapitel zu Beginn der Autobiographie zeugt davon ebenso wie der „Industrie-Kurier", den er 1915 zusammen mit Otto Ehrlich gründete und der Fachinformationen über die oberschlesische Industrie verbreitete [56]. Diese Kenntnisse spürt man in „Gequältes Volk" bei den umfänglichen Partien über Geschichte und Ökonomie, über Kapitalbewegungen, technischen Fortschritt und kapitalistische

Dynastien der Region, über die Rolle der Kirche und die Lage der arbeitenden Klasse dort - so, wie er es für die *Büchergilde Gutenberg* skizziert hatte. Wobei sich Jung als Geschichtsschreiber streckenweise auch auf Geschichten einläßt, die in Schlesien kursierten und deren 'innere Wahrheit' nicht unbedingt mit der historischen übereinstimmten, so bei der Entstehung des Schaffgotschen Magnatengeschlechtes (S. 19ff). Er folgt hier zeitweilig der Legendenbildung - jedenfalls war der historische „Pferdejunge" Karl Godulla (1780-1841) nicht, wie die Legende will, das Kind armer Leute, sondern Sohn eines Jägermeisters, eines nicht unvermögenden Pächters, der den Jungen auf ein Zisterzienser-Gymnasium schickte; er wurde erst später, 1807/08, als Verwalter (und nicht als Forstgehilfe) auf den Ballestremschen Gütern eingestellt. Daß ihn wegen seiner strikten und rechtschaffenen Amtsführung Wilderer lahmgeschlagen hätten, paßt zur Faszination, die von ihm, dem 'Zinkkönig Preußens', ausgegangen sein muß; anzunehmen ist, daß seine Verletzung aus dem Krieg 1813 rührte, als Godulla Teile der Landwehr in Schlesien organisierte. Die märchenhafte Karriere der kleinen Johanna Gryczik, die der alte Godulla als Universalerbin (nicht Teilerbin) einsetzte und die durch die Heirat mit dem Grafen Hans Ullrich Schaffgotsch das Magnatengeschlecht dieses Namens gründete, entspricht allerdings den historischen Fakten ebenso wie das 'vergessene Lebensschicksal' des genialen Johann Christian Ruberg, dem Jung 1930 eine eigene Skizze widmen wird [57].

Gleichwohl bleibt der Roman auf weite Strecken ein historisch verläßlicher Steinbruch; dabei überrascht, daß Jung bei seiner Geschichtsschreibung ein Ereignis, das in diesem Jahrhundert bis zum 2. Weltkrieg die Geschichte Deutschlands und Polens wie kein anderes geprägt hat, nur en passant, in Klammern, benennt: die Teilung Oberschlesiens nach der Volksabstimmung von 1921 (S. 10).

Die Siegermächte des 1. Weltkrieges hatten ursprünglich geplant, Oberschlesien der 1918 gegründeten Republik Polen anzugliedern; aufgrund deutscher Einsprüche wurde dann im Versailler Vertrag festgelegt, 1921 eine Volksabstimmung durchzuführen, und zwar in den östlichen, gemischt polnisch-deutschen Gebieten (nicht in den rein deutschsprachigen Regionen im Westen, also Falkenberg OS, Grottkau, Neisse, Neustadt OS und Teilen des

Kreises Namslau). Mit Inkrafttreten des Versailler Vertrages im Januar 1920 räumten die Reichswehrtruppen, an deren Stelle ein begrenztes Kontingent von deutscher Sicherheits-Polizei trat, Oberschlesien, das von Truppen aus Italien, Großbritannien und Frankreich unter Oberbefehl des französischen Generals Le Rond besetzt wurde; eine interalliierte Regierungs- und Plebiszitkommission übernahm die Amtsgewalt, eine deutsch-polnische Abstimmungspolizei sicherte das Plebiszit.

Die Volksabstimmung vom 20. März 1921 erbrachte 434.000 Stimmen für Polen und 707.000 Stimmen für Deutschland, darunter rund 180.000 von den sog. Geburtsschlesiern, die nicht mehr in Oberschlesien ansässig waren, aber an ihren Geburtsorten abstimmungsberechtigt waren. Das numerische Ergebnis war also, mit 60 % für den Verbleib im Reichsverband, eindeutig, sagte allerdings noch nichts über die einzelnen Majoritätsverhältnisse, zumal in Ost-Oberschlesien, und vor allem nichts über reale Machtstrukturen.

Auch bei Jung ist das ja nachzulesen - in Oberschlesien herrschte der deutsche, mit der Montanindustrie eng verflochtene Großgrundbesitz; allein sechs der Großmagnaten, darunter die Henckel Donnersmarck und der Fürst zu Pleß, verfügten über ein Viertel des Abstimmungsgebietes, als Familienbesitz gehörte weit über die Hälfte des Bodens Oberschlesiens 258 Großgrundbesitzern [58]. Die Mehrheit der Bevölkerung auf dem Land war polnischer, in den Städten deutscher Nationalität, wobei die polnischen Arbeiter/innen und Landarbeiter/innen in den Mischgebieten traditionell zu den Unterprivilegierten zählten: als Katholiken im protestantischen Preußen-Deutschland, als Polen unter deutscher Regierung, als Proletarier minder bezahlt und sozial schlechter abgesichert als beispielsweise Montanarbeiter im Ruhrgebiet und als polnische Arbeiter, als 'Wasserpolacken', wie sie von den deutschen Herren nach ihrem vom Hochpolnisch abweichenden Dialekt denunziatorisch genannt wurden, noch schlechter gestellt als deutsche Arbeiter.

Überlappte sich auf diese Weise die soziale und die nationale Unterdrückung, so konnte umgekehrt die nationale Frage die klassenmäßige zeitweilig in den Hintergrund drängen. Die drei polnischen Aufstände von 1919, 1920 und 1921 unter Führung des späteren polnischen Ministerpräsidenten Woijciech Korfanty verweisen auf die Zusammenhänge zwischen sozialer und nationaler Bewegung: der polnischen Bourgeoisie gelang es durchaus, auch proletarische Energien an sich zu binden. Franz Jung hat 1920, also noch vor dem Plebiszit, sehr hellsichtig auf die Dialektik des sozialen und des nationalen Kampfes, auf die Mächtigkeit der Nationalitätenfrage, hingewiesen. Im Organ der KAPD schreibt er: „wenn Oberschlesien polnisch stimmt, wird damit der deutschen Reaktion, die heute schon weniger Großkapital, sondern bürgerliche Beamtenreaktion ist (...) ein entscheidender Schlag versetzt (...) Was der deutschen Nationalität besonders schadet, ist, daß die städtische Bevölkerung, die auf ihr Deutschtum sich soviel einbildet, tatsächlich nur aus Schmarotzern, Wucherern und Schiebern (...) besteht, die unter dem oberschlesischen Proletariat mehr als anderswo verhaßt sind (...). Dagegen arbeitet die polnische Propaganda viel geschickter. Sie stützt sich auf die arme Bauernschaft und das Landproletariat, das sie durch sozialistische Versprechungen von Aufteilung des Großgrundbesitzes - denn dieser ist in deutschen Händen -, von Sozialisierung (oder so 'ähnlich') der Industrie - die ja auch den Deutschen gehört - zu gewinnen vermag" [59].

Und zum Bezug zwischen nationalistischer Phrase und ökonomischem Interesse heißt es: „Interessant ist, daß der Großgrundbesitz, der Agitationsmittel für die Polen ist, selbst nach Polen neigt und die eigene Propaganda gegen sich mit seinen Mitteln bezahlt - aus Angst vor einer bevorstehenden deutschen Revolution. Korfanty ist mehr bezahlter Agent der deutschen Grafen und Fürsten Ballestrem, Pleß und Hen(c)kel Donnersmar(c)k als man ahnt im Reich, ebenso will die Großindustrie im Herzen nach Polen, obwohl sie nach außen Träger der deutschen Propaganda ist (...). Der proletarische, wenn auch noch nicht klassenbewußte Haß gegen (den) deutschen Beamten, der seine Untergebenen nur mit 'polnisches Schwein' anzureden pflegte, wird den Ausschlag geben. Das Volk sehnt sich danach, einmal sagen zu können: 'deutsches Schwein'" [60].

Soviel zur Analyse von objektiven und von subjektiven Faktoren des „oberschlesischen Schwindels" [61]. Wobei zumindest die Prognose, daß die „linken revolutionären (internationalistischen) Gruppen" einflußlos bleiben würden und daß „Nationalismus jetzt Trumpf in Oberschlesien" [62] sei, sich bewahrheitete. Nach der Volksabstimmung versuchten Korfanty-Truppen – am

3. Mai 1921, dem polnischen Nationalfeiertag –, durch einen Aufstand erneut, einen fait accompli zugunsten Polens zu schaffen, unter zunächst passiver Duldung seitens der französischen Truppen in Oberschlesien. Deutscher 'Selbstschutz' und Freikorps (u. a. das Bayerische Freikorps 'Oberland') stoppten die Insurrektion, die Entente sorgte schließlich für den Abzug der polnischen Truppen.

Die Entente war es auch, die dann doch eine Teilung Oberschlesiens verfügte. Die mit der Durchführung des Versailler Vertrages befaßte Botschafterkonferenz der Weltkriegs-Alliierten beschloß am 20. Oktober 1921 die unwiderrufliche Teilung, die mit dem Genfer Vertrag vom 25. Mai 1922 Rechtskraft erlangte. Danach gingen Stadt und Kreis Kattowitz, Königshütte, der Kreis Pleß sowie Teile der Kreise Beuthen OS, Gleiwitz, Hindenburg, Lublinitz, Ratibor und Tarnowitz an Polen - mit so wichtigen Industrieorten wie Falvahütte, Laurahütte, Bismarckhütte, Lipine, Godullahütte, Ruda u. a. In diesen östlichen Teilen Oberschlesiens hatte die Bevölkerung mehrheitlich, mit 56 %, für Polen votiert, während sich in den deutsch verbliebenen Gebieten die Einwohner mit 72 % für die Zugehörigkeit zur deutschen Republik ausgesprochen hatten. Auf das Polen zugesprochene Terrain, das nur 20 % Oberschlesiens ausmachte, fiel 4/5 der gesamten oberschlesischen Schwerindustrie: 90 % der Steinkohlevorräte, 53 von 67 Kohlengruben, 5 von 8 Eisenhütten, sämtliche Zink- und Bleihütten sowie die gesamte kohlechemische Industrie; wobei man sich zu gewärtigen hat, daß auf Oberschlesien immerhin rund 1/4 der deutschen Kohleförderung, knapp 2/3 der Rohzink- und 1/4 der Bleierzeugung gefallen waren [63].

Diese Daten mögen die Dimension der territorialen und ökonomischen Veränderungen deutlich machen, die die Teilung Oberschlesiens nach sich zog. Daß da ein äußerst potentes, kapitalistisch-anarchisch gewachsenes Industriegebiet auseinandergerissen wurde, stellte das deutsche wie das polnische Kapital vor enorme Probleme. Polen, dessen Wirtschaft noch mehrheitlich agrarisch orientiert war, mußte allererst den hochtechnisierten Industriezuwachs volkswirtschaftlich integrieren, was, zumal im Bereich des Exports, nicht einfach war; schon die außenpolitischen Spannungen zu den Anrainerstaaten Sowjetrußland und Deutschland erschwerten das. Das deutsche Kapital konnte sich dank einiger Übergangsbestimmungen – so durch die für drei Jahre gewährte zollfreie Einfuhr von Eisenerzerzeugnissen aus dem polnischen Oberschlesien – und durch komplizierte Kapitalumverteilungen einigermaßen regenerieren. Im Roman sind solche Machinationen bis in die Mitte der 20er Jahre ja beschrieben – wie sich, „in Gruppen am Kamin" (S. 62) versammelt, Vertreter unterschiedlicher Interessengruppen um künftige Profite balgen.

4

Jungs Oberschlesienroman ist ein ambitioniertes Unterfangen. Der Blick des „fremdgewordenen Wanderers" (S. 33) richtet sich auf Geschichte und Geschichten des Landes, auf Bilanzen und Intrigen der Konzerne und ihrer Agenten, aufs Innere einer Gasanstalt ebenso wie auf Leben und Ermordung eines proletarischen Eigenbrötlers. Dies Ensemble von auseinanderstrebenden Bereichen, der Zusammenschnitt heterogener Elemente macht „Gequältes Volk" zu einer Art Antiroman; der Roman bewegt sich damit durchaus auf der Linie ästhetischer Innovationen der 20er Jahre und folgt gleichsam der Kritik an der „universalen Geste des Buches" - die er dann auf seine Art wieder herstellt. Jene Alltäglichkeiten, die Tatsachen und der Respekt vor ihnen, über die die Neue Sachlichkeit räsonniert hatte, werden hier auf eine Weise vorgeführt, die über bloße Reproduktionen des 'Faktischen' hinausweist: keine 'Diktatur der Tatsachen' allein, sondern der Versuch, in deren Getriebe zu schauen.

Am aufwendigsten geschieht das wohl in dem philosophisch übertitelten Unterfangen des 3. Kapitels, „Aus dem Allgemeinen zum Besonderen", wo im Geflecht und an den Nahtstellen zwischen Klassenkollektiv und Klassenindividuum proletarische Lebensumstände und Bewußtseinsformen dargestellt werden – bis hin zum Einsatz von Mitteln der Kolportage.

Was hier beim alten Depta und seiner Familie als Verrätselung begegnet, erscheint in anderem Zusammenhang als Entzauberung. So, wenn die rasch sich ausweitenden Auseinandersetzungen auf Aggressionen zurückgeführt werden, die während einer proletarischen Festlichkeit entstanden sind. (In seiner Autobiographie erinnert sich Jung noch des Impetus, in seinem Roman „die von der deutsch-nationalen Propaganda maßlos übertriebenen Vorgänge auf die in polnischen Gegenden nicht so ungewöhnliche Form der Dorfkrawalle, einer Bojowka, reduziert" zu haben [64].) – Und wo das fasziniert abgeschilderte Funktionieren des durchrationalisierten Gaswerkes an neusachliche Faktenliteratur, an die temporeiche „Anbetung von Fahrstühlen" [65] erinnert, stößt der Erzähler im selben Atemzug auf den „Wurm", auf das düstere Gedächtnis der arbeitenden Klasse, deren kollektives Leid sich im grandiosen Besäufnis Bahn bricht.

Das alles geschieht im Rahmen merkwürdiger Abstraktionen; während die Kapitalseite als Seite der Herrschenden namentlich, mit Titel und Anschrift sozusagen, in Geschichte und Gegenwart genau benannt wird, bleiben Arbeiterfiguren schemenhaft und gesichtslos (mit Ausnahme der Depta-story) – ein anti-individualisierendes Verfahren, das an Jungs Revolutions-Erzählungen erinnert. Das zitierte „breitere Band der Zeitgeschichte" wertet hier die „kleinen Ereignisse des täglichen Lebens" weder auf noch ab; aber ist diese Zeitgeschichte selbst ihrer Zufälligkeiten entkleidet und auf den ökonomischen Primat zurückgeführt – und das leistet der Roman in seinen diskursiven wie den erzählerischen Partien –, so dringt sie derart tief in die Poren der Lohnabhängigen, daß nur der „Kehraus" bleibt.

Das sind, auch im Negativen, Beiträge zum Projekt der 'Gemeinschaftsbildung', die Jungs Literatur von Anbeginn an umkreist. Im „Erbe" heißt es 1927: „Eine Zeit, die schärfer die Klassenunterschiede herausstellt, verlangt auch eine unbestechliche, voraussetzungslose Beobachtung. Die Klasse schafft noch keine Gemeinschaft, obwohl sie die Gemeinschaftsentwicklung fördert. Unter dem Drucke der Klasse und noch mehr deren Gegensätze entstehen neue Formen des menschlichen Zusammenlebens, die eine Gemeinschaft vorbereiten können, noch belastet mit den Auswirkungen eines Druckes, der zunächst noch die Menschen trennt. Und weiter dachte ich, daß solche Klassenunterschiede, die jetzt entwicklungsfördernd geworden sind, bestimmten wirtschaftlichen Interessen zugrunde liegen. In der Spanne dieser Interessen vollzieht sich ein Lebensausgleich, der das Letzte aus dem Einzelmenschen herauspreßt an Lebensenergie, Zielwillen und Daseinsbehauptung" [66].

„Gequältes Volk" präsentiert solche Bewegungen, die „noch keine Gemeinschaft" schaffen (sondern in der Auswanderung enden), skizziert Hindernisse und spekuliert, so zu Beginn des

Romans, auf neue Gesetzmäßigkeiten [67]. – Das alles bleibt manchmal diffus, ist oft spröde und auch nicht immer stilistisch durchgearbeitet. Trotzdem ist der Roman von Interesse, nicht allein wegen seiner Einzelmomente. Er bietet eine eigene Art von literarischer Geschichtsschreibung, die über zeitgenössische Ansätze hinausweist. Immerhin stellt sich Jung – im Jahre 1927 – zwei Themenbereichen, die erst in den folgenden Jahren, dann aber mit Vehemenz, die literarische und politische Öffentlichkeit beschäftigen werden: als oberschlesischer *Industrieroman* versucht „Gequältes Volk" sich an der Gestaltung der Produktionssphäre, als *Oberschlesienroman* greift er ein Thema auf, das dann wenig später die politische Reaktion in Deutschland besetzen wird. Literarhistorisch gesehen kam Jungs Roman sozusagen 'zu früh' (was einer der tieferen Gründe für die Ablehnung durch die Verlage gewesen sein dürfte).

Das Oberschlesien-Thema rückte 1929 mit Arnolt Bronnens äußerst erfolgreichem Roman „O. S." ins öffentliche Bewußtsein. Bronnens „patriotischer Schundroman" (Tucholsky [68]) operierte mit fiktiven, auch proletarischen Helden und viel Tatsachenmaterial und konzentrierte sich bezeichnenderweise auf den polnischen Aufstand von 1921: eine schwüle Mischung aus Spätexpressionismus und Neuer Sachlichkeit, aus Chauvinismus, soldatischem Nationalismus und antipolnischen Ausfällen, die viel über den Bewußtseinsstand der intelligenteren Kreise der deutschen Reaktion zu dieser Zeit und wenig über Oberschlesien sagt. Ein Rezensent schrieb: „Bronnens Frage heißt: Oberschlesien? Seine Antwort: Niemandsland! Er kennt die Landkarte nicht. Sie ist, in seinem Roman, nur ein guter Einfall des Verlegers" [69]. (Der Verleger war Ernst Rowohlt.)

Im Gefolge dieses Romans und im Vorfeld des Faschismus florierten rechtsradikale Weltkriegs- und Freikorpsliteratur; Oberschlesienromane konzentrierten sich dabei auf das Aufstandsthema, die Zielrichtung war revanchistisch, militaristisch, zumeist rassistisch, immer antipolnisch. So in Max Kochs „OS... verratenes deutsches Land" (1930), der die Auseinandersetzung „bordellisiert" [70], in Hanns Heinz Ewers' „Reiter in deutscher Nacht" (1932), der u. a. das Freikorps 'Oberland' darstellt, in Edwin Erich Dwingers „Wir rufen Deutschland" (1932) oder in Frank Arnaus Kriminalgeschichte „Männer der Tat" (1933) –

alles gleichsam literarische Vorspiele für den 'Überfall' auf den Sender Gleiwitz, OS, im Jahre 1939. Unter diesen Blickwinkeln mußte ein Titel „Gequältes Volk" geradezu in der Luft liegen; tatsächlich erschien unter diesem Titel 1931 ein Roman von Wilhelm Wirbitzky, eines mediokren Heimatdichters, der hierin auf bekannte antipolnische (und antifranzösische) Manier über die Abstimmung 1921 handelt.

In der zitierten Kritik an Bronnens Roman heißt es weiter: „Bronnen verzichtet darauf, uns zu sagen, was Oberschlesien eigentlich ist und bedeutet. Damit entzieht er seinem Roman die Grundlage. Man sieht nicht, worum es da geht. Man erfährt nicht, daß dieser Landstrich nicht nur etliche Ideale von unbestimmbarem Gewichte, sondern auch ungefähr 67 Kohlengruben, 16 Zink- und Bleierzgruben, 22 Zinkhütten und Schwefelsäurefabriken, 25 Stahlwerke, 14 Walzwerke und dazu pro Jahr 2 1/2 Millionen Tonnen Koks und 1 Million Tonnen Roheisen wert war. Um diesen Wert ging es den realen Mächten, welche den Kampf um Oberschlesien bestimmten. Es handelte sich darum, um wieviel Deutschlands Stellung in der internationalen Wirtschaft geschwächt und um wieviel Polens Stellung gestärkt werden sollte. Vermutlich weiß Bronnen dieses gar nicht. Vermutlich weiß er überhaupt nichts von den wirklichen Geschichtskräften" [71].

Eben dieses darzustellen unternahm Jungs Roman, und der einen solchen oberschlesischen Industrieroman forderte, war Erik Reger, dessen Industrieroman „Union der festen Hand" (1931) als wichtigstes Beispiel seines Genres in der Weimarer Republik gilt, als der „einzige große bürgerliche Roman", in dem „der technologische Schleier über der Produktionssphäre zerrissen wird" [72]. Reger, mit bürgerlichem Namen Hermann Dannenberger, arbeitete von Kriegsende bis 1927 als Angestellter des Krupp-Konzerns und hatte als Buchhalter, Bilanzkritiker und zuletzt als Pressesprecher exzellente Einblicke ins Betriebsgeschehen. Sein mit Interna gespickter, reportageartiger Schlüssel- und Enthüllungsroman über die fiktiven Stahlwerke Risch-Zander konnte schon von den Zeitgenossen unschwer als Tatsachenbericht über die Krupp-Werke, die Vertreter rivalisierender und kartellbildender Kapitalfraktionen als Krupp, Stinnes, Thyssen, Hugenberg usw. dechiffriert werden. Dabei versucht Reger, „Kollektivistisches auch kollektivistisch darzustellen" [73], und der Tatsachen-Blick in die Kulissen ergibt durchaus eine „grandiose Photographie" (Alfons Goldschmidt) [74].

Aber eine Photographie zeigt nicht immer schon „die Wirklichkeit einer Sache und eines geistigen Zustandes", die Reger, so in seiner „Gebrauchsanweisung" zum Roman [75], abbilden möchte. Der sachlich-parteilose Gestus signalisiert die enormen Schwierigkeiten, die sich bei der Darstellung der Produktionssphäre und der Aufklärung über sie stellen, wenn die linksliberale Optik im Beschreiben verharrt – was Regers Verdienst, den Skandal einer korrupten Gewerkschaftsführung und einer faschistisch-kapitalistischen Allianz öffentlich gemacht zu haben, in keiner Weise schmälert. Aber die Neutralität bei der Wiedergabe des 'Faktischen' erweist sich doch als nur vermeintliche, als nur scheinhafte Objektivität, wie die denunziatorische Darstellung des Proletariats zeigt. Ein Rezensent der „Linkskurve", dem Organ des 'Bundes proletarisch-revolutionärer Schriftsteller', hat die „standpunktlose" Geste des Romans mit einiger Bissigkeit auf einen Klassenstandpunkt zurückgeführt: „Union der festen Hand" sei „geschrieben aus der Froschperspektive, in der Hockstellung, die ein gewisser Typus 'gehobner' Beamten und 'leitender' Angestellten zeitlebens einnimmt (...) wo er (Reger) das über jeden Standpunkt erhabene Lächeln markieren will, gelingt ihm bestenfalls das Grinsen des heimlichen Beobachters, der im Vorzimmer die 'Herrschaft' belauscht und entzückt ist, daß die 'Großen' auch nur Menschen sind, der glaubt, die Wirtschaft zu kennen, weil er gesehen hat, wie 'Wirtschaftsführer' sich räuspern und spucken" [76].

Die KPD-orientierte proletarisch-revolutionäre Literatur ihrerseits hat bei der Gestaltung von Produktionssphäre und Proletariat einen spezifischen Weg beschritten: die strikte Politisierung des Themas, wobei mit Bedacht betriebliche 'Tatsachen' – nicht die großen Interna des Kapitals, sondern der konkrete 'Arbeitsplatz' – im Mittelpunkt stehen. So in Willi Bredels Betriebsroman „Maschinenfabrik N&K" (1930), der sich bezeichnenderweise im Untertitel „Ein Roman aus dem proletarischen Alltag" nennt. Diese Politisierungs- und Entlarvungsstrategie ermöglicht dabei sicherlich, Kämpfe von Arbeitern gegen Kapitalisten, Rationalisierung, Aussperrungs- und Streikmaßnahmen, Differenzierungen innerhalb der Klasse und vor allem die Linie der kommunistischen Politik zu präsentieren. Daß ein solches Verfahren allerdings auf Kosten der Komplexität der Klassenverhältnisse gehen kann und nur eine vordergründige Vermittlung des Politischen mit dem Ökonomischen gelingt, macht gerade das Beispiel Bredels deutlich.

Das alles betrifft grundsätzliche Fragen von Objektivität und Subjektivität, von 'Reportage' und 'Gestaltung', von Fakt und Fiktion in der Literatur. Franz Jung hat mit seinem oberschlesischen Industrieroman „Gequältes Volk" in vielerlei Hinsicht Neuland betreten, thematisch, erzählerisch und politisch. Die 'Rückkehr in die Literatur' ist ihm mit diesem Roman und mit den anderen literarischen Arbeiten während der 20er Jahre nicht geglückt. So ließe sich das Auswanderer-Kapitel am Ende des Romans fast allegorisch auf Jungs Vita lesen. Jung hat die „Heimat", von der er im „Erbe" spricht [77], nie wiedergesehen, sich ihrer aber erinnert, in der Autobiographie und in den späten 50er Jahren in Paris, als er, „fast meditierend", am Krankenlager zu Emil Szittya sagte: „Ich möchte in einem kleinen schlesischen Dorf, mit einem kleinen Bahnhof, wo die Eisenbahn nicht immer stehen bleibt, verhungern, verrecken, das wäre wenigstens ein Zuhausesein" [78].

Walter Fähnders

ANMERKUNGEN

1 Vgl. die Hinweise bei Fritz Mierau: Leben und Schriften des Franz Jung. Eine Chronik. In: Franz Jung: Feinde ringsum. Prosa und Aufsätze 1912 bis 1963. Werke 1 in zwei Halbbänden. Hrsg. L. Schulenburg. Erster Halbband. Hamburg 1981 (= F. J.: Werke 1/1), S. 35/36 (auch als Separatdruck: Hamburg 1980). – Cläre Jung: Paradiesvögel/Erinnerungen. Hamburg 1987, S. 137.

2 Nach einer Abschrift des Originalbriefes; vgl. Mierau (Anm. 1), S. 35

3 Zitiert nach Mierau S. 37

4 Franz Jung: Gequältes Volk. (Aus einem noch ungedruckten Oberschlesienroman.) In: Der Bücherkreis 5, 1929, Nr 1, S. 8-12

5 Nach einer Kopie des Originalbriefes. Am 8.1.1928 schickt Jung an Babette Groß dann „eine grobe Skizze meines Vorschlags für AIZ-Roman", bei der es sich wahrscheinlich um „Arbeiter Thomas" handelt (Mierau S. 37f)

6 Nach einer Kopie des Briefes vom 14.4.1928

7 Nach einer Kopie des Briefes an Jung vom 13.3.1928

8 Franz Jung: Auswanderer. In: Glück auf! Oberschlesischer Volks-Kalender für das Jahr 1931. Jg 5, 1931, S. 149 (dahingehend ist meine Angabe zu korrigieren in Walter Fähnders: Franz Jung-Bibliographie. In: Wolfgang Rieger: Glückstechnik und Lebensnot. Leben und Werk Franz Jungs. Freiburg i. Br. 1987, S. 252-268, hier S. 260, Nr 163)

9 Franz Jung: Der Weg nach unten. Aufzeichnungen aus einer großen Zeit. Neuwied und Berlin 1961, S. 311ff; Neuausgabe: Hamburg o. J. (1985)

10 Und zwar: Hunger an der Wolga (1922); Proletarier. Die Rote Woche (1924); Arbeitsfriede (1924); Die Eroberung der Maschinen (1924); Geschichte einer Fabrik (1925); auch die Jack London-Ausgabe von Jung wurde übersetzt. – Genaue Nachweise bei Fähnders: Franz Jung-Bibliographie (Anm. 8), Nr. 308-314

11 Nach einer Kopie des Briefes vom 14.4.1931

12 Nach einer Kopie des Briefes vom 17.5.1931

13 Nach einer Kopie des Briefes (1931, undatiert); Hervorhebungen im Original

14 Jung: Der Weg nach unten (Anm. 9), S. 312

15 So Jung in einem Brief an den „Werten Genossen Lubimow" vom 14.4.1931, in dem er nach dem Honorar für das Stück „Arbeiter Thomas" fahndet und in dem er Erwin Piscator ermächtigt, evtl. auch hier entstandene Tantiemen einzuziehen (nach einer Kopie des Originals)

16 Jung: Der Weg nach unten S. 312

17 Ebenda S. 311; vielleicht handelt es sich hier um eine Verwechselung: am 6.1.1931 bot Jung der 'Frankfurter Zeitung' seinen Roman „Samt" an, den die Feuilletonredaktion am 12.1.1931 ablehnte (Mierau S. 41f)

18 Jung: Der Weg nach unten S. 311

19 Vgl. meine Zusammenstellung von Texten zur Franz Jung-Rezeption im Anhang zu Franz Jung: Expressionistische Prosa. Hrsg. L. Schulenburg. Hamburg 1986 (= F. J.: Werke 8), S. 332-366

20 Franz Jung: Das Erbe. In: Das Vier-Männer-Buch. Erlebnisnovellen von Max Barthel, Franz Jung, Adam Scharrer, Oskar Wöhrle. Berlin 1929, S. 115-187, S. 120

21 Ebenda S. 119f

22 Vgl. Franz Jung: Die Technik des Glücks. Mehr Tempo! Mehr Glück! Mehr Macht! Hrsg. L. Schulenburg. Hamburg 1987 (= F. J.: Werke 6) (Neudruck der beiden Bände aus den Jahren 1921 und 1923)

23 Mit „Die grauen Jahre" überschreibt Jung in seiner Autobiographie die Zeit von der Rückkehr aus Sowjetrußland bis zur faschistischen Machtübernahme 1933; in den „roten Jahren" berichtet er von der Novemberrevolution bis zum Rußlandaufenthalt.

24 Jung: Das Erbe (Anm. 20), S. 121

25 Mierau S. 15 (aus dem Testament)

26 Franz Jung: Spandauer Tagebuch. April - Juni 1915. Festungsgefängnis/Irrenhaus/Garnison. Hamburg 1984 (= F. J.: Werke. Supplementband), S. 28. - Über Jungs Verhältnis zum Vater vgl. Rieger: Glückstechnik und Lebensnot (Anm. 8), S. 45ff

27 Jung: Der Weg nach unten S. 278

28 Ebenda S. 279

29 Ebenda S. 292; über Jungs geschäftliche Unternehmungen, über die viel nicht bekannt ist, vgl. Mierau, passim; Rieger: Glückstechnik und Lebensnot S. 173

30 Adrien Turel: Bilanz eines erfolglosen Lebens. Auswahl H. Loetscher. Frauenfeld 1976, S. 129

31 Jung: Der Weg nach unten S. 301f

32 So in der redaktionellen Vorbemerkung des „Oberschlesier", in der Jung verhalten vor diesem Vorwurf in Schutz genommen wird; die Zeitschrift, die sich gelegentlich um Jungs Werke kümmerte, druckte erstmals den größten Teil von Jungs „Erbe" (in: Der Oberschlesier 9, 1927, S. 655-662, 725-731; hier S. 655)

33 Zum Stück vgl. Rieger: Glückstechnik und Lebensnot S. 159ff, bes. S. 168

34 Rieger: Glückstechnik und Lebensnot S. 171

35 Dieter Faulseit/Gudrun Kühn: Die Sprache des Arbeiters im Klassenkampf. Berlin/DDR 1974, S. 65

36 Liste des schädlichen und unerwünschten Schrifttums. Stand vom 31 Dezember 1938. Leipzig 1938 (Reprint), S. 66

37 So Jung in „Das Erbe" (Anm. 20), S. 117

38 Ebenda S. 118

39 Ebenda S. 117

40 Cläre Jung hat in den 70er Jahren dem Verf. einmal das unausgefüllte Schreiben gezeigt.

41 Jung: Das Erbe S. 119

42 Franz Jung: Zwei unterm Torbogen. Erzählung. In: Die Rote Fahne 11, 1928, Nr. 37 vom 12. Februar 1928; die Erzählung

ist wieder neu aufgelegt in Jung: Werke 1/1, S. 292-297, 296f

43 Die Zitate stammen aus „Babek" (1918) und „Joe Frank illustriert die Welt" (1921); vgl. hierzu mein Nachwort zu Franz Jung: Chronik einer Revolution in Deutschland (1). Hrsg. L. Schulenburg. Hamburg 1984 (= F. J.: Werke 2), S. 211-232, bes. S. 226f

44 Walter Benjamin: Einbahnstraße (1928). In: W. B.: Gesammelte Schriften. Hrsg. R. Tiedemann und H. Schwepphäuser. Frankfurt/M. 1980. Werkausgabe. Bd 12, S. 85

45 Franz Jung: Samt. Unveröffentlichtes Romanmanuskript. Transkription S. 1. - Der Beginn des Romans ist abgedruckt in: Stücke der Zwanziger Jahre. Hrsg. W. Storch. Frankfurt/M. 1977, S. 234-236; hier S. 234. - Gemeint ist nicht der amerikanische Bundesstaat Iowa, sondern Massachusetts - so auch in der Theaterversion des Stoffes (ebenda S. 236)

46 Ebenda S. 234

47 Ebenda

48 Brief vom 6.1.1931; zitiert nach Mierau S. 42; vgl. oben Anm. 17. - Gerade wegen seiner „nüchternen Berichterstattung" im Gefolge der „zahlreichen Dokumenten-Literatur" hatte die Deutsche Verlags-Anstalt in Stuttgart am 18.6.1930 in einem Schreiben an Jung den Roman abgelehnt (zitiert nach Mierau S. 41)

49 Jung: Samt (Anm. 45), S. 234

50 Franz Jung: Vorbemerkung zu 'Legende'. (Erstdruck.) In: Stücke der Zwanziger Jahre. Hrsg. W. Storch. Frankfurt/M. 1977, S. 272f, hier S. 272

51 Franz Jung: Zur Einführung in 'Geschäfte'. Ebenda S. 272

52 Franz Jung: Arbeiter Thomas. Roman. Unveröffentlichtes Typoskript, 207 S., S. 1

53 Was soll der Proletarier lesen? In: Die Rote Fahne 5, 1922, Nr 331 vom 23. Juli; zuletzt in Jung: Werke 8, S. 361-364, S. 363; vgl. Nachwort zu Jung: Werke 2, S. 211ff

54 Max Herrmann-Neiße: Franz Jungs neues Schaffen. In: Die Aktion 11, 1921, Sp. 136f; zuletzt in Jung: Werke 8, S. 364-366, S. 364

55 Jung: Der Weg nach unten S. 297

56 Ebenda S. 104

57 Nach Albrecht Baehr: Bauernsohn wird Zinkkönig, Bergmannskind erbt Godulla-Millionen. In: Schlesien gestern und heute. Hrsg. A. Baehr. München 1970, S. 58-64. - Jungs Ruberg-Aufsatz findet sich in Jung: Werke 1/1, S. 315-318

58 Wolfgang Schumann: Oberschlesien 1918/19. Berlin/DDR 1961, S. 16

59 Franz Jung: Der oberschlesische Schwindel. In: Kommunistische Arbeiter-Zeitung (Berlin) 1, 1920, Nr 154; zuletzt in Jung: Werke 1/1, S. 245-247, S. 245f

60 Ebenda S. 247

61 So die Überschrift des Artikels

62 Ebenda S. 246f

63 Vgl. Heinrich Bartsch: Geschichte Schlesiens. Würzburg 1985,

S. 283f; Konrad Fuchs: Wirtschaftsgeschichte Oberschlesiens 1871-1945. Dortmund 1981, S. 171f

64 Jung: Der Weg nach unten, S. 311

65 So die Kritik an der Neuen Sachlichkeit von kultur-konservativer Seite, hier von Friedrich Sieburg 1926; zitiert nach Helmut Lethen: Neue Sachlichkeit 1924-1932. Stuttgart 1970, S. 68

66 Jung: Das Erbe S. 178f

67 Man muß darin keineswegs nur Fourier-Anleihen sehen und auch keine Verabschiedung des Klassenkampfes durch Jung (vgl. Rieger: Glückstechnik und Lebensnot S. 176f).

68 Ignaz Wrobel: Ein besserer Herr. In: Die Weltbühne 25, 1929 - I, S. 953-960, S. 955

69 Karl Westhoven: O. S. Landkarte contra Dichter. In: Der Scheinwerfer 3, 1929, Nr 2, S. 14f, S. 15. - Westhoven ist ein Pseudonym für Erik Reger (vgl. Erhard Schütz: Romane der Weimarer Republik. München 1986, S. 240 Anm. 46).

70 Jan Chodera: Die oberschlesischen Aufstände in der deutschen Literatur der zwanziger und dreißiger Jahre. In: Studia Germanica Posnaniensia 2, 1972, S. 67-98, S. 79

71 Westhoven: O. S. (Anm. 69), S. 15

72 Lethen: Neue Sachlichkeit (Anm. 65), S. 73

73 So Jost Hermand, zitiert nach Schütz: Romane der Weimarer Republik (Anm. 69), E. 142

74 Alfons Goldschmidt: Union der festen Hand. In: Die Weltbühne 27, 1931-II, S. 20-24, S. 20

75 Erik Reger: Union der festen Hand. Roman einer Entwicklung. Königstein/Ts. 1978, S. 7

76 Walter Nadolny: Klassenkampf im Generalanzeiger. In: Die Linkskurve 4, 1932, Nr 1, S. 28

77 „Als ich später die Stadt ((Neiße)) verließ, die meine Heimat ist, um nicht mehr zurückzukehren (...) als ich die Stadt und die Menschen in der Bahnhofshalle mit einem letzten Blick umfing, da hatte ich die Gewißheit: Die Stadt und ihr alle tragt mit an dem Erbe. Auch wenn ich dem Rhythmus eures Lebens fremd geworden bin, ich lebe doch mit, ich und meine Vergangenheit. Habt Dank!" (Jung: Das Erbe S. 187)

78 Aus einem unveröffentlichten Manuskript von Emil Szittya über Franz Jung.

INHALT

FRANZ JUNG WERKAUSGABE

Band 1/1: Feinde ringsum. Prosa und Aufsätze 1912–1963.
Erster Halbband bis 1930.
Band 1/2: Feinde ringsum. Prosa und Aufsätze 1912–1963.
Zweiter Halbband bis 1963.
Band 2: Joe Frank illustriert die Welt / Die Rote Woche /
Arbeitsfriede. Drei Romane.
Band 3: Proletarier / Arbeiter Thomas (Nachlaßmanuskript).
Band 4: Die Eroberung der Maschinen. Roman.
Band 5: Nach Rußland! Aufsatzsammlung
Band 6: Die Technik des Glücks. Mehr Tempo!
Mehr Glück! Mehr Macht!
Band 7: Theaterstücke und theatralische Konzepte.
Band 8: Sprung aus der Welt. Expressionistische Prosa.
Band 9: Abschied von der Zeit. Dokumente, Briefe,
Autobiographie, Fundstücke.
Band 10: Gequältes Volk. Ein Oberschlesien Roman
(Nachlaßmanuskript)

Supplementbände:
Fritz Mierau: Leben und Schriften des Franz Jung.
Eine Chronik. Sonderdruck aus Band 1/1.
Franz Jung: Spandauer Tagebuch. April–Juni 1915.

Die Erscheinungsweise der einzelnen Bände folgt nicht unbedingt
ihrer numerischen Zählung. Die Bände der Ausgabe sind
sowohl englisch broschur als auch gebunden lieferbar.
Änderungen der Zusammenstellung wie auch eine
Erweiterung der Auswahl bleiben vorbehalten.
Subskriptionsnachlaß bei Abnahme aller Bände beträgt
10% vom Ladenpreis des jeweiligen Bandes.
Subskription weiterhin möglich.

Verlegt bei Edition Nautilus, Hamburg